ギュスターヴ・フロベール

心の城

柏木加代子　訳

Le Château des Coeurs

G<small>RANDE</small> F<small>ÉERIE DE</small> G<small>USTAVE</small> FLAUBERT

大阪大学出版会

目　次

凡例　ii

エミール・ベルジュラによる序文
　『ラ・ヴィ・モデルヌ』1879 年 1 月 24 日付、
　　第 1 回連載「第 1 タブロー」の「まえがき」……………………………… 1
心の城　登場人物　13
　第 1 タブロー　15
　第 2 タブロー　29
　第 3 タブロー　41
　第 4 タブロー　67
　第 5 タブロー　身づくろいの島　79
　第 6 タブロー　ポトフの王国　103
　第 7 タブロー　ピポンパエ国　125
　第 8 タブロー　危険な森　145
　第 9 タブロー　大饗宴　157
　第 10 タブロー　村の祭　169

　【補遺】（第 VI タブロー）「無垢の国」（第 5 タブロー併合の草稿）　186

日本の読者に　ジャンヌ・ベム ……………………………………………… 209
　Pour le Lecteur japonais
訳者解説……………………………………………………………………………… 235
年表　294
あとがき　296
索引　300

凡 例

Ⅰ 1. 本書は、ギュスターヴ・フロベール『心の城』(1880) の全訳である。翻訳にあたっては、フロベール生前刊行版である『ラ・ヴィ・モデルヌ』連載版を底本とした。さらにフロベール没後最初に刊行されたカンタン版 (1885) を比較検証し、他の2冊の刊本も参照した。

 Œuvres complètes de Gustave Flaubert, Théâtre : Le Candidat.- Le Château des Cœurs, Paris, A. Quantin, 1885, pp. 157-351.

 Le Château des Cœurs in *Flaubert Œuvres complètes 2*, l'Intégrale, Seuil, 1964, pp. 325-363.

 Le Château des Cœurs in *Œuvres complètes de Gustave Flaubert*, Tome 7, Théâtre, Club de l'Honnête homme, Paris 1972, pp. 37-175.

なお巻末の【補遺】第Ⅵタブロー　無垢の国《Le Pays de l'Inocence》は、フランス国立図書館が所蔵する草稿 (Gustave Flaubert, *Le Château des Cœurs. Féerie. Juillet-décembre 1863. XIXe s.*, Bibliothèque nationale de France, Département des manuscrits, NAF 15810) をコピーし、以下の刊本と比較検証した。

 Le Tableau VI du Château des Cœurs d'après le manuscrit de Flaubert, in *Œuvres complètes de Gustave Flaubert*, Club de l'Honnête Homme, tome 7, Paris, 1972, p. 579-589.

2. 本書記載のフロベールの書簡は、一部を除いて、すべてプレイアド版を使用し、翻訳中に、*Corr.*・巻数（ローマ数字）・頁数（アラビア数字）で記す。

 Correspondance, édition établie et annotée par Jean Bruneau, et pour le tome V par Jean Bruneau et Yvan Leclerc, Paris, Gallimard, « Bibliothèque de la Pléiade », 1973-2007, 5 vols.

3. 『感情教育』『聖アントワーヌの誘惑』『三つの物語』『ブヴァールとペキュシェ』に関しては、以下の版を底本とし、本書での引用は略してCHHとし、巻数（ローマ数字）・頁数（アラビア数字）で記す。

 Œuvres complètes de Gustave Flaubert, Club de l'Honnête Homme, 1971-1976.

Ⅱ　本文の体裁は、『ラ・ヴィ・モデルヌ』連載版『心の城』に拠った。

Ⅲ　翻訳に付した図版は、『ラ・ヴィ・モデルヌ』に収録されたものである。図版には、フロベールが掲載を認めた舞台装置を描いた大判挿絵と、シナリオの随所にはめ込まれた挿絵（カット）がある。その評価に関してフロベール独自の評があるが、すべて翻訳本文に挿入した。

Ⅳ　「ベルジュラの序文」、本文『心の城』、ジャンヌ・ベム氏による「日本の読者に」、「訳者解説」には、それぞれに注（通し番号）を付し、脚注として示した。

ギュスターヴ・フロベール
心の城

LA VIE MODERNE

ART — SOMMAIRE — LITTÉRATURE

Le théâtre de la « Vie Moderne », Rideau, par H. Scott. — Lettre ornée, par Poiré. — Maison de Flaubert à Croisset, Vue de Croisset, deux encadrements, par Mme Commanville. — Le Château des Cœurs, quatre dessins de Daniel Vierge. — Decor du 1er tableau : LE LAC DES FÉES, par Chéret. — Exposition des Aquarellistes : LES GRANDES MANŒUVRES, par Edouard Detaille. — La Chemise voyageuse, par G. Rochegrosse. — Arlequiné, par Mme Madeleine Lemaire. — Theatres, six dessins d'Adrien Marie.

Le Château des Cœurs, Introduction, par Émile Bergerat. — VARIÉTÉS : le Château des Cœurs, grande féerie inédite, par Gustave Flaubert, Louis Bouilhet et Charles D'Osmoy. — La Chemise voyageuse (suite). — LE MONDE DES ARTS : L'Exposition des peintures à l'huile à la Société des Aquarellistes (2e article), par A. Silvestre. — Avis important. — Musique, par V. Wilder. — Notes diverses, par L. Dépret. — Vieux môts à rajeunir, par Desmoulins. — Le Livre. — Théâtre, par Fourcaud. — Chronique financière, par J. Conseil.

LE THÉÂTRE DE LA « VIE MODERNE »
『ラ・ヴィ・モデルヌ』誌上の劇場

1880 年まで未刊の大夢幻劇
アンリ・スコットによる緞帳

エミール・ベルジュラ[1]による序文

E. ポワレの装飾頭文字

　確かに、何人(なんぴと)をも欺いてはならぬ。『ラ・ヴィ・モデルヌ』[2]が、今日ようやく刊行の名誉を得た文学的夢幻劇（これは今の時代において同義反復(プレオナスム)ではない！）は、ギュスターヴ・フロベール単独の作品というわけでは決してない。この巨匠はこの作品のために、詩劇『メラエニス』の作者ルイ・ブイエ[3]とドスモア氏[4]の協力を得た。ご承知のとおり2人はフロベールの友人である。私は誰よりもなお『心の城』のいかなる部分がフロベールの手になるかを明らかにしようとするものではない。というのも先ず『ラ・ヴィ・モデルヌ』の読者にお贈りす

---

1) Emile Bergerat（1845-1923）は、フロベールの弟子の1人で、シャルパンチエとは幼なじみの著述家・批評家。
2) 『ラ・ヴィ・モデルヌ』は1879年から1917年までシャルパンチェ社が刊行した週刊誌。
3) Louis Bouilhet（1821-1869）、父は第1帝政の軍医。フロベールと同じルアンのコレージュで古典を学び優秀な成績で卒業後、フロベールの父の元で医学を学ぶも放棄、文学の教師、ルアン図書館の学芸員となる。『ボヴァリー夫人』を地方版新聞の3面記事をもとに執筆することを勧め、自らの処女作『メラエニス』（Michel Lévy, 1857）にフロベールへの献辞を載せた。
4) Charles Le Bœuf, comte d'Osmoy（1827-1894）、父はシャルル10世の近衛隊。1862年父に代わってキーユブッフのカントン県会議員に任命。1870年の普仏戦争ではセーヌ県の志願兵となり、第1連隊の大尉となった。1871年2月8日、国民議会代表にウール県から選出。左派の中心に属する。芸術や演劇の問題を鮮やかにこなし、特別予算を獲得した。晩年、『心の城』の舞台上演を交渉中であったフロベールは、ブイエとともに『心の城』を3人で分担したドスモアとの了解を得るためにエドモン・ラポルトに依頼したが、交渉は捗らなかった。『心の城』刊行についてドスモアがフロベールと協議した形跡はない。

エミール・ベルジュラによる序文

る仕事の芸術的価値を強調する必要もないし、それにルイ・ブイエは才能ある人であったし、ドスモア氏は才気ある人だからだ。第一そうした問題は無意味だ。重要なのはその夢幻劇が優れた作品か否かということである。私がこの作品の事情に通じているのは、草稿をわが手にしたからではない、そのことは是非信じていただきたい。私はただ、もしコメディ・フランセーズが夢幻劇を上演するとすれば（そしてコルネーユもモリエールもそれで恥ずかしく思うことことはないだろう）、『心の城』は上演に値すると考える。天才がこの作品のどの頁にも息づいている。3人のうちの誰の息吹を感じるか、それは読者の問題で諸君が決めてくだされればよい。私の義務は、作品が3人の署名があることを告げることであり、私は自分の義務を果たす。それで万事済みだ。

　私がどのように『心の城』を『ラ・ヴィ・モデルヌ』に掲載する幸運を得たのかは以下のとおりだ。今年の夏のある日、大作家が葉巻を吸いに、そして大好きな文学のおしゃべりをしに、編集部に駕を枉げられた際に、私が責任編集している週刊誌に掲載できる何か未刊行のページはないかと先生に尋ねた。「最近創刊された、果敢な姿勢で断固たる美的感覚をもった週刊誌『ラ・ヴィ・モデルヌ』に、先生が一臂の力を貸してくださされば皆にあっと言わせられるのですがね」と私は彼に言った。「ねぇ、君」とフロベールは答えた。「私は1冊の本を書くのに10年を費やすんだ。それを書き終えると、レヴィ社あるいはシャルパンティエ社で出版させる。未刊のものについては、メモ、メモの山しかなくて、そんなものは私だけにしか面白くないものだ。いや！そうだ！あるよ、ブイエとドスモアとで共作した私の夢幻劇だ！」とフロベールは微笑みながら続けた。「それをいただきますよ！」と私は叫んだ。「やめた方がいい、ひどい作品だ！いや凝りに凝ったものでね、それは誓って言えるけれど！でも誰も欲しいと言わなかった作品だ」と彼は言った。「それなら尚更、いや！先生、それを戴かせてください。ぜひ頂戴します、そうでなければ、この場で死んじまいますよ！」

　「おやおや」とフロベールは続けた。「君がそれほどに欲しいというのなら！　でも欲しいと言ったのは少なくとも君なんだからね。じゃ、よく聞い

てほしい。『心の城』は 1866 年[5]に書かれたものだ。つまりほぼ『サランボー』[6]の時期だな。その頃私は、ビュローズ[7]流に言うなら、劇場の扉をこじ開けようと夢見ていた。私はあのドスモアとことを企んだのだ。彼が一つのアイデアを持っていたんだ。で、あの亡くなったブイエが見事に詩を作りあげた。ところでその夢幻劇は、グノー[8]に音楽的な着想を与えるため、そしてシセリ[9]にすばらしい舞台装置を実現させるために、立案されたんだよ！だから、何よりも了解してほしいことは、この夢幻劇では、君が望むようなことは皆君が言うようにするが、音楽の場面については譲らない。さあ、以上だ。約束はきちんと守る。でも私の考えは曲げさせないよ。シナリオができて、私たちは、例のパリをバビロンの大都に擬した故マルク・フルニエ[10]と交渉したが、彼は読んで検討することをきっぱりと断った。この夢

---

[5] 『心の城』が脱稿したのは、1863 年の 7 月から 12 月の間。Cf. Marshall C. OLDS "Le Château des cœurs et la féerie de Flaubert", in *Bulletin des Amis de Flaubert et de Maupassant*, 1995, No. 3, pp. 15-23 参照。

[6] 『サラムボー』(1862) について、フロベールは劇場での上演を熱望したが、生前には叶わず、最初の公演は、彼の死後、1890 年 2 月にブリュセルの théâtre de la Monnaie に於いて、続いて 11 月 23 日にルアンの Théâtre des Arts で上演、1892 年 5 月 16 日から 12 月にかけて 46 回パリ・オペラ座 (5 幕、脚本 Camille du Locle 1832-1903、作曲 Ernest Reyer 1823-1909) で上演された。

[7] François Buloz (1803-1877)、フランス人ジャーナリスト、1831 年からその死まで la *Revue des Deux Mondes* の編集長。同時代作家とのコラボレーションに長けていた。

[8] Charles-François Gounod (1818-1893). リセ・サン＝ルイを卒業後、パリ・コンセルヴァトワールに入る。彼は、1859 年には『ファウスト』を、1862 年には Jules Barbier と Michel Carré の台本に基づいて『シバの女王』を作曲した。シバの女王はフロベールの『聖アントワーヌの誘惑』に登場し、アントワーヌを誘惑する。

[9] Pierre-Luc-Charles Ciceri (1782-1868)、フランス演劇の画家で装飾家。1802 年に建築家 Bélanger のもとでデッサンを学ぶ。1806 年舞台装置に情熱を燃やしオペラ座のアトリエに入り、1810 年には装飾家に任命、1818 年に主任装飾家となって、32 年間従事した。

[10] Marc Fournier (1818-1879)、新聞記者、劇作家、週刊誌 *La Féerie illustrée* (1858-1873) の編集者。その中で大衆小説を連載していたが、パリがしばしば「古代都市バビロンより 10 倍広大なこの近代的なバビロン」として、バビロンに比較された (*La Féerie illustrée* No 36, 30 avril 1859, Ponson du Terrail, « Les Drames de Paris », p. 139)。

エミール・ベルジュラによる序文

幻劇を成功させるのは<u>われわれ</u>、すなわちブイエと私には<u>無理だ</u>、というのだ。それだけじゃない。とにかくこの最初の首尾にかえって勇気を得て、私たちはたゆまず仕事を続けることにした。原稿がまだ乾いていないのに、あのギュスターヴ・クロダン[11]がそれをつかむと、当時ヴァリエテ座支配人だったジュール・ノリアック氏のところに走って行き、震える手でその膝の上に置いた。有頂天になったノリアックは、すぐにオーケストラの3列を取り外して、芝居用に作り替え、高い金を払って思いもかけぬ役者たちを雇うと言うのだ！リハーサルはその翌日にも始まるはずだった。ところがまったくの無しのつぶてでね！それから無音のまま6ヵ月が過ぎた。草稿を返してくれと言ったんだが、それをやっと取り戻せたのは、なんどもきつい言葉で口説いた後のことだった。おもしろいかね、私の話は？」とフロベールは話の途中で聞いた。「まだまだ長いよ、分かっているだろうが！」

「面白いばかりじゃなく」と私は答えた、「感動しますよ。だってノリアックは『人間の愚劣』[12]の作者でもありますからね。」

「それからしばらくして、夢幻劇はシャトレ劇場を指揮してその命運を握っていた故オスタン[13]（かかわった者は皆亡くなったからね！）に届けられた。オスタンがそれまでに私の名前を聞いていたかどうか知らない。それはともかく48時間経って、私に言わせればそれはちゃんと読み終えるのには十分じゃないはずだが、彼は自分の召使いを寄越して原稿を送り返してき

---

11) Gustave Claudin（1823-1896）、新聞記者、小説家。文学界を目指して、バルザックそしてラマルチーヌに助言を求め、ラマルチーヌの勧めで1851年にルアンにでかけ、*Nouvelliste* の編集長となり、当時『ボヴァリー夫人』を執筆していたフロベールと出会う。

12) Jules Noriac（本名 Claude-Antoine-Jules Cairon, 1827-1882）、*La Bêtise humaine*, Librairie Nouvelle, 1860.

13) Hippolyte Hostein（1814-1879）、劇作家、演出家、ディレクターとして Théâtre-Historique（1847-1850）、Théâtre de la Gaîté（1849-1858）、Cirque-Olympique（1858-1862）、Théâtre du Châtelet（1862-1864/ 1865-1869）、Théâtre du Château-d'Eau（1868-1869）、Théâtre de la Renaissance（1873-1875）、Théâtre de l'Ambigu（1875）を指揮。新聞 *Le Figaro* と *Le Constitutionnel* の文芸欄も担当。

たよ！その下男野郎が言うことには〈ホスタンさんが、この原稿はご主人があなたに求めたものでは全くないと申すように言いつかりました！〉とさ。これが3つ目だ！

　もう1人、ゲテ座の支配人で、掛け値なしのナントの男[14]がミュリヨ通り[15]の私の家まで『心の城』の朗読を聞きに来て、これは素晴らしいとはっきり叫んだのに、二度と姿を見せなかった。で、今度は役者のデュメーヌ[16]さ。彼はすぐに原稿を馬鹿にした様子で私に返した。それで自分は得意でもあり、また恥ずかしい思いもしたよ。それからラファエル・フェリックス[17]がミシェル・レヴィ[18]に付き添われてやってきて、2人とも直ぐに契約書に署名したいと言った。連中はいわゆる魂とやらを神様に反してしまっているのだが、私はいまだに彼らをずっと待っているのだ。昨年もまたヴェンシェンク[19]が…　つまり、君にどう話したらいいかな？計画を諦めるんだ、ねぇ、君。だって馬鹿げているよ。私の不幸な夢幻劇はフランス趣味のあらゆる審判者によって駄目、と引導をわたされたんだ。こういう判決は控訴できないのさ。」

　「先生」と私は反論した。「この作品を刊行するのに新しくて奇抜な考えを思いつきましたよ。さあ、このように始めるのです。まず、最初のタブローですが…」

---

14) ゲテ座初代（1858年5月1日から1865年5月31日まで）の支配人は、ナントのイタリア劇団の嘗ての団長アルフレッド・アルマン Alfred Harmant（1814-1899）。

15) La rue Murillo はパリ第8区。フロベールは4番地のモンソー公園に面したアパートに1869年から1875年まで住んだ。

16) Dumaine（本名 Louis-François Person, 1831-1893）、ゲテの共同監督、1865年6月1日から1868年4月1日まで支配人。

17) Raphaël Félix（1825-1872）は、1868年から1871年まで、ポルト＝サン＝マルタン劇場の支配人。

18) Michel Lévy（1821-1875）は、Nathan と Kalmus（Calmann, 1819-1891）兄弟と共に、1841年、パリ第2区に la librairie Michel Frères を創設。第二帝政末期には、ヨーロッパで最大の出版社となり、デュマ、ボードレール、ユーゴー、バルザック、ラマルチーヌなどの有名作家の作品を刊行した。

19) Camille Weinschenck, クリュニ座の支配人。

「困った人だな！あのダローズ[20]が、打ち明けて言えば、ダローズは、いいですか！『ルヴュ・ド・フランス』[21]に掲載することを断ったのだよ！上演できないだけでなく、出版もできない代物だとね！ダローズに説教でもするつもりかね？」

「私は最初のタブローには、と申したでしょう…」

そのとき、6ピエ[22]を下らない身長のフロベールがすっくと立ち上がると、私の頭に重々しく手を置いた。「君は信心深い男だ！求道の青年よ、いいかね！」[23]と言って、「これで最後だよ。昔私は1通の手紙を受け取った、だがそれについては君に話したくなかったんだ。というのもそれを言えば決定的になるからだが。その手紙は、演劇に関しては相当な権威を発揮するもので、例のコニアール兄弟[24]の1人からからだ。連中の前では、シェイクスピアも蒼くなるくらいだよ。手紙は私に宛てたものではないが、私は現にそれを持っている！というか、暗記しているんだよ。彼はその手紙の中で（それは夢幻劇についてだが）こう言っている。〈創意に富んだ調和で、これを壊せばこの芝居の生彩が失われてしまう！　このモザイクから石一つ取り除いてしまえば、蜃気楼は消え失せてしまう！　舞踏会場に入る女から耳飾りの一方、手袋の片方、髪の花飾り一つを取り除けば、天使は不完全になる！ヴァリエテ座の辞書には、遺憾ながら！不可能という文字があり、私には、

---

20) Charles Paul Alexis Dalloz（1829-1887）、父は法学者で出版社 Désiré Dalloz の発行責任者。*Le Monde illustré* と *Le Moniteur universel* の編集長。ボードレールとの文通で知られている。

21) La *Revue de France* は 1871 年に、編集長で発行責任者の Léonce Dumont によって創設され、1881 年まで継続。1877 年から 1880 年までの責任者は Paul Dalloz。

22) ピエは昔の計量単位で約 32.4 cm。

23)「求道の青年」はキリスト教でまだ洗礼を受けていないが、受けるために研鑽している若い人を意味する。

24) Charles-Théodore（1806-1872）、Jean-Hippolyte（1807-1882）Cogniard 兄弟は劇作家で劇場監督。1840 年から 1845 年までポルト＝サン＝マルタン劇場で指揮。1845年にイポリットが単独でヴォードヴィル劇場で指揮、1854 年から 1869 年までヴァリエテ座ではオペレッタを演出した。劇作家として、コニアール兄弟は、きわめて多数の戯曲、夢幻劇、レヴューを 1830 年から創作した。

今やそれが大きい文字に見える！ もし私が作者たちと親しければ、私は連中にこう言うだろう。—君たちはみんな馬鹿だ！ どうしてもというのなら、待つのです、新しい劇場ができるのを。もっともその空間が広くないといけないが。要するに、植木鉢で樫の木を成長させようと期待しないことだ！〉と。これだけが『心の城』について私の得た唯一論理的な報告書だな。私はすっかりやりこめられたのだ。それと、例のデュメーヌからの侮蔑だ！」

そして話が終わったことを身ぶりで示すと、作家は黙って、また腰を下ろした。私は、自分がギュスターヴ・フロベールの天才に、狂信に近い崇拝の念を抱いていることを告白しなければならない。フランスにおいてここ 20 年来、書かれた最も美しい書籍は、私にとって彼の名前が記されたものだった。観察力、構想力、想像力、深

クロワッセの風景

い科学知識、優れた文体、自分の芸術に対するとてつもない尊重、フロベールはそうしたすべてを持っており、さらにまた他の利点もうんとたくさん持っている！　テオフィル・ゴーチエ[25]と彼が19世紀フランス語の真の大家であって、この2人の天才を傍らにおけば、最も著名な作家も、小人とグノームにとどまる。『サラムボー』、『ボヴァリー』、『感情教育』、『聖アントワーヌの誘惑』という不滅の書物、それらの作品によって、たった1人の男が、ゲーテにも、バルザックにも、シャトーブリアンにも立ち向かう。フランスではこうした事を気づいてもらうために、伝えなければならず、多くの人々が、偉人中の偉人、謙遜家中の謙遜家である、このけた違いな天才を有していることを知って驚くだろう。したがって『心の城』を巡る悲しい遍歴の物語は、デュメーヌあるいはコニアールが予想したであろう結果を私にもたらすことはなかった。それどころか全く反対だった。今でもなお、私はこうした作品を読者に披露できる機会を私にもたらし手づかずのままに残してくれることになった、実にありがたい作品の不採用の数々に感謝している。この件に関しては、オスタンの霊魂に感謝し、ダローズ氏に、天地に、お礼を申し上げる次第だ。1週刊誌が、100年という間でさえ、このような思いがけない幸運に遭遇することは二度とあるものではない。

　「君の考えはどうかね？」と先生は私に言った。

　「こう考えています。『ラ・ヴィ・モデルヌ』は劇場とはちがって、週刊誌です、挿絵入り週刊誌なんです。いや世界一美しい娘といえども[26]…　といいますよね。先生、あなたの夢幻劇を上演させることはできないにしても、刊行します。しかしこの刊行は、信じてください、これまでにない形で、とても独創的ですから、誰も他のどんな著作でも同じように新しくやってみせ

---

25) Théophile Gautier（1811-1872）、詩人、小説家、フランス美術評論家。1857年、Neuilly-sur-Seine の小さな家に転居し、友人たちボードレール、デュマ、エルネスト・フェドー、フロベール、シャヴァンヌやギュスターヴ・ドレを招いている。
26) 諺「世界一美しい娘といえども、自分のもっている物しか与えられない」 *La plus belle fille du monde ne peut donner que ce qu'elle a.*　つまりどんな人も自分の能力以上のことはできないの意の前半部分。

ることはできないものになります。」

「ほう、じゃ、話してみたまえ。」

「先生は、舞台装置家の人たち、シェレ、ラヴァストル、リュベ、シャプロン、ダラン、ロベッチ、カルプザ、ポワソン[27]つまり、先生の夢幻劇の舞台装置を構成したかもしれない人たちが、現代の芸術家の中で、ほかとは比べものにならない知識と才能をもっているのは、当然ご承知でないことはないでしょう？」

「ああ！いったい私を誰だと思っているんだ！彼らのために私たちは仕事をしたんだよ！」

「ですから今度は彼らが先生のために仕事をするのは当然なのです。あの人たち皆にそれぞれ夢幻劇のタブロー１つをまかせ、『ラ・ヴィ・モデルヌ』のための舞台装置の下絵を依頼するつもりです。おや、首を左右に振っていらっしゃる。彼らほど創作に忙しい者はいないし、そんな時間も暇もないだろう、とおっしゃりたいか、思われるんでしょう！お任せください。一番忙しい人間でもフロベールの作品に挿絵を入れたことを名誉だと思いますよ。あの人達は劇場の支配人たちほど馬鹿じゃありません。これこそまさしく、先生がシャトレ劇場やポルト＝サン＝マルタン劇場で手に入れたはずの舞台装置で、それ以上でも、それ以下でもありません。ところで、緞帳（どんちょう）がお要りですか？先生のために特別に、先生だけのために、完璧なセンスを持ったアーティスト、舞台美術のエキスパートで、あなたの作品を諳（そら）んじているアンリ・スコット[28]に作らせますよ。でも、そんなことはまだまだ大したことはありません。」

「おや、おや！君は夢幻劇を編集部で上演させるのかね。」

「できない相談じゃありませんよ！でもそれよりもっと良いことがありま

---

[27] 記載された舞台装置家についての詳細は、本書「訳者解説（4. フロベールと挿絵, pp. 285-290）」を参照。

[28] Henry Scott (1849-1884)、画家、素描家、舞台装飾家。彼は『心の城』冒頭の緞帳、第4タブロー第3場のポールとドミニクの悲惨な部屋、第5タブロー「身づくろいの島」、第6タブロー「ポトフの王国」の舞台装置を担当。

エミール・ベルジュラによる序文

す。場面ごとに、驚くほど才気あふれる幻想芸術家に、つまり1人ですべての登場人物を具現し、すべての衣装を身に着け、あらゆる声を駆使し、すべての役を創造することできる男に、この夢幻劇を演じさせましょう。幸いにその男を『ラ・ヴィ・モデルヌ』の芸術部門の編集に抱えていて、彼を先生のお好きなように使っていただけます。おまけにその男は一風変わった人間で先生のお気にいると思います。だってセルヴァンテス、ケヴェド[29]、ヴィクトル・ユゴー、エドガー・ポー、さらに画趣に富む絵画を想い起させるすべての人物たちを熟知しているのです。彼の人生は彼らの着眼したものを実現するために費やされています。彼のデッサンは、人物についての知識、効果の強烈さ、比類のない色彩によって画家たちを驚かせます。私はその人物がそう、つまり先生にふさわしい巨匠だと見なしています。彼の名はダニエル・ヴィエルジュ[30]です。」

クロワッセのフロベールの家

---

29) Francisco de Quevedo y Villegas（1580-1645）は、スペインの黄金時代（15世紀から17世紀にかけてのスペインの美術、音楽、文学隆盛の時期）を代表する作家、詩人。スペイン文学史上最大の存在感を持つ人物の一人。

30) Daniel Vierge（1851-1904）は、スペイン人画家（挿絵、素描、水彩）。マドリッドの美術学校を卒業し、家族とともに1869年にパリに移住。1870年に、スペイン出身

「なるほど」とフロベールはため息をついて続けた、「『心の城』は『ラ・ヴィ・モデルヌ』劇場の舞台にかかるわけだね？じゃあ、私の音楽的な場面は？言うまでもないが、音楽的な場面は一番大切だから。」
　「もしグノーの足下にひれ伏さなければならないのでしたら、ひれ伏しましょう、音楽的な場面のために。」
　「彼にそよ風のコーラスの場面を薦めてください。素晴らしいものだから！ブイエが書いたんだ。よーし！それならオーケーだよ、でも最後の条件は、私の肖像画[31]を掲載しないこと。肖像画は描かれたくない。私の顔は売り物じゃない。これについてはいつだって譲ることはしなかった。肖像画なし、どんなことがあってもね。それには私の考えがあって、後世がこう伝える19世紀唯一の人間でありたいのだ、つまり、写真家に微笑みながら、チョッキに手を入れ、ボタンホールに花一輪をつけたポーズで自らを写させることはなかった、と！肖像画なし！じゃ、さようなら、無鉄砲な青年よ、君は、私の胸につかえていたもの、例の品がないデュメーヌから受けた深い軽蔑の傷を和らげたよ！」
　こう告げたフロベールはクロワッセ[32]の、セーヌ河畔にある瀟洒な屋敷に

の Charles Yriarte（1832-1898）の招きで、Le Monde Illustré 出版社に就職、Edmond Morin（1824-1882）とともに売れっ子の挿絵画家となる。

31) フロベールは、自らの肖像画について以下のように述べている。「そのこと（作者の肖像画）について私は一切妥協しない。あなたは私の写真をどこにも見ることはないでしょう。私は肖像画を描くことを、グレールからボナまで、最も才能のある友人の画家たちに拒否した。何者たりとて譲歩しない。肖像嫌いは、私の確固とした意識に基づいている」（アルフォンス・ルメール Alphonse Lemerre 宛て 1878 年 11 月 8 日付け書簡，Corr., tome V, pp. 460-461）。シャルル・グレール Charles Gleyre（1806-1874）は、スイス人画家、1843 年からパリ・エコール・デ・ボザール教授。グレールとボナについては拙論「フロベールとボザール教授ボナ」『日仏文学・美術の交流』思文閣出版、2014 年、86-110 頁に詳しい。

32) クロワッセは、セーヌ＝マリティム県カントリュの小集落。ルアン市民病院の外科部長であったフロベールの父は、病院（現在、フロベールと医学史資料館）内で生活していたが、1844 年 4 月にクロワッセの別荘を購入。パリでの法学の研究を健康上の理由から諦めたギュスターヴは 1844 年から執筆のためこの別荘に滞在した。

エミール・ベルジュラによる序文

戻って行った。その家で、大作家はすべての作品を執筆し、創作した。いつか有名になるだろう。私たちは、ボナ[33]のお気に入りの生徒の1人で、毎年、私たちのサロンに注目に値する絵画を出品しているフロベールの姪コマンヴィル夫人に、フロベールの住いと庭園を『ラ・ヴィ・モデルヌ』紙上にデッサンすることを依頼した。その優雅な贈物について彼女にお礼申し上げる！

エミール・ベルジュラ

1851年から寡婦となった母親と姪のカロリーヌ（フロベールの妹の娘、1846年生）とともに当地での作家活動に入り1880年までに40年近く滞在し大作を書いた。1872年からクロワッセの別荘は、母フロベール夫人の遺言によって、姪カロリーヌ・コマンヴィルの所有となったが、フロベールが自由に使えることが条件とされ、それは遵守された。

33) Léon Bonnat（1833-1922）バイヨンヌで生まれ、1846年から1853年にかけて、父親が本屋を経営していたスペインのマドリードで暮らし、絵を学んだ。1854年にパリへ移ってエコール・デ・ボザールに入学。1860年にイタリアを、1870年にはギリシャ、中近東を旅し、以後、歴史的、宗教的主題を放棄し、肖像画家となる。1869年にはサロン賞を受賞し、芸術アカデミーのサロン審査員に選出され、以降、保守的なサロンの重鎮となる。1878年のフロベールの書簡によると、ボネは姪カロリーヌの才能を高く評価した。

「心の城」の登場人物[1]

ポール・ド・ダンヴィリエ		Paul de Damvilliers	
クロケール	（銀行家）	M. Klhoekler[2]	banquier
コロンベル	（医師）	Le Dr Colombel	médecin
マカレ	（実業家）	M. Macaret	industriel
オネジム・デュボワ	（画家）	Onésime Dubois	peintre
アルフレッド・ド・シジ		Alfred de Cisy	
ブヴィニァール	（収集家）	Bouvignard	collectionneur
ドミニク	（召使い）	Dominique	domestique
トマ父	（農民）	Le père Varin[3]	paysan
居酒屋の主人		Un cabaretier	
グノームの王		Le roi des Gnomes	
ジャンヌ		Jeanne	
クロケール夫人		Mme Kloekher	
トマ母		La mère Varin	
クレマンス		Clémence	
ルイーズ	（メイド）	Louise	femme de chambre
妖精の女王		La Reine des Fées	

グノームたち。妖精たち。召使いたち、ブルジョアたち、民衆、木々。
Gnomes. Fées. Domestiques, bourgeois, gens de peuple, arbres.

---

1) この登場人物のリスト（欧文）は、ルアン市立図書館が保管する、Ms.g 267 II 冒頭にある。ここには『ラ・ヴィ・モデルヌ』版第10タブローで心臓の受け取り（改心）を拒むルトゥルヌーの名前はない。
2) クロケール夫人の Klhoekler の文字は、フロベールの筆跡であるが、BN シナリオ（NAF 15810）では夫人の綴り Kloekher になっている。
3) Ms.g 267II では、ヴァラン父（Le père Varin）とヴァラン母（La mère Varin）となっていた人物名は、BN シナリオにおいてトマ父 Le père Thomas とトマ母 La mère Thomas と上書きされた。

第 1 タブロー

　森の中の空き地。真夜中。ツチボタルの強烈な光に照らされて、あちらこちらに大きな緑の塊(かたまり)と、それらの間に飛び交う白いものがはっきり見える。舞台奥の右手に小さな湖。幕が上がる。静寂。足音しか聞こえない。

第1タブローの舞台装置「妖精たちの湖」　シェレ作

第1タブロー

第1場

　舞台奥と両袖から、妖精たちが指を唇に当てていっせいに登場。野生の花と、葦をあしらった海辺の花で髪を整え、頭には、麦の穂とグラジオラスをかぶり、自分たちが生息する場、森とか、河川とか、山々の妖精たちであることを表わすあらゆる色合いと、あらゆる象徴的な持ち物に身を装っている。妖精たちは、まるで何かにおびえているように、背後を見ようと振り返り、暗闇のなかで、互いに探しあい、低い声で呼び合う。

　妖精1：さあ！さあ！
　妖精2：こちらへ！
　妖精3：待って、私の足が光線にひっかかった。よいしょっと！（彼女は跳ね上がる）これで大丈夫！
　妖精4：みんな集まった？
　全員声を合わせて：ええ、みんな、みんなよ！
　妖精5：夜が来て、地上の人間たちは眠ってる！私たちの時間よ！さあ！飛んで、蝶たち！

　光り輝く巨大なシャクガ（蛾）が林から飛び出し、空中に飛びはじめる。同時に、妖精たちは、ゆっくりとしたリズムで、フルートの音とともに踊り始める。

　妖精たちのコーラス：昼の間、私たちは、人間のいるところ、どこでだって追い払われる。でも夜は、森の中で、自由に浮かれ騒げるわ。
　人間は意地悪だけれど本当は善良なの。都会の敷石は堅いけれど草原の草は柔らかい。
　私たちの足をもう人間たちの泥水で汚さないようにしましょう。もう人間たちの胸に私たちの心をぶつけて痛めないようにしましょう。
　トウダイグサの抽出汁は人間たちの優しさほどは陰険じゃないし、秋の風に舞う枯葉だって人間たちの誓いよりもふらつかない…

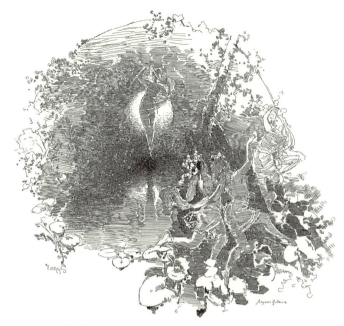

「妖精たちのダンス」ダニエル・ヴィエルジュ作

くたびれもうけだわ！あの人たちには悪いけれど！人間たちへの気配りのすべてから解放されれば、それだけ私たちはもっと幸せになるわ。
もう私たちの生まれた場所を離れないでいましょうよ、自由な空気と水と森林のこの地を。
シーソーで遊びましょう。夏の夜の露に濡れた木々のつるにぶら下がって。青い湖の水面を走ろうよ、トンボたちの背中にしがみついて。太陽の方に昇りましょう、貯蔵室の窓を通す埃舞う光線の中を！さあ！楽しむのよ！前進！バラの花びらたちは、ひらひらと！波たちは、囁くの！お月さま、昇って！

妖精たちのコーラスの間に少しずつ月が昇り、今や湖上で輝いている、そして妖精たちは、無上の喜びに浸っている。突然、彼女たちの中央の、舞台の真ん中にある野生のヒースの大きな茂みの奥深くから、妖精の女王が出現

第1タブロー

する。全員呆然となる。妖精の皆が「女王様！」と声をあげ、動きが止まる。

第2場　女王、妖精たち。

女王（腹立たしげに）：なんということ！これがおまえたちの人間に対する心配りというの！

妖精たち（抗議しながら）：ああ！私たちどうしようもありません。あらゆる手段は尽くしたんです。

女王（激しく）：でも、少しはよくお考えなさい！さもないと、私たちは千年間グノームの支配にまた陥るのですよ。今夜は、グノームに人間たちが取られた心を取り戻すために私たちに残されている最後の夜なのよ。

1人の妖精：心が無くなったって、人間たちは嘆きはしません。ああ、女王様！誰1人、これまで、自分の心を返してくれって言わないんです。それどころか、親たちは自分たちの子供にこう教えるのですよ…

女王：そんなのに構わないでいい！それじゃお前たちは、グノームたちが人間の心がなければ生きていけないことを知らないのね、グノームが心を盗むのは、自分たちの食べ物にするためなのだから、自然の動きをそっくり模倣する、訳のわからない仕掛けの歯車を作り出して、人間たちのここのところ（女王は彼女の胸を指す）に置くのよ。

1人の妖精（笑いながら）：本当に、人間はうまくだまされてる！

女王：そして人間たちはかわいそうに、おぞましいとも思わないで、なすがままにさせている。おまけに喜びさえ感じている人間だっているのよ。少しずつ、そしてお互い承知の上のことだから、心が人間の内側から出るのを、悪党どもが外側からそれを引き抜いてしまう。だから、全人類、というか人類の殆どすべて、善良な感情を持たず、立派な考えもない。

1人の妖精：だから、私たちにグノームを打ち倒してほしいのですね？

女王：そうです！戦いをまた始めなさい。天帝が、お前たちとグノームとの間で、世界の支配を分かち合うようにしたのです。昔、私たちは彼ら

を打ちまかしました。しかし、この千年の間、グノームが勝ち誇っています。グノームによって蹂躙(じゅうりん)された人間たちは、物欲に溺れている。グノームの霊が、人間の骨の髄まで行き渡り、包み込んで人間が私たちの存在を知るのを妨げ、真実のすばらしさ、理想の太陽を霧がかかるように、人間たちに隠してしまっている。

妖精たち：まぁ、口惜しいこと！グノームは私たちには何もできないのに。

女王：でも連中がその力を広げるにつれて、おまえたちの力の及ぶ範囲はどんどん狭くなるのよ。人間はおまえたちの慰めを退け、私たちの希望を嘲り笑い、私たちが存在することさえも否定するしまう。そしてグノームがこの地球のすべてを手に入れてしまえば、いちばん清らかな地域を欲しがる。限りない大きな力で、おまえたちに襲いかかり、そしておまえたちの心は、他のものたちの心と同じように呑み込まれてしまうのだよ！（妖精たちは恐怖の叫び声をあげる）心配しないで、よくお聞き！（彼女たちは女王の周囲に集まる）まず人類を、それからおまえたちを救うためには、グノームの巣窟にある連中の力の元を攻撃する必要がある。つまり連中が人間の心臓を貯め込んでいる、誰も寄せ付けない巣窟を、だよ。

妖精たち（騒がしく）：さあ、やりましょう！

女王：お待ちなさい！この企ては恋人２人の完全な同意なしでは成功しないのよ。

妖精たち：ああ！どこにでもいますわ、そんなのは、うんと…

女王：私が言いたいのは、人並みすぐれた情熱と純真さをもった愛する２人のことですよ。相手のために死ぬことができて、自分の墓へは１粒の涙さえ期待しないような。

妖精たち（叫び声をあげながら）：まぁ！まぁ！まぁ！いったい、どこでその２人を見つけるのです？

女王：わかりません。その２人は、そこに、すぐ傍かも、それとも地の果て、ぼろを着ているかも知れないし、玉座にいたりするかも知れない。街の中、砂漠、森林、さらには海辺から山の頂まで、あらゆる場所をお

第1タブロー

探しなさい。何ひとつ見逃してはいけないよ。さあお行き！（舞台裏で足音）誰か来る、隠れましょう！人間たちの目に私たちが見られてはいけないから。

太陽は少しずつ昇り、霧を通して、右側、木の茂みの奥に小屋が見える。近づいてくる足音に、妖精たちはそれぞれ隣接する木々の幹の中に姿を消したり、湖の中に沈んだり、また霧の中に消えていく。

第3場 パリ近郊の農民のトマ父とトマ母、古ぼけた従僕の制服を着た夫婦の息子ドミニク、色あせた旅装で、帽子に喪章をつけたポール氏はすっかり打ちひしがれた様子。

トマ父：元気をお出しなさい、ポールさん！

トマ母：さあ！パリに向かってご出立なさらないと。あなたのお仕事を放っりぱなしにしてはいけませんよ。歩いて数里です、なんでもありませんよ！

ポール：そうだ、元気を出して出かけることにします。

トマ父：そうですとも！といっても、まぁそう急がなくても。

トマ母（傍白、夫を指さしながら）：馬鹿だね、この人は、まったく！

ポール：ありがとう、ご親切に。でも、これ以上長く、あなた方のご親切に甘えすぎては…

トマ父（傍白）：ああ！やっとわかったな！

ドミニク：あなたにふさわしいおもてなしは本当にできませんでした！あなたがここに泊まるのを承知なさったのに驚いています。あなたの以前の管財人、あの下劣な男は、お城の部屋にお泊めする心遣いなどしなかったか

トマ母

ら、あの忌々しい彼のだらだら続く会計報告を聞くために、ここにいらっしゃるとは、とんだ苦労というものです。じっさい、あなたはここ数日ご不幸に見舞われてますし。

ポール（夢見るように）：そうだ、まるで呪いみたいだった。思いがけない出来事が次から次へと。父は突然亡くなるし、昔の借金の取り立て、それから完全に破産して、しかもその原因もわからず、誰に文句をつけていいのかも分からないのだから。

ドミニク：なんというご不幸！私たち2人、一緒に旅をして、あんなにも人生を楽しんでいたのに！

ポール：そんなに騒ぎたてるなよ、ドミニク、僕の楽しみのためにインドとオリエントのあたりまで一緒にうろつきまわった時の話はもうしないで。つい最近のことなのに、もうはるか昔の話だ！もう後悔なんかしないよ！もう一度世間に飛び込まないといけない。今度はそこでひと財産を作るために。（彼は沈思する）

トマ父：問題は、それを手に入れることですな。

ポール：なあに！やる気さえあれば！（ドミニクの方を向いて）それにおまえは僕を見捨てやしないし。

ドミニク：ええ！もちろんですとも！私はご主人を信じています。私は仕事をされていたのを見ていますから。ま、それはともかく！あなたがお許しになるなら、あの土地でずいぶん好奇心をいだかれた親切な人たちの力を借りる絶好の機会ですよ！　あらゆる色の魔術師たち、緑のガウンや、黄色のガウン、青いガウンや、色とりどりのコートを着た連中、その上シャツのないのにも、あなたは意見をお聞きになったじゃありませんか！本当に、あんな連中のくだらない話をみんなお信じになったようでしたよ。

ポール：なるほどな！もちろんだ？　のん気に構えてはおられない、じゃあ、これでお別れだ！

第1タブロー

第4場　前場の登場人物、ジャンヌ。

トマ母：ここに何をしに来たんだい、怠け者のおまえが？

ポール（悲しんで）：まぁ！なんてひどい言い方をするんです！

トマ母：娘をかばうようなことはおっしゃらんで下さいますかね、ポールの旦那？　それはまぁ、そりゃそうですよね、ねぇ。娘はあなたがご旅行の間、あなたのことをずいぶん話していましたから。

ポール：何だって、おまえ、僕を忘れてはいなかったのだね！僕のことを思っていてくれたのか？

トマ母：娘がどんなにあなたを思っていたか、ほんとに！思ってもみてくださいよ、この5年もの間いつだってあなたのことを話していましたよ。「あの人は今どこかしら？いつ帰ってこられるのだろう？」ってね。あなたのことを通りすがりの駅者という駅者皆に尋ねて、湖の上に風が吹けば、航海がご無事かを心配して。

トマ父（近づいたジャンヌを追っ払おうとして）：おまえには関係ない。さあ、仕事を始めるんだ！

ポール：ずいぶん大きくなったねぇ！今じゃすっかりべっぴんさんだ！キスしてほしいかい？（彼女はうなずく）

ドミニク：さあ、前に出るんだ、お馬鹿さん！

ジャンヌ（はにかんで額を差し出しながら、感動した声で）：出ていかれるのですか？

ポール：そう。かわいい子、そうしないといけないんだよ！（彼は彼女に接吻する）

ジャンヌ（兄の方に進みながら）：さようならを兄さんにも！（両親の方を向いて）だって兄さんはご主人について行くんでしょう！私にそう約束したわ！

トマ母（傍白、ドミニクに）：この人はすっかり破産しているのに？

トマ父

ドミニク（傍白）：俺たちは遺産をあてにしているのだよ！それと… それと…

トマ母（傍白）：信用しちゃだめよ！

ドミニク（傍白）：それに、もしこの人が成功しないのなら、いつでもこの人を置き去りにできる。俺は模範的な召使いとして人の口に上る。評判も高くなる！スポーツの… 新聞で一つ二つ宣伝文句があれば… 俺には作家の友達たちがいるし！

トマ父：少なくとも、時々わしたちにいくらかは送るのだよ…

ドミニク：できない相談だよ！俺の資金は… 投資することになってる。証券取引所の連中と懇意だから！

トマ母（感心して）：なんとたくましいこと！

ドミニク：でもちゃんとした地位につき次第…

トマ父（喜色にあふれて）：うん、うん！

ドミニク：また便りはするから！

トマ父：とにかく、体に気をつけるんだ！

ドミニク：先ず何よりも俺！それが原則さ！

トマ父：ごてごて飾った女たちに身をもち崩すなよ。

ドミニク：まさか！そんな浮かれ騒ぎから戻ってきたんだ。こんどは実利だよ！俺はそれで行く！

トマ母：この子は頭がいい！

ドミニク：じゃ、お父さん、お母さん、さようなら、お元気で、達者でいてください！（父親に接吻する）ひとおつ！（母親に接吻する） ふたあつ！これでおしまい！出発！

ポール：僕が苦しい時に、彼は僕について来てくれると言う。ほら、お分かりでしょう！

ドミニク：あなたのためにできることがある限り、私は満足ですよ！あなたは下僕がいないでは生きていけないんです！これは失礼！私は従僕の制服を仕立て直させますよ。そして帽子に新しい記章を付けます。そうすれば私たちはまた恰好が付きます、いや、まったく！ご主人、ご用は

第1タブロー

何なりとおおせつけ下さい！
ジャンヌ（兄の首に飛びつきながら）：あぁ！私のすてきな兄さん！
トマ父（ドミニクに）：用心するんだぞ！
ドミニク：分かっている！分かってるよ！
トマ母：よく言うことを聞くんだよ！
ドミニク（遠ざかりながら）：心配しないで。
トマ父：帰って来い！
ドミニク：また会えるから！
トマ母：可哀想な息子！
ドミニク：手紙を書くよ！（彼は舞台から去る）
ポール（父親と母親に）：彼を引き留めることはできません。さようなら！さようなら！心配しないで。私たちはひと山当てますから。（彼は退場する）

第5場　トマ父、トマ母、ジャンヌ。

トマ父（夢見るように）：ひと山当てる！　金持ちになり… 相当の領地をもち… 牧場… 森林… 水車小屋… そしてみんなを踏み台にして目的を達する… じつに素晴らしいね！
トマ母：まったくそうだよ！（ジャンヌに）　だからね、わかるだろう、いいかい、おまえはがむしゃらに働くのだよ、そうすれば間違いない。おまえのように、ぼおっと白い雲の向こうを見ていて何時間も過ごすかわりにね。
ジャンヌ：でも、夜明けから…
トマ母：つまり！そうしたこと全部が、怠けてるってことだよ…
トマ父：おいちょっと。思いついたことがある。
トマ母：儲けられるの？
トマ父：たぶんな。ジャンヌをパリに行かせようや？
ジャンヌ：たった1人で行くの、あそこに。大都会だよ…

トマ母：そうさ！村から何人もの娘が木靴で発って…　で、ちゃんと戻ってきたよ。どうにかなる！（ジャンヌを見ながら）　まだ皺くちゃじゃないし、ジャネット[1]！　さぁ！どうして行かないのさ？　決まりだ。じゃあ明日から…

ジャンヌ：お願いだから…

トマ母：あぁ！何だってしてあげるよ、私たちは。父さんと母さんはどんなことでもするよ。そうだろ、トマ？　まず手始めに、赤いカプリーヌ頭巾をあげるよ。私の昔のスカーフがありゃ、私たちはなんとかなるさ、きっとずいぶんかわいい娘になるよ？　ほら！いいかい、ジャネット、愛嬌が大事だよ。それも恰好のいい、本当の…　大金をひねり出せる、両親（ふたおや）の…　親切な両親の生活を確かにする愛嬌が、ね。

ジャンヌ：パリで、たった１人でどうなるのかしら？　自分がどの通りにいるのかさえ分からないわ。

トマ母：ああ！親切な人がいて。教えるくれるよ…

ジャンヌ：誰も知っている人はいないのよ。

トマ母：それなら！そう、ドミニクはなんて言った？　とってもりっぱな知り合いがいるってさ！銀行家、軍人。つまり、お偉方全部だよ！

ジャンヌ：いえ、とてもできないわ！

トマ母：ポールの旦那だって、喜んでくれるよ…

ジャンヌ：あの方が！　私のような哀れな娘を！

トマ父：なんてことを言うんだ！

トマ母（父親に）：お黙り。あんたには娘に納得させることなんかできないよ。（ジャンヌに）　パリと母さんのきれいな金の留め金…　それともお屋敷、そうでなきゃ…（母親は娘をひっぱたく仕草をする）

ジャンヌ（あきらめて）：じゃ！行くわ。

トマ母：やっとのことで！でもそのままそこで腕を組んでちゃいけないよ。さあ、仕事にとりかかって、てきぱきするんだよ！

---

1) ジャネットは、ジャンヌに指小辞がついた形で、親しみや愛情の意が加わる。

第1タブロー

ジャンヌ：直ぐに。
トマ父：こっちにおいで。
トマ母：あっちへだよ。
ジャンヌ：どうすればいいの…
トマ母（彼女に平手打ちを食わす）：さあ、おまえに教えてやるんだよ。
トマ父：ぴいぴい泣いて、泣きじゃくって、急いで行んだ！（彼らはジャンヌを前に押しながら出ていく）

第6場　妖精が再び現れる。

すべての妖精：ああ！なんて汚らわしい年寄りだろう！ありがたいことに若い方はましだわ、これで純粋な心が２つあるってわけね。
妖精の１人：たぶんね。でもあの若者は、どのようにして、あんなに素朴で、貧しくて、薄汚い娘を愛せるのかしら？
女王：ああ！私たちはその愛情を芽生えさせねばなりません、私たちが成功するかしないか、それにかかっているのだから。でも２人のうちの１人にしか知らせることができないの。だから、さあ、おまえたち、どちらにするか決めなさい、急ぐのです！
妖精たち（騒がしく）：
　　－若者に！
　　－娘に！
　　－いや！いや！
　　－娘に！若者に！
　　－若者に！
　　－娘に！
女王：さあ！それなら青年にしましょう。だってジャンヌは、その無知と身分の低さで身を守られている。ポールは、その反対に、毎日グノームたちのあらゆる罠に身をさらしている。だから私たちが、いつその時が来るのか、それだけを知らせて、できる限り守らなければならないのは

青年ということになるわ。

女王の妖精たちに対する、ポールを守るための助言と勧告。

妖精たち：さあ！姉妹たち、慎重に
　そうすれば、私たちの計画は成功するわ。

地下の声が繰り返されるのが聞こえる。
　ああ！ああ！ああ！

妖精たち（中断する）：いったい何なの？こだまかしら。

彼女たちは再び歌を歌う。
妖精たち：さあ！姉妹たち、慎重に
　そうすれば私たちの計画は成功するわ。

　地下の声は、力と陽気さを帯びてだんだん大きくなる、そして地下から、大きな頭をもった小びと、グノームたちが出てくるのが見える。彼らはより強く叫び、妖精たちにうるさくつきまとい、妖精たちは恐怖に駆られて逃げる。

グノームたち

第 2 タブロー

パリ近郊の居酒屋。夜明け。

第2タブローの舞台装置「キャバレー」　ダラン作

第2タブロー

第1場 居酒屋の亭主。埃にまみれ、疲れきって、テーブルの前に座っているポールとドミニク。テーブルにはワインのボトル、グラス2個、インク壺、封印された手紙の束。

野菜栽培業者たち（市場に行こうとして）：さようなら、ミシェルの爺っつぁん！

居酒屋の亭主：ごきげんよう、みなさん！（ポールとドミニクに）おふたりに料理をお出ししたから、申し訳ありませんが、まだ朝早いし、もう客も来まいし、ひと眠りさせてもらいます。（彼はカウンターに行き、頭を両手で受けて、眠りにつく）

ポール（ドミニクに手紙の束を見せながら）：そうだ、分かるね：着いたらすぐにこれを配るんだ！

ドミニク（手紙を受け取りながら）：わかりました！（彼は順々に読んでいく）アルフレド・ド・シジ子爵宛！なるほど！あなたがしょっちょう借金を払ってやった一人ですね！でも住所は？

ポール：クラブに聞けばいい！

ドミニク（続けて）：オネジム・デュボワ氏宛、画家、ラベイ通り！その絵描きから下くそな絵を買いましたよね！ルトゥルヌー教授宛、何種類かの宗教・博愛団体のメンバー。有名な人ですよね！パリ中に教授を紹介したのはあなたのお父さんでしたね！　お医者の… コロンベル宛。

ポール：お前も知ってのとおり、一家の主治医だ！

ドミニク：ブ、ブ、ブヴィニァール氏宛…

ポール：そう！　そうだよ！古いファイアンス陶器の愛好家だ！

ドミニク：ああ！昼飯時にいつもやって来た、痩せた小男だ、やれやれ！マカレ氏へは、工場宛ですね。この人は工場を始めだした時は、ずいぶん金を儲けたと言って、とても喜んでましたね！（ぶつぶつ言いながら、束をばらばらとめくる）よし！よし！この通りは知っている、これも分かる！　おやおや！お友達にはそうそうたる人物がいますね、貴族院議員、銀行家、学者、芸術家、パリ中全部だ！

ポール（ため息をつきながら）：5年いなかったのだから、みんなおそらく僕を忘れてしまっているだろう！　良い人がいてくれたら有り難いんだが！　で…（書簡を指さしながら）それを2つに分けておくれ！まずこちらの手紙、そのほかのは後回しだ！

居酒屋の主人（飛び起きて）：はい、はい、ご注文はない！

ドミニク：何も頼んでいないよ。

居酒屋の主人：なぁんだ！（欠伸をして、元の姿勢にもどる）

ポール：それから賃貸のアパートの掲示があれば注意してよく読んで、値段の張らない小部屋を借りるんだ！

ドミニク：何階でもいいですか？

ポール：うん、何階でもいいよ！

居酒屋の主人（飛び起きて）：はい、はい！

ポールは亭主に違うよ、というようにかぶりを振る。

ドミニク（突然びっくりして立ち上がるが）：やれやれ！亭主は居眠り三昧ってわけか。（また座る）ああ！いい心持ちだ！　膝は疲れ果てて、頭が空っぽ…

ポール（立ちあがって）：一晩中歩きとおしたからなぁ！　可哀そうに！さあ、ワインを飲んでしまえよ！（ドミニクは飲む）僕も、胸が張り裂ける思いだ！これから新しい人生に飛び込もうとしている時は、どんなに心が騒ぎ、悩ましいか。きっと長旅に出ようとする時に襲われる不安と同じだな！さあ、立って！

第2場　ポール、ドミニク、1人のブルジョアが長いフロックコートを着て、縁の反り返った帽子、長い頬ひげで、革紐のついた杖を手にしてゆっくり登場。眼を爛々と光らせてポールとドミニクを見詰めながら、テーブルの1つに座る。外では雨が降り始める。

第 2 タブロー

見知らぬ男

ドミニク:ああ!雨だ!待たなくちゃいけませんよ、パリへ行く馬車がありませんから。

ポール:この前パリを出た時は、四頭立の駅馬車[2]だったな。

ドミニク:この俺は、座席に座って、御者たちに金を払っていたのに!今日は、こうして乗合馬車がいつ来るかと目を皿にしてる。

見知らぬ男(礼儀正しく立ち上がって):郊外の乗合馬車は、いいですか、朝8時半にしか動き始めませんよ。

ポールとドミニクは振り返って、見知らぬ男を見詰める。

見知らぬ男:このおふたりは他国からのお方ですか?ご主人は趣味のご旅行ですな、おそらく?もしパリのことで何かお知りになりたいことがあ

---

2)「「駅馬車」とは、街道の宿駅でそのつど生きのよい馬を繋ぎつぐことで、乗客のみならず、託された郵便や荷物を遠距離まで高速で運ぶ交通機関にほかならず、それは、ルーアンとヨンヴィルとを結ぶ「乗合馬車」とはまったく機能を異にするものである。」蓮實重彦『「ボヴァリー夫人」論』筑摩書房、2014年、160頁。

れば、お役に立ちますよ… 知り合いが沢山いますし…（ポールとドミニクは答えない）ぶるぶる、ぶるぶる、ぞくっとする！　何か温かいものを飲むとするか！おい、給仕、ポンチを一杯！（居酒屋の店主が飛び起きて、右袖から退場する）砂糖とレモン、コニャックを！早くするんだ！… で、もしおふたりがよろしければ、いかがですか。（給仕の女が、左袖から来て、鉢を持ってくる）

ドミニク：喜んで。いやご親切にどうも！（給仕の女が鉢をテーブルに置くと直ぐに、その上に炎があがる）あれ、さっきはその中に何もなかったのに… なんと不思議な！（見知らぬ男に）ああ！　これは、まさか、ポケットに隠していたのですね、そちらのを… あんたは物理学者、ギリシャ人だな！　ああ！　こいつは眩しい！　居酒屋でいかさま用に細工したポンチを持って来るなんて！

見知らぬ男：全くわかりませんな、あなたがおっしゃていることは。（給仕の女にお金を払いながら）２番目の通りの右側の店の、上の３番目のメールボックスに、ハバナ葉巻を取りに行っておくれ。私の郵便受けがあって、すぐにわかる！[3]（彼女は退場する）さあ、私たち２人だけになりましたよ！

---

3) 見知らぬ男がこの地域を熟知していることが、詳しい説明でよくわかる。なお「ハバナ葉巻」に関しては、「ギリシャ神話のアマゾンは軍神アレスとニンフのハルモニアを祖とし黒海周辺にすんでいたという好戦的な女人族で、キルシュを飲んで、ハバナ葉巻を吸っていた」（Pierre Jean Hyacinthe Galoppe d'Onquaire, *Hommes et bêtes, physiologies anthropozoologiques mais amusantes*, Paris, Amyot, 1862, p. 12）という記述があることから、この給仕の女が、この場面の終盤で、アマゾンのような挑戦的な妖精になって、ポールをグノームから守ることを示唆する。

第2タブロー

第3場 ポール、ドミニク、見知らぬ男。

ポールは肘をついたまま、夢見るように。

見知らぬ男（ポンチを示しながら）：じゃ、ほんとうに、何にもお役に立たせていただけないのですか…

ドミニク（誘うような調子で）：さあ、ご主人様。お高く止まらないで！

ポール（立ち上がる）：それには及びませんよ、本当のことを申して！（見知らぬ男とドミニクの傍の小さなテーブルに座る）

見知らぬ男：そうすると、あなたは大都会で一旗あげようというわけですか？

ポール：誰がそんなことを言いました？

見知らぬ男：あなたご自身ですよ！

ポール：どういうことです？

見知らぬ男：さっき、あなたは召使いとお話されていたとき！

ポール：でも私にはどうも…

見知らぬ男：これは失礼！ いや私は何でも知っているんです！ 私の仕事は、世界にまたがる情報センターを経営し、社会の異なる階層で手広い仲介業を行うことです。あなたのお役にたつことは私のためにもなるんです。

ドミニク：あけすけに言う男だなぁ、とにかく！

見知らぬ男：あなたはどこか役所での仕事を探そうとしているのですか？

ポール（荒々しく）：とんでもない！

見知らぬ男：財務、外交あるいは鉄道事業かな？

ポール：おやおや！ そんなことお門違いですよ！

見知らぬ男：商業、ですかな？

ドミニク：えぇ！ そうですよ！ 2時間で、これよりうんと大きなカンバスに絵を描く人ですよ！

見知らぬ男（皮肉に挨拶しながら）：なるほど！あなたは

見知らぬ男の変容

芸術家でしたか！ああ！ それでひと山あてたいのですね。そりゃ、大したもんですな！

ポール（いらいらして）：そのとおり！ いけませんか！ 拍手喝采を浴びている沢山のへぼ絵描きを見ますが、どうしてそんなことになるのか不思議ですよ… それはともかく、私はずっと長い間研究をしてきているんです。全力を出せば、栄光はやってくる… おそらく、そして富も。

見知らぬ男の変容

見知らぬ男：それは結構ですな！お若い方。しかし出世するために、必要なことすべてを疎かにしないよう願いたいものです。古典の作品を剽窃する、現代作品をけなし、大したことのない才能をほめたたえ、大物はやじり倒す。それが大事なんです、最初がね！それから小商人(こあきんど)を砲兵として描き、娼婦たちをヴィーナスに描く、名馬や貞節な姿を添えてね。デッサンや色彩なんか気にしないでいい。思想がないと言われるかも知れないから、ご用心！ それから、古代ギリシャ様式かゴチック様式、ポンパドゥール様式か中国様式、猥褻か美徳か、とにかく、何でもいい、流行のものを取り入れるんですな！ そうして卑屈に公衆の前で跪くんです。決して連中の精神や連中の財力、つまりは連中の壁の幅を超えるようなものを与えちゃならない！ そうすりゃ、あなたの作品は、限りなくコピーされ、ヨーロッパを覆うことになります。あなたは時代の脳裏に焼きつけられるわけです。巨匠、栄光、ほぼ宗教同然となる。あなたの凡庸さが思うままに威をふるって、人類すべてを馬鹿と化すわけです。それは自然界にまでも及ぶことになりますな。というのもあなたが皆に自然を嫌わせるようにするんです。おお偉大なお方、自然は遠くからあなたのへっぽこな絵を想い出させますからな。

ポール（憤慨して）：決してそんなことは！

見知らぬ男：おっしゃるとおり！地位や固定給、それはよりは確かですよ。私が何よりもまずあなたにお勧めするのは正確さですな、仕事をするた

めではなく、あなたの同業者を監視するための。最初は、あちこちでちょっとした中傷、それから（サービスの利害をめぐっての）表立っての告発。で最後ははっきりとした誹謗。そんなものに怖がっちゃいけません！　身分の低い人に対しては傲慢に、目上の者の前では卑屈になる、つまり横柄な態度とすぐにぺこぺこする卑屈さ、というわけですよ！偏狭な頭と自分には寛大な良心。悪弊を尊重し、うんと約束して、守るのは稀、嵐の際には身を屈め、厄介な状況になれば、死んだふりをなさい！　それで、あなたの上役の悪癖をお探りなさい。そいつが嗅ぎたばこを吸うなら、嗅ぎたばこ入れを買う、そしてもしその男が美人好きなら、結婚なさることですな！

ポール：なんとおぞましい！

見知らぬ男：誰にも頼らないこと！　私はそれが好きです！　そんなことはもう、商業で手に入れた財産があればこその話です。私は恥にはならない破産の方法を知っています。目方を偽り、愛想よく振る舞うのがその秘訣です。しかし忘れちゃいけません、若い男が大きな会社で一番早く出世する方法は、ブルジョアの妻を誘惑する[4]ことだってことを。

ポール：ちょっと黙ってくれませんか、嫌な人だ！

見知らぬ男：そう！　娘の方がいい、いずれあなたを結婚させないといけないのだから！

ポールは唖然として後ずさりする。

ドミニク：この男の言うことは、一理ある。

見知らぬ男（相変わらず動じずに）：それで、あなたがどんな人間であろうと、障害となるものは取り除かれて、どの人間もあなたに微笑みかけま

---

[4］ブルジョア階級の台頭によるロマン主義文学の一つの型、『感情教育』（1869）の主人公フレデリック・モローとアルヌー夫人やダンブルーズ夫人などの関係が指摘できる。

すよ。健康で、夕食をおいしく食べ、若い娘のような薔薇色の顔色だ。(見知らぬ男の髭が消える。ポール驚く) 少しずつあなたは金持ちになり、重んじられ、幸せになる。竹のステッキの金の丸い握りを白い手袋の中で回転させながら、エナメルの長靴をアスファルトの上で響かせることになる。(見知らぬ男の言うことが起きる。ポールは叫び声をあげる)あなたは恐がられるでしょうし、愛されもする。なんでも気ままなことをして、毎日新調の服で、指の全部に指輪をはめ、時計には鎖、小さな飾り[5]、豪奢な薄物のシャツを身に着ける。(見知らぬ男はダンディの衣装であらわれる。ポールとドミニクは身を寄せ合う)あなたは、田舎に別荘、彫像やら邸宅やら、友達、血統書付きの馬なんかを買う。つまりいっそう高くつくやつですな。次の世代の連中を騙すために、病院を建てることだってできる。そうして、大勢の召使いたちが傅いて、家族に囲まれ、重い地位にも就き、太鼓腹をし、いかにも立派な人間という格好で、あなたはゆっくりと老いを迎えるわけです。(見知らぬ男は、金縁眼鏡にビロードのチョッキなどを身につけた、年老いた裕福なブルジョア姿であらわれる)

見知らぬ男の変容

ポール(顔を手でこすって):幻覚じゃないのか？頭の中で車が転がって、火花が飛び回っている。(燃え続けていたポンチが、他のテーブルの上でも増えて、炎があちらこちら空中に鬼火のように飛び交う)

ドミニク(見知らぬ男の周りを感嘆して歩き回る):なんてすごい奴だ！ こんな経験をするとは！

ポール(きっぱりと):いや！そんなのはお断りだ！ひっこめ！お前の言うことに耳を貸すなんて恥ずかしい。あっちへ行ってしまえ！

---

[5] 羨望の的として豪奢な生活を象徴し、『ボヴァリー夫人』の中でも「ルアンで、時計の鎖に飾りの束をつけているのを見た。そして早速その飾りを買った」(*Œuvres compètes*, III, Bibliothèque de la Pléiade, p. 202)と描かれている。

第2タブロー

見知らぬ男：お好きなように！　どうぞ行い正しく、ねえご立派なあなた、腹を空かせればいい！皆が、富へと導くすべての扉をあなたには閉ざしますよ、あなたの面目をつぶしてね！最初は、言うまでもありませんが、あなたという紳士は見かけを繕う。2スーの牛乳と小さい丸パンをフロックコートのポケットの中に押し込んで、夜の9時まで、舗道をとぼとぼ歩いて行く。そう！　いずれあなたは知ることになる、身づくろいを誤魔化す術を。取り付け襟は紙製、白けた縫い目にはインク、使い古しの靴底を持たせるのに裏側に小さなバンドを張る。そしてシャツがないのを隠すために、黒い服の顎までボタンを留めるといったようなのを、ね。（彼は描いて見せたままの衣装で現れる）あなたは気丈にも、戦おうとする！　ところが誰もあなたのことなんて相手にしない！　隠れている連中を誰も探そうとはしませんよ！　誰が貧乏人なんか気にするものですか？そして最初の躓きは当然2度目の躓きを引き起こすことになりますから、少しずつ少しずつ、あなたは転げ落ちていきますよ、あなたはね。貧乏がますますつのり、取り返しがつかなくなり、体質までそうなる！「ぴしっ！　ぴしゃ、ぴしり！　そこをどくんだ、不作法者めが！」そして真冬の氷雨の時期になって、あなたは、惨めな境遇のどん底から、目もくらむばかりの高みを見上げて、大きなガラス窓に架けられた綾織のモスリンの背後で、あなたの飽くことのないあらゆる欲望が、シャンデリアの下、宴の燃え上がる炎のような輝きの中で、くるくると旋回するのが見えるだろう。（壁の右側がぽかりと開き、華麗な舞踏会が見え、そして再び閉じる）さてそこで、あなたに、パリでの、セーヌの河岸と大通りに沿った長い貧乏人の散歩道（プロムナード）が始まるわけだ。砂漠のベドウィン族より漠然として悲惨、あなたは、何か良い機会はないか、傘が落ちていないか、財布は落ちてないか、真夜中まで歩き

見知らぬ男の変容

ながら探すことになる。そして、あなたは徒刑囚の横に寄り添い、両足を麦藁に入れて、ベンチに座り、両腕でロープ1本を支えに[6]、眠るんですよ！（壁の左側が少し開き、人々でぎっしり詰まった、おぞましい室内が見え、そして再び閉じる）そして、ずっと前からすり切れてた服が無くなってしまう。（彼の着衣が消える）帽子の代わりに庇のない鳥打ち帽だ。（同じく変わる）もうチョッキもなく、ズボン吊りは片方だけ！　靴もない…　スリッパだ！（さもしいポーズで）辻馬車の御用は、ブルジョアさん？

ポール（両手を揉むようにしながら）：おぞましい！ぞっとする！

ドミニク：どうもこいつは全く楽しくないな、この未来は！

ポール（落胆して、椅子に倒れ、テーブルに肘をついて）：どうしたらいい？

見知らぬ男の変容

見知らぬ男の変容

見知らぬ男の長い台詞が終わる頃に、給仕の女が葉巻の箱をもって戻り、テーブルの上に置く。ポールの傍にいた見知らぬ男は、右側に立って、期待を込めた身振りで、一歩後ずさりするが、たちまち、男の正面、ドミニクの後ろにいた給仕の女が妖精に変わり、見知らぬ男の方に

---

[6]　ポールのパリでのみすぼらしい乞食のような生活については、真夜中まで彷徨い、夜は同じく貧しい生活をして、宿賃を払えない、かつての徒刑人に寄り添って、みんな一緒に、ロープを身体の支えに、ベンチに座って眠る19世紀に遡る古いしきたりに基づいているが、ドミニク・ドザンティによると、「1944年10月、当時貧しい地域であった、メトロ、モベール＝ミュチュアリテにあるペクイホテルで、宿無したちが（中略）夜、眠るためにロープ一つにぶら下がって、一つのテーブルの二辺に座る権利を得ていた。朝になると、ロープの結び目は解かれ、眠っている人たちの頭は、木の床の上に落ちて鈍い音を響かせる」（Dominique Desanti, *Ce que le siècle m'a dit. Mémoires*, Plon, 1997, p. 249）。

第2タブロー

威圧的に腕を伸ばすと、その男はグノームに変身する。
　ドミニクは、唖然として、叫び声をあげる。ポールも頭を上げて、妖精に気づいて叫び声をあげる。妖精は右側の壁の中に消え、グノームも同時に左側に消える。

第3タブロー

　銀行家クロケールの邸宅。居間、両袖と奥に扉。第1場の間ずっと、召使いたちが、花台と家具を運びながら、舞踏会の最終準備のために舞台を何度も横切る。

第3タブローの舞台装置「舞踏会」　シャプロン作

第 3 タブロー

第 1 場 アルフレッド、ポール。

ポール：何だって、ねぇ、アルフレッド、この僕をクロケール邸に、それも舞踏会の夜に連れて行ってくれるって？

アルフレッド：なんでもないよ！君はきちんとした服装をしていないのかね？ それに（大げさに）「パーティ」はまだ始まっていないから、あの有名な資本家に一言くらい話す時間は充分あるよ。

ポール：本当に君に助けていただいて有り難い！心から感謝するよ、君がいなかったら、どうすればいいか分からなかったのだから。訪問した至るところで、それももう1ヵ月になるけれど、門前払いを食わされてきたのだ！ ああ！ 友達と言っていた連中が！ どれだけあれこれ試み、努力したことか！（ポールはうなだれる）

アルフレッド：さあ、よし、よし！ 相変わらず君はメランコリックな、ロマンチックで、詩的な考えにはまってるね！（彼の肩を叩きながら）この善良なポール！ 変わらないな、すぐにどんな女性にものぼせあがって、あらゆる幻想にのめり込む。君の言う居酒屋(キャバレー)の話と同じように。（笑う）あはっはっ！

ポール：でも今も言うとおり僕は見たんだ…

アルフレッド：おやおや！ 君は何か幻覚に襲われたのか、大道芸人に一杯食わされたのさ！まるで壁の中へ姿を消す天女たちに、パリ郊外の飲み屋で出会ったみたいに！君がどれほどその人が妖精のように美しいと言い、妖精の衣装を着ていたと主張したってだめだ、妖精たちは、いいかい、2度とショッセ・ダンタン[7]から出ないよ。もうすぐ、僕は君にこれからすぐに1人の女性に会わせようと思っているんだ。社交界でクロケール夫人と呼ばれて、この人は私たちにはいささか寛容なところを

---

7) ショッセ・ダンタン Chaussée d'Antin は、18 世紀中頃から 19 世紀にかけて最ももてはやされた通りで、この界隈には新興のブルジョア貴族たちが住んでいて、由緒あるフォブール・サン＝ジェルマン Faubourg Saint-Germain の貴族たちと常に敵対関係にあった。

みせる。
　ポール（お辞儀しながら）：ああ、なるほど！
　アルフレッド：まったく、そうだよ！気楽だよ。僕は、大いに楽しんでいる。
　ポール：それでご主人は？
　アルフレッド：オヴェルニュ[8]出身だ！彼はいろいろに呼ばれているよ！がさつな奴とか、それからまた、守銭奴。
　ポール：なんだって！　それどころか、父が僕に言っていたのは…
　アルフレッド：君のお父さんはクロケール氏をご存じだったのか？
　ポール：よーく知ってたよ！　父はその人の無欲恬淡をいつも褒めそやしていた。でも、僕はまだ一度も彼に会ったことはない、というのも…
　アルフレッド（勢い込んで）：でも、もし君のお父さんが氏をご存知なら、どうして君は僕が必要なんだい？　君が自分で売りこめばいい。
　ポール（卑下しながら）：ああ！君、人間、貧すれば鈍する、さ！
　アルフレッド（傍白）：貧すれば！　貧すれば！　僕はこの男が貧乏だとは知らなかった！　そうと知っていれば！

第2場　クロケール、ポール、アルフレッド。

　クロケール：やあ、子爵！
　アルフレッド：今日は、大財政家のあなた！私の親友の1人、ポール・ド・ダンヴィリエ氏を紹介させてください。
　クロケール（傍白）：あれの息子か！
　アルフレッド：なにかは私にはわからないのですが、ちょっとお頼みしたいようなのです。自分でその話はするでしょう。ええ！いい青年で！優れた男です！　それともう一つお願いしたいことがあるのです。奥様

───────────────
8) オヴェルニュ地方の人については、「オヴェルニュ人のように吝嗇である」という表現がある。

第3タブロー

に私からご挨拶したいのですが、よろしいでしょうか、もしよければの話ですが？

クロケール：もちろん、どうしてかな！

第3場 クロケール、ポール。

クロケール：私はあなたのお父上をよく存じてあげていましたよ、そして、お父上を大いに尊敬していましたから、その突然のご不幸はこの私を人一倍悲ませました。で、あなたは、今日まで、いったいどうしてそんな不幸が起こったのか、まだお分かりになっていないのですか？

ポール：ええ！ その通りです！ 私はその原因を探り出すのさえ諦めてしまいました。

クロケール（大きくため息をついた後で）：その方が賢明です！ あなたの時間をそんなことで無駄にしないように、いいですか！（横柄に）それで何か頼みごとでも？

ポール：仕事ですが！ えぇ！給料の額は高くなくていいのです！

クロケール：おいくつです？

ポール：25歳です。

クロケール：ふむ！ ふむ！ ちょっと若いな！ それで、会計や銀行について、どれくらいご存じかな？

ポール：ほとんどわかりません、それはその通りですが、直ぐできるようになります！

クロケール：ああ！そうですか？ それでこれまでどんなことをなさってきたんです？

ポール：旅をしてきました。

クロケール：それはどこへです？ 目的は何です？

ポール：北アフリカと、それから中国[9]まで、知識を得るためです。

---

9) フロベール初期作品『11月』(1842)の主人公も、愛する女性が死んで落胆のあ

クロケール：いや、いっそう気ままに享楽するために、ですな！　財産を食いつぶすには素敵な方法だ。そんなことで、真面目な男の箔をつける。友達には長いパイプ、かわいいご婦人たちにはバブーシュ[10]を持ち帰って、野次馬連中の注目の的になる。やれやれ！上流社会の若者たちときたら！　おかしな連中ですよ、いや全くの話！

ポール（苛立って）：ちょっと待ってください！

クロケール：まぁ続けさせてください！　よく承知していますよ、あなたの勉強とやらを！賭けてもいいが、あなたは、マカオの主要銀行の名前ひとつ、それにカルカッタの割引歩合が幾らかさえ、私に言えないでしょう。

ポール：でも、そのほかのことがもっといろいろあります！

クロケール：そりゃそうかもしれんが！いったいそれじゃここに何をしに来られたんです？　何がしたいのです？

ポール：職(ポスト)です、職が欲しいんです！　あなたの手紙を翻訳したり、貴方の覚書(メモワール)を執筆したりできます！　力と勇気があれば、男は別の人間にもなれるのです。今の私の立場を考えて下さい。私がおかれているこの辛い状況を。そして私の願いを聞き届けていただくために、あえて申すのですが、父があなたの友人であったことを思い出していただきたいのです。

クロケール：ああ！　あなたのお父上は、ええ、実にりっぱな紳士でしたよ。だから、私の忠告に従っていたら、あんな悲惨な最期を迎えることはなかったはずです！　大貴族の猿真似をして、時を選ばない施しで皆の目を驚かせなどしないで、資産に目を見張って、財産を殖やし、つま

まり、スーダン、インド、新大陸、中国などを旅行することを夢見た。「ヒマラヤスギの木の小舟、その櫂は羽のように薄く、竹を編んでつくった帆をはって、中国起源のどらや長太鼓のノイズの中、細長い小舟に乗って、ぼくは中国と呼ばれている黄色い国へ出かけよう」Flaubert, Œuvres compètes, I, Bibliothèque de la Pléiade, p. 819.

10) トルコ風のつま先が長く反り返っている室内履き。

りは役に立つ人間になられるべきだった！　お父上には（まやかしの善良な調子で）、いや本当に、お父上に好意を感じていたばかりに随分辛い思いをしましたよ。その上、今そのご子息のあなたがいらっしゃって、そのご依頼に答えられず心苦しいばかりです。職ですと！そんなもの、ありませんよ、この私には！　雇えるポストはみんなふさがってます。それが私のせいですかね。まことに遺憾千万ながら！（ポールは舞台の上手に戻り、舞台奥から退場しようとする。クロケールは立ち上がる）いや、ちょっと待って！　お戻りなさい！

ポール（昂然として）：どうしてですか？

クロケール：できますよ、何かあなたの役に立ちたいんです。（正面から彼を見つめ）もし私が人間のことを良く見分けられるなら、あなたがどうお考えかを察したと思います。ところで、あなたはきっと私の言うことを理解できる知力の持ち主と信じます。だからもし拒絶される場合には、黙っておられるだけの慎重さがおありですよね！

ポール：どうぞそのようにお考えください。

クロケール：これまで、私は公的な形ですべての事業を証券取引所で行ってきました。しかし今日からは、あなたに説明するにはあまりに長すぎる、またあなたの能力をはるかに超える事情から、間接的な方法で操作しなければなりません。つまり他の人間の手によってするわけです…（沈黙）

ポール（理解しようとして）：と言うと？

クロケール：その人間は確かな男でないと困る。（私がその人物にやり方を教えるし、私は陰にいます）私の代わりを完璧にやる確かな人間、私の言うことに素直に従い、私のために行動する、しっかりした青年が必要なんですがね！

ポール：なるほど！

クロケール：そして表向きはその若者が、自分の名前で、自分の判断で行動したように。

ポール：それでも… 責任はどうなるんです？

クロケール：いや損をするなんてことは一切ありませんから、ご安心を！ほんのわずかな手間で、あなたには１割の報酬をさしあげますよ。ところで、こういった類の操作の利益は、１年に少なく見積もっても 100 万に上るので、あなたは１年に 10 万フラン受け取ることになります、つまり金利収入 10 万フランですよ、えぇあなた！

ポール：金利収入 10 万フラン！（彼は夢想に耽る。小声で）ありえない！そこには何かがあるはずだ…

クロケール（傍白）：ためらっている！無知のせいか、用心からか？

ポール：でも、どうして、決して損をしないと、始めから確信していらっしゃるのです？

クロケール：これまで計算をずっとしている結果ですよ。失敗しないいろいろな手口ををね。いずれ説明します…

ポール：それにどうして私の名前が必要なのです？

クロケール：どうしてって？（沈黙。彼らは見つめ合い、それから、突然）だがそんなことは言わずもがなでしょう！　よくおわかりのはずだ…まったく苛々する！

ポール：わかりました！　もう十分です！　私は、恥ずかしいから、あなたの確かだという手口が刑法上で言われる用語[11]を口にするのはやめます。そんな手口に私の名前を貸すことは、それに荷担することになる。だかあなたの共犯者にも犠牲者にもなりたくありません。私は手をひきます。

クロケール（顔を背けながら、傍白）：馬鹿な奴だ、行ってしまえ！

ポールが扉の敷居にかかった時、舞台奥から、ルトゥルヌー氏が登場。彼らは向かい合う。

---

11) ポールはクロケールが彼に提案する「詐欺」という文言を口に出したくない。

第3タブロー

第4場　ポール、クロケール、ルトゥルヌー。

ルトゥルヌー（驚きと喜びで）：ポール！ああ！何て嬉しい！

クロケール（傍白）：2人は知り合いなのか！

ルトゥルヌー：抱きしめたい、この愛しい青年を！　あなたがパリにいるのを知って、ギュイエンヌ[12]の奥から馳せ参じましたよ、そこへ農業や暮らしぶりを少し視察に行っていましてね！　ああ！　今日はついています！　運がいい！（傍白、クロケールにこぶしを突きつけるが、彼は背を向ける）　しっぽはつかんでいるんだ、老いぼれめ！（大声で）あなたは亡くなられたということでしたが、ご存じですか？　ねえ、そうでしょう、クロケールさん、あなたの敵たちは、―あなたには敵がいるし、まぁそれぞれ敵はいますが―、あなたの敵たちはあなたとはもう二度と会うことさえないだろうと思い込んでいたんですがね！

ポール：誰がいったい私を恨んでいるんです？　私は誰にも迷惑をかけていないのに。

ルトゥルヌー：なんとおもしろい青年ですね、ええ？あの善良な、僕たちが大好きだったダンヴィリエに生き写しだ。

ポール：どうして似ているとおっしゃるのか分かりませんが…

ルトゥルヌー：まことに今日は良い一日だ。先ず旧友の息子に出会うし、そして不幸な人々を助けるし、これは、あなたのお蔭で、クロケール。

クロケール：ええ、なんだって？

ルトゥルヌー：ええ、そうなんですよ、私が来たのも、教区の貧しい人たちのためにあなたが私に下さった2万5千フラン

紹介

---

12) フランス南西部の地方名、その領域は時代毎に変化した。

のお礼を申しにですから。

クロケール：ああ！冗談じゃない！

ルトゥルヌー：おや、おや！この人は善行を隠してる。何という人だ！（ポールをじっと眺めて）こうしてまたお目にかかるのを嬉しく思ってくださるでしょう、ねぇ？　あなたの旅について話していただきたいですね。あなたは世界を駆けめぐっては[13]、奇妙な風俗や、実に風変わりな民族に出会ったでしょう。そして、あなたの観察は、おそらく、真面目な精神にふさわしく、道徳の面に向けられたでしょうから、小ずるいのと恩知らず、悪辣なのと愚かなのと、どちらがより一般的だと思いますか？

ポール：そういうご質問は、どうも…

ルトゥルヌー：で、クロケール、あなたのご意見は？

クロケール：分かりませんな。

ルトゥルヌー（彼に近づき、彼を正面から見つめて）：なるほど！お分かりにならない！確かですか？　その話はまたの機会にしましょう。あなたに言うのを忘れていたのですが、私は、模範農場を設立するために、一昨日、あなたに売った地中海株172株を支払っていただきたい、すぐに受け取りたいのです。

クロケール：いつになったらそんな冗談を止めるのかね？

ルトゥルヌー：冗談じゃありませんよ、あなた、次の話ほどじゃないですがね…（ポールに）コーチシナ[14]をご存じですか？

ポール：少しだけ。

ルトゥルヌー：では、そこには、昔、一5年前の話ですが—2人の友達が、善良な中国人と悪い中国人がいたとしましょう。ところで善良な奴はあまりに善良だったから、悪い奴に打ち明けたのですよ…

クロケール（かっとなって）：ああ！あなたの話なんてまったく馬鹿馬鹿し

---

13) フロベールは青春をブルターニュ地方、エジプトなどを旅して過ごした。
14) ヴェトナム最南部地域の旧フランス植民地。

第3タブロー

い！

ルトゥルヌー：でも、本当のことですよ。その証拠を見せることもできます。（沈黙）

クロケール（驚いて）：証拠だって？

ルトゥルヌー（彼の腕を掴んで、耳打ちする）：私は手にしているんです、否定できない証拠を、よーく考えるのですね！

クロケール（小声で）：なんとか話をつけるとしよう。今は黙って！（急に笑い出し、ポールの方に向いて）ほら、ルトゥルヌー、この人はがっかりしたんですよ！　私が彼のための職(ポスト)を用意できないと思ったのですな！　そう！そう！　おわかりですか、ふざけた作り話ですよ！　おやおや！　私が彼に話していたのはほんのちょっとしたことです！　いやはや！いい青年だなぁ！

打ち明け話

ポール：なんですって？

クロケール：もちろん、あなたを試験するためですよ、はっ！はっ！はっ！（真面目な調子で）私はこうしてあなたの性根を見たかったんです。これで、私はあなたに満足ですよ！　実に結構！　大いに結構！　繊細だし、信念もある。

ルトゥルヌー：それしかありませんよ、いいですか、信念！　それが根本です！信念を持っていればこそ、その人は信頼できる！　それで私はこの人に責任を持ちますよ、この私が！

クロケール：私たちの最良の友の息子です、信じますよ！（クロケール夫人が舞踏会の衣装で登場する）妻です！あなたを紹介しなければ。失礼！

彼は舞台上手の彼女のところまで勢いよく近づく。

第 5 場　ポール、ルトゥルヌー、クロケール夫妻。

クロケール（夫人に小声で）：よくお聞き、わしの財産、お前の財産にかかわることだ。この男は私たちを破滅させかねない。そつのないようにな！　きっとだぞ！（大声で）クロケール夫人、ポール・ド・ダンヴィリエさんだよ。

クロケール夫人：まぁ！　お名前は、以前から存じております！

ポール（傍白）：なんと美しい！

クロケール夫人：私たちはよく一緒にあなたのお父さまのお噂さをしておりました。

ルトゥルヌー：私たち3人は、だ。

ポール（傍白）：何という眼差し！

クロケール：可哀そうに！　5年留守した後に帰ってみたら、もう家庭がなくなっている！　でも私の家族がそのかわりをしますよ！　遠慮はいりません！　お役に立ててください…　どうぞ遠慮なく！

ポール：あぁ！　ありがとうございます！　しかしそれでは厚かましすぎるでしょう…（彼は退場しようとする）

クロケール：ここにいらっしゃい、あなたは私たちの身内ですよ、実際！　到着されたばかりだし、妻と一緒に続けて家を見て回ってください。さあ、ルトゥルヌー、ちょっと応接間に行って、それから大事な話について考えよう。

2番目の紹介

第3タブロー

第6場　ポール、クロケール夫人。

クロケール夫人：お分かりですね、誓って、主人がどうしたいか説明はいらないでしょう。私は、主人の気持ちをよく解っていますので、あの人が願うように、あなたを喜ばせたいと思います。もし私たちにできるのなら、言葉は悪いですが、お役に立ちたいですわ。

ポール：ああ！恐縮です、本当に！

クロケール夫人：あなたの悲しみが忘れられる… 少なくとも和らげられるようなら、私たちにとってとても嬉しいことですわ。

ポール：いえ、もう和らいでいますよ、奥様、こうして思いもしない形で！

クロケール夫人：どれほど苦しまれたことでしょうね？

ポール：えぇ！そうです！

クロケール夫人：どうして私たちのところへ来なかったのですか、始めから？

ポール：ああ！いやほんとうに、奥様、私の弁解は、たとえ心からのものであっても、まずいものです、でも…

クロケール夫人：でも、何ですの？

ポール：すみません！そうできなかったのです…

クロケール夫人：子供ねぇ！さあ、さぁ、あなたはその失敗を取り返さなきゃいけませんわ、是非にも、ね！　私たちは親しい人たちを毎週水曜日7時に招待しています、忘れちゃだめですよ！　あなたに女性のお友達の何人か、あなたに気に入るような才女たちをご紹介しますわ。時々、イタリア座の私の桟敷席におしゃべりをしにいらっしゃいよ。もし午後に、気分が重くなられるのだったら、ブーローニュの森の湖畔をまわる私の馬車の正面の席がひとつ空いています。1人で毎日いつも同じ水面を見るのは本当に退屈！　じゃあ、どこへ行きましょうか？　あなたは絵を描かれるようだから、今度はあなたの旅のアルバムをもって来ないといけませんよ。私のをお見せしますわ。お断りしておきますけれど、私の下手な水彩画には大目に見て下さらないといけませんよ。そ

れから、いろいろ本など読んで、お話しましょう。親友になりましょう。とにかく、私はそのつもりでいますわ。
ポール：あぁ！ありがとうございます！あなたは天使のようないい方ですね。初めて私は人から同情してくださるしるしをいただきました。これほどのご親切を受けるのに値するようなことをしたのでしょうか？　誰のお蔭なのでしょう？
クロケール夫人：それは亡くなられたお父さまの御加護でもあり、私の主人の望みでもあり、あなたの今の状況と、すこしばかり… あなたご自身にも拠るのよ。

彼女は彼に手を差し伸べ、ポールはそれを取ってキスする。

クロケール夫人（手をさっと引いて）：あら、まぁ！
ポール：すみません！間違いました、わかっています！　感謝の気持ちが過ぎて軽はずみなことをしてしまって、下品に思われたでしょう。
クロケール夫人：もうそれは話さないでおきましょう！　舞踏会に加わりましょうよ。参りましょう。
ポール：私をお許しにならないままで？　後生ですから、私を悪く思わないでください。失礼しました！　すべてに見放され、失望ばかりに疲れ果て、不幸にみまわれ気持ちのすさんだ人間です、どうか大目に見ていただきたいのです。
クロケール夫人（小声で）：それだといっそう私たち２人の間はしっくり気持ちが通い合いますわ！（ポールの仕草）そう、私も、つらい思いを、あなたの辛さと同じくらい深い苦しみを抱いていますわ、きっと！
ポール：あなたが！どうして？
クロケール夫人：ああ！ド・ダンヴィリエさん、あなたのような境遇にある人が、一般の人たちが持っている偏見があり、あの人達のように、金持ちだったら、心が満足して天に向かって望むものはもう何一つ無いと、と思われるなんて！　いえ！　違う、違います！

第3タブロー

ポール：教えてください。
クロケール夫人：もっと後でね、モナミ[15]！…（閨房の右、左、奥を閉じていた羽目板が取り外され、舞踏会が見える）どうぞ、あなたの腕を下さる？
ポール（傍白）：ソナミ… この人の友だって！

　舞台の両袖には、天井まで延びた支柱のすぐそばに黄金色の女像柱がある。それらの像の間に、花いっぱいの花台が、枝付き大燭台によって間隔をあけて置かれている。舞台奥の3つの開かれたアーケードから、銀食器と酒瓶に覆われた立食テーブルがある他のサロンが見える。

第7場　ポール、クロケール夫人、オネジム・デュボワ、マカレ、ブヴィニァール、アルフレッド・ド・シジ、ドクター・コロンベル、招待客たち、紳士と淑女、召使いたち。

　クロケール夫人は、ポールの腕をとって舞台上手に進むと同時に、彼女の方に人が歩み寄る。

招待客たち（挨拶しながら）：素晴らしい、目も眩むばかりの甘美な宴だ！
婦人1（もう1人の婦人に）：あの青年はいったいどなたかしら？とても素敵だわ。
婦人2：ちょっと素敵すぎるって言いたいわ、私がアルフレッド・ド・シジ子爵だとしたらね。
家の使用人（隣の人間に）：奥様のあの姿態の作りようったら！ずいぶんな気取りよう！でも私たち下々の使用人には、あの人から、ちらっとだって見てはもらえないわ。
クロケール夫人（若い婦人に、そのドレスを指しながら）：ああ！なんて素晴

15）モナミ mon ami は、「わが友、恋人」の意もある。続くポールの傍白ではソナミ son ami となって、「彼女の恋人」の意にも使われる。

らしい！どこでお仕立てになったの、あなた？（もう1人に）あら、ダンスはなさいませんの？（老人に）今日は、将軍。（ドクター・コロンベルに）まぁ！うれしいこと、コロンベル先生、患者の皆さんをうっちゃって下さったのですね。

ドクター・コロンベル：連中があなたにお会いすれば健康を取り戻しますよ、美しい奥様。あなたのこれほどの生き生きしたご様子と魅力とを目にしたらね…（使用人がクロケール夫人に小声で話しに来る）

クロケール夫人：そちらに行くわ！（アルフレッドは、この場面の冒頭から、彼女の近くにいる。彼女は舞台下手で、右側のポールに挨拶する）ありがとう、では後ほど！

アルフレッド（傍白）：あの男をここに連れて来た首尾は上々だ。慎重かつ鋭くやるんだぞ。（彼は彼女の後ろを急いで退場する）

第8場　クロケール夫人とアルフレッドをのぞく前場の登場人物。

オネジム（ポールに向かって進むと、その両手を強く握って揺り動かし）：ああ！何と嬉しいこと！　これからお互いいつでも会えるのですね！　どこに住んでいるんです？　僕は君を離さないよ！

ポール：ありがとう、懐かしいね…　で、絵のほうは、相変わらず絵画に入れ込んでいるんだろう、きっと。そして、ブルジョアを憎みながら偉大な芸術への愛を高くかかげているんだね？

オネジム：当り前さ。もっとも、僕は今小さい絵を描いている、家庭の情景をテーマにしてね。その方が売りやすいんだよ。でも、おめでとう、君は今や出世街道にいるんだから、本当に！（みんながポールをちやほやする）

マカレ：ああ！ド・ダンヴィリエさん、こちらできっと会えると信じていました。そうでなければ…

ドクター・コロンベル（言葉を遮りながら）：下男が信じられないくらい愚かでして、あなたの名刺2枚を紛失してしまって、昨晩、やっと…

第3タブロー

ブヴィニァール（話に割り込んで）：どうしてなんだかわからないけれど、毎朝、あなたに会いに行きたいと思うのですよ。でも家には、いろいろな用件で人が押しかけて来てね、あれやこれやら。私はしつこく悩まされ、煩わされて…

マカレ：ご用は何なりと、お分かりですね！（小声で）何しろ大臣の信任を得ているのです！

ドクター・コロンベル：夕食にお出でになる日を、週に1日は決まった形で確保してくださらないといけません。

ブヴィニァール：ねえ、君、どのようにお役に立てますか！（みんながポールに力強い握手をする）

ポール：ああ！ みなさん！ 感激です本当に…（傍白）なんと素晴らしい心、だのに、みんな人間とはひどいものだと悪口をいうなんて！

第9場 前場の登場人物、ルトゥルヌー。

ルトゥルヌー（オネジムの方に直進、オネジムはポールのすぐ近くにいる）：私はあんたが気に入らん？

オネジム：どうしてです？

ルトゥルヌー：むろん、親しい者同士で遠慮は要らない。ポールを除いて、ここにいる皆は、あんたが近々結婚されるのを知っている。この結婚を世話したのは私だ。素晴らしい家族で、信心深く、尊敬もされている資産家だ。それなのに、あなたは真っ昼間から人目もあろうに素行の悪い女と腕を組んで歩いているとは！

オネジム：私が？

ルトゥルヌー：あなたを見たんだよ、それなのに、すべてけりがついたと私に誓っていたでしょう！

オネジム：ああ！ ルトゥルヌーさん、ちょっと待ってください！ 確かにその女と一緒にいましたが、それは彼女のため小旅行を用意してやっていたからなんです。

ドクター・コロンベル：おや！おや！　私はそういう類の話が大好きだ。
　（皆が近寄る）
オネジム：彼女の故郷マルセイユから、きわめて急を要するという理由で彼女を呼び戻す手紙を書かせました。彼女は帰りましたよ。だからいつでも結婚できるし、クレマンスのふところ具合が悪いだけにやっと厄介払いすることになる、それに、戻って来るにも…

皆の笑いとそうだ、そうだの声。

ルトゥルヌー：それなら結構！これこそまさに抜け目無さと美徳を兼ね備えた行為というものだ！
ポール：何、クレマンスだって、君の昔からの生きがいだった、君が家族から奪い取ったあのとても若かった娘さん、君自身が言っていたのじゃなかったのか？君をああいうふうに仕事させたのは？
オネジム：そうさ！時世が変われば女も変わるよ！（ルトゥルヌーに）いったいどこで私を見たんです、あなたは？
ルトゥルヌー：リュクサンブール公園だよ、ちょうどその時私はとても心にかかっている家族、つまり失業中の３人の息子と、ほぼ死に瀕している父母を救いに行くためにそこを通ったんですよ。先生、あなたはあの人たちのために何かしなければいけないんでしょう。
ドクター・コロンベル：彼らを診に行かないとな、確かに！
ルトゥルヌー：あなたはかなりのお金持ちだから奮発できますね！
ドクター・コロンベル：それじゃ、大富豪のあなた、あなたは彼らに何をしてあげるんです？
ルトゥルヌー：まあ！大したことじゃありません、彼らを慰めて説教を垂れる、それだけです！そしてあちこちで、今のように、連中の利益になるように宣伝する。マカレ氏のところへもね。（マカレ氏に話しかけながら）さあ、あなた大実業家の１人だから、従業員が３人増えたとしても大して問題ないでしょう。

第3タブロー

マカレ:無理ですよ！　連中に就かせるような仕事はない。私を倒産させようとしているのじゃないか…

コロンベルはにやりと笑い、ルトゥルヌーは信心ぶった様子で手を合わせる。憤慨したポールの身動き。

ブヴィニァール（ちょっととげのある小さな笑いで）:へっ！へっへ！彼の言うとおりですよ。説教やら、援助やら、ユートピアやらは何の役にも立ちません。世の中の仕組みはそんな風なものなんです。それに押しつぶされた人たちはお気の毒ってわけ！諦めましょうや！この世で確かなものは、知性に関わることと美術しかないんです！

オネジム:まさしくおっしゃるとおりです、ブヴィニァールさん。

ブヴィニァール:だから私はね、古いファイアンス陶器だけにしか興味がないのです。

ドクター・コロンベル:よいご趣味ですな！　それからご婦人たちすべてに？

ブヴィニァール:誤解のないように願いたいですがね！　いいですか！私は古いヌヴェール[16]陶器しか価値を認めんのです、だからその本物をひとつ手に入れるためには、時間も手間も金も厭いませんな。

オネジム（傍白）:娘に持参金を持たせるほうがいいだろうに。

ブヴィニァール:ああ！私は節約をして、生活も切り詰めて、窮屈な服を着ている！そのうえ、心配でたまらない！不器用な奴がすべてをバラバラに壊してしまうのではと思うと。だから私のコレクションは比類のないもの。私の財産のすべてなんです。で、それが永遠にもとのままであり続けるように、遺言によって私の生まれ故郷に遺贈します。

ポール（傍白、憂鬱に）:何とつまらない人々だ！

---

[16] ヌヴェール地方（フランス中部ニエーヴル Nièvre 県の県庁所在地）の陶磁器は16世紀に発展し、17・18世紀にその極みにあった。

第 10 場　前の場面の登場人物、クロケール。

クロケール（ルトゥルヌーに）：ご一緒にどうです？　さあ、まじめな皆さん、向こうに皆さんを呼んでいる緑の絨毯[17]がありますよ！　ホイスト[18]を一番どうです？（すべてが舞台奥から消える）

第 11 場　ポール、唯 1 人。

ポールが 1 人になるとすぐ、右袖の、女像柱の間から、居酒屋の場面で登場した裕福なブルジョアの衣装を着たグノームの王が現れる。大げさな動作で、彼はポールに舞踏会とそれを囲むすべての華麗さを示して見せる。クロケール夫人は舞台奥の中央アーケードを通る。彼は彼女をその長い腕で指し示し、それから拍手喝采する人の身ぶりをして、舞台上手に戻り、ゆっくり立ち去る。

グノームの王と妖精

ポール（舞台上手の彼の方に向かって）：居酒屋の男だ！（妖精の女王が、妖精の衣装で、左袖から出てきて、グノームの王を長い時間凝視する）あの男だ！あの妖精だ！（2 人とも消える）　気が狂ったのか？いつかの幻想にまたとりつかれている。奇妙だ！たぶん… 動揺しているから、あの女にかけられた魔法のせいだ。何という眼差し！何という笑み！　あの女は僕をからかっているの

17）賭博台。
18）whist（英語）：英国起源のカードゲームでブリッジの前身、19 世紀にフランスで流行。

第3タブロー

か？しかしたった今、あの女(ひと)の手が僕の腕で震えていた。あの女(ひと)の眼差しはその優しさで僕を包み込み、その胸がときめいていた。彼女は僕を愛している！（彼の傍の枝付き大燭台が消える）何だこれは？　夜か？　いや！違う、何でもない！（彼は歩き始める）そしてこの僕！　すべての男たちの間で、有名人や大金持ち、美男たちの中から、あの女(ひと)の目にとまったのは僕だ！　だから、僕はあの連中の皆より優(まさ)っている。ああいう連中よりも上にいる。昨日までたくさんの人間のくずのなかに紛れて戦っていたこの僕は、今この世界で王様になろうとしている。ああ！　なんという至福！　この花はなんとよい香りがするのだ！（彼は花台の一つの上に屈む、花がしおれる）枯れている！（枝付き大燭台2体が消える）　そして暗さが増した！（コントルダンスで拍子にアクセントをつける鈴の音の代わりに、弔鐘が聞こえる）　この音は！　葬儀の鐘だ。恐ろしい！（彼は舞台奥を見る）しかし燭台は輝いている、ダンスがぐるぐる回っている。ああ！カドリーユ[19]で鳴っているのは鈴。いったいどうしたんだ？　あの女(ひと)が戻ってくる！　そう！あそこ！さぁ、一歩ずつ舞踏会の波をかき分けながら、僕は耳元でささやかれる彼女の魅力的な言葉を無関心を装って聞く。彼女のものすべてが微笑んでいるようで、まるで彼女の魂が私の周りで漂っているようだ。彼女はどこ？　彼女を見つけよう、会いたい。（彼は舞台上手に進む）

花がしおれる

恐ろしい

19）4人ひと組になって踊るフランス起源の古風なスクエアダンス。

第 12 場　ポール、クロケール夫人、アルフレッド。
　クロケール夫人が右袖からアルフレッドと腕を組んで登場する。

　ポール（傍白）：また彼奴(あいつ)だ！（立ち止まって、観察する）
　クロケール夫人（小声で）：それって、脅しなの？
　アルフレッド：好きなように受け取っていいですよ！
　クロケール夫人（見下して）：じゃ、なさいよ！なさったら！
　アルフレッド：すると、あなたは腹が決まったんですね？　すべてはご破算。でも、もし私が舞踏会の最中にピストルで頭を撃って自殺したら？
　クロケール夫人（どっと笑い出して）：あはっはっ！
　アルフレッド（傍白、帽子を再びかぶりながら）：さあ、向こうに行きましょう。（ダンスは終わり、舞台奥の、小さな円テーブルの上では、夜食が振る舞われている）

第 13 場　ポール、クロケール夫人。

　ポール：あの男はあなたを愛しているのですか？
　クロケール夫人：彼が、とんでもない！
　ポール：でも…
　クロケール夫人：非難しているの、もう？
　ポール：ああ！　間違っているのは、分かっています、お許し下さい！私のせいではありませんよ、もし…
　クロケール夫人：もっと小さい声で！　聞こえますわ！
　ポール（舞台奥を見ながら）：いえ、夜食が終わるまで誰もここには来ませんよ！私たちは自由です！　お聞きください、後生だから、ここにいてください！
　クロケール夫人：ここにいますわ！　何がお望みなの？
　ポール：ああ！もう思い出せない！頭が混乱している！　こんな風に、面と向かって、あなたを見つめることができて、とても幸せです！　先ほ

第3タブロー

ど、私たちが他の人たちと一緒にいて、皆があなたに気に入られようとしていたとき、私は彼らの視線、敬意、称賛と羨望のざわめきを捉えるのが無上に楽しかったのに、今、同じあの人たちが不愉快です！私は連中が大嫌いだ！　あなたは通りすがりに連中をちらりと見て、微笑み、言葉をかけ、あなたの体の、そして心の　部分といっていいものをくれてやる。私には、壁の金箔、銀製品、下僕、音楽、あなたのダイヤモンドさえ、どれもがあなたを変え、あなたをより遠くに押しやり、私からあなたを引き離しているように思われるのです。

クロケール夫人：子供ねぇ、あなたは！　でも、あなたはよくご存知のはず…（沈黙）

ポール：なんですか？話して下さい！お話し下さい！

クロケール夫人：でも…　一番好きなのはあなたよ！

ポール（近づいて、手をとりながら）：本当ですか？　おっしゃってください、私が待っているその言葉を。ああ！幸せに慣れていないのです、私は！それにどうやってその言葉を信じろというのです、もしそれがあなたの唇からこぼれ落ちるのを私自身で見なければ？　いや、そうじゃない、むしろ…　話さないでください…　そして、あなたが私を愛しておられるのかどうか、そして天にも昇る幸せな気持ちになれるかどうかを知るために…　わずかの身ぶり…　視線だけで…

彼女は彼を見つめ、そして彼に、とてもゆっくり、とても優しく、うなずき答える。彼は彼女の手をとって、跪（ひざま）きながら、その手を唇に運ぶ。

クロケール夫人：気を付けて！誰かに見られるかも知れない！（傍白）燃えるようだわ…　この情熱！（ポールは立ち上がる）

彼は彼女の手をとり、唇に運ぶ

ポール：ああ！なんという苦しみ！　私が気も狂うほどにあなたを愛していることをご存じない！　私はお互いを引き離しているものすべてが消えてほしいんです！　時には夢を夢見、この地上で私たち二人だけと想像できるように、あなたに都合の良い時、あなたにお会いするのを認めていただくことは、あなたにとってはどうということはないでしょう？　あなたは辛い思いをなさるのですか、おっしゃって下さい、わたしに機会を下さいますか？

クロケール夫人：誰か来るわ！　出て行って！（ポールは右袖に消える）

第14場　クロケール夫人、ルトゥルヌー。

ルトゥルヌー（急いで登場する）：ああ！あなたのご主人は高慢な、変な方ですな！

クロケール夫人：どうかしましたか？

ルトゥルヌー：まったく腹が立つ！

クロケール夫人：まあ！まあ！落ち着いてください！

ルトゥルヌー：この仕返しはきっとしてやる！　ええい！

クロケール夫人：主人はいったいあなたに何をしたのです？

ルトゥルヌー：あなたがそんなことを尋ねられる？　この人がそんなこを聞くとは！　じゃあ、申しましょう。私たち、素敵なご主人と私は、最新のレートでハノーバー株200株を彼が私に譲り、私がその儲けを手に入れると取り決めたのです。お分かりですか？　ところが、私が約定の書類を持ってくると、彼は何やらかやら言って半分だけしか渡さない。それでは済みませんぞ！ポールはどこです？　私はすべてを彼にぶちまけてやりますよ！

クロケール夫人：いったい何をです？

ルトゥルヌー：あなたが私と同じくらいよくご存知のことを彼に知らせるのですよ、勿論！　ご主人が彼の相続財産を盗んだ方法を！　そしてこの結構な訴訟はヨーロッパ全土に知らせることになるでしょう…

第3タブロー

クロケール夫人：それであなたはポールが味方になるとあてにしていらっしゃるのね、まるでそんなことが可能だと思って！

ルトゥルヌー：どうして、駄目なんです？

クロケール夫人：あまり詮索が過ぎますわ、あなたは。しかし、あなたのそんな風に動かれる手間を省いて差し上げます。ポールはほんの子供で、その彼が私を愛しているってことを承知しておかれることね！

ルトゥルヌー：結構な理由ですな！

クロケール夫人：それどころか、最高の理由よ！ 彼が信じるのは私たち、つまりは私で、善人ぶったあなたではありません！ あなたの破廉恥な行為と仕返しに協力する人は、ほかに探しにお行きなさい！ ポールは、繰り返しますけれど、あの人は私のものです！ 私の物、私の奴隷よ！だから私は、身振りひとつで、彼を井戸に身を投げさせることができますわ、そのことで彼が私にお礼を言うくらいにね。

ルトゥルヌー（舞台奥から退場しながら）：いずれわかりますよ！いずれね！

第15場 ポール、クロケール夫人。

ポール（ゆっくりと右袖の、女像柱の後ろから登場して）：あなたのおっしゃるとおりです、奥様。私は子供で、あなたの物、あなたの奴隷です。

クロケール夫人：なんということ！ 私の本心だなんて思わないでしょう！

ポール：私はすべてを聞きました、私はあそこのあの彫像の後ろで、ほかの人の打ち明け話をこっそり聞こうと見張っていたのです。偶然が、見事に私を目覚めさせ、私の嫉妬心を罰しました。

クロケール夫人：おお！ポール！ 誓って…

ポール：弁解は無用です、怖がることはありませんよ。どんな女性であっても、私が… 光栄にも愛した女性を、私は決して訴訟のスキャンダルによって汚したりはしません。だからご安心ください、おいとまします！

クロケール夫人：でも、あなたはまったく分かってないわ、私はそんなことに関わってなんかいないの、それはひどい話なのよ。説明するわ…ポール！お願い！　ポール！ポール！あなたを愛している！

ポールは、頭を垂れて、ゆっくりと、左袖から立ち去る。戸口に着いて、立ち止まる。ルトゥルヌーが舞台奥から登場し、彼の方に歩み寄る。

第16場　クロケール夫人、ポール、ルトゥルヌー、そして登場人物すべて。

ルトゥルヌー：ああ！やっと！あなたを見つけた！聞いてください！（ポール、考え込んで、身動きもせずじっとして）ポール！さあ！（彼はポールの肩をたたく）わが友、私のいとしい友！
ポール（ゆっくり頭を向けて）：何か御用ですか？
ルトゥルヌー（声を上げて）：私は、あなたと、ここにいるご一同に、まずはあなたのため、公衆道徳のために、そしてそれによって、償いと罰が一度に行われるようお知らせしたい。私はあなたに忌まわしい陰謀を告発したいのです。私はその真正な証拠を持っている、証書を！　あなたはここにいる男に卑劣にだまし取られたのです。その男銀行家クロケールに！

不平の声。驚きと憤りの様子。

ポール（白い手袋の片方を外しながら）：あなたは臆面もなく嘘をついておられる、あなたは！
ルトゥルヌー：私が？
ポール：そう、あなたです、哀れな人！そう言ったことの証しとして、あなたの顔に平手打ちを食わせることにします！（ポールは彼の顔に手袋を

第3タブロー

投げる)[20]

ルトゥルヌー：おぉ！

ポール：文句があるなら何なりと、どうぞ！

招待客たち：ふたりを引き離すんだ！　殴り合いになるぞ！

ルトゥルヌー（堂々と）：決闘ですと、まさか！私のような腹の据わった男は、そういう決まり通りにはしませんよ。本当の力とは、むしろ侮辱に耐え、合法的な方法でその仕返しをすることです。私は市民としての勇気を持っています、私はね！（彼は誇らしげに退場する）

あなたです、哀れな人！

ポール（小声で）：ひどい悪者だ！

クロケール（ポールの手をとろうとして）：ああ！あなたのされたことはじつに素晴らしい！これこそ良き友だ！感謝します！

ポール（誇らしげに）：もう私には話しかけないでください！（彼は退場する）

クロケール：いったいどうなっているんだ？

招待客：なんて奇妙な！　―ご覧になった？　―こんなに素晴らしい祝宴がこのようなスキャンダルで終わるなんて！　―ああ！いやはや！いったいこんな羽目になろうとは！

　招待客が退散した後、シャンデリアと枝付燭台と大燭台が、バラ色、緑、青の光を発してより強く燃え始める。地面に落ちたブーケがひとりでに起き上がり、花台に戻っていく。しおれた花は花開き、あちこちにある家具はしかるべき位置に戻る。舞台の両袖の女像柱は動き出して前進する。それらはポールの美徳を喜ぶ妖精たち自身である。

---

20)「闘争へと挑発する」意。手袋あるいは革手袋を挑戦の印に対戦相手に投げた、昔の騎士の習慣による。

第4タブロー

　悲惨な状態の部屋。左右に天窓。奥には石膏の暖炉、そこに半ば消えかけの炭火が燃えている。暖炉の横には扉。暖炉の上にはピストルを入れた箱。左側、前景には、机と藁の椅子。右側には、エナメルの長靴1足が靴型に収まっている。長靴の傍、壁には、十字フレームベット、そして、前景、その横に、押し入れがある。カーテンのないガラス窓から日の光が差し込みはじめる。

第4タブロー第3場の舞台装置「屋根裏部屋の暖炉」　スコット作

第4タブロー

第1場　ドミニク、唯1人。

　　ドミニク（上着なしでのズボン姿、頭にスカーフを巻いて舞台に登場し、震えながら暖炉の方へ前進する）：なんて寒さだ、やれやれ！　ご主人さまが戻って来られたら、凍ってしまうど。（皮肉に笑いながら）　ああ！旦那様！それで、この私は？　私は凍えないんですか？　苦しんでいないんですか？　こんなひどい暮らしに耐える人生とは！　勝手にすりゃいいだろう、あの人はそれで楽しんでいるのだから。ところがこの俺は少なくとも大使たちの控室にふさわしい男なのに、何と蔑まれたものだ！（彼はアパートの中を右往左往して探す）この地獄のような、すきま風が吹き込む屋根裏部屋には薪1本もない。（彼はまた見つめる）ない！もうこれで4ヵ月も待ちぼうけだ！あの人がいろいろ走り回ってもこの俺を空しく待たせるばかり！最初は、外交官のポスト、それから科学調査団、そして何か分からん視察官のポスト、それから、どこかしらの植民地開発の仕事。そして、今夜、やっと銀行家のクロケールさんのところから、両手いっぱいに福[21]、あるいは将来を約束されて戻ってくるはずだ。俺はもう、2人の将来について、何も信じられなくなってきた！　あの人の将来と俺の将来をしっかり分けてしまいたい、そして暇乞いしたい、きっぱりと。ご主人は律儀な青年だ、それは確かだ！だが（額を触りながら）頭が変だ、いかれている！　まったく！寒さで指がかじかんでいる！　（彼の視線は暖炉の上のピストルの箱に出会う）おや！　こいつは俺の心をそそる箱だ！ああ！落ち着くんだ！　俺たちの懐具合はマホガニーの箱を燃やすことなんてできない。ああ！だめだ！（退きぎわに、彼は靴ふきマットにつまずく）おい、おい！

なんて寒さだ、やれやれ！

---

21)「愚か者に福あり」の諺による。つまり、無邪気なものには両手いっぱいに果報がある。

お前まで俺を困らせるのか！　ちょっと待てよ…（彼はマットを火に投げ入れる。そして、それが燃えるのを見つめ）こんな破目になっちまった！だけどもうこれ以上は続けられない！　あまりにも馬鹿が過ぎる！　もし俺たちの運命が１週間以内に変わらないなら、それじゃ、あばよだ！（炎は燃える。彼は暖まる）ああ！　効果はあったよ！　これはいいことを思いついたもんだ、まったく！　暮らしを切り詰めるのは間違っている！　火をかき立てながら、向こうずねを温めるのに都合の良いような肘掛け椅子は１つもない。けしからん、こんなにお粗末な踏み台とは！ご主人は１日中用事に出かけているが、どうしてなんだろう…（彼は小さな椅子を火に投げ入れる）さあ、どうだ！　（炭火をかき混ぜながら）あの人にお仕えするなんて、俺は本当の間抜けだよ！　俺みたいな使用人は見たことがないよ！　こん畜生！　なんて霜だ！　こいつはマッチ棒のようにすぐ消える！　だって、あの人がした約束全部のうち、一体この俺が手に入れたのは何だ？　何をもらった？　つまりは俺はあの人に馬鹿にされているんだ！　俺がここで待ちあぐねている間、あの人はサロンの、きれいなご婦人たちの傍で、面白く立ち回っているんだよ。焚き火が消えないように、テーブルを投げ入れようか？　─いや！それだって長く続かないだろう！　（彼は靴型の長靴１足を見つける）ああ！長靴！（靴型から長靴を引き出す）駄目ってことはない。（それを火中に投げ入れながら）やれやれ！　怒るだろうが怒ったって、おあいにく様だ！

第２場　ドミニク、ポールは黒衣でパルトー[22)]なし、濡れて、両手は脇（わき）の下、衣服には少し雪。

　ポール：そこで何をしているんだ、お前は？　僕を待っていろとは言わなかったぞ！　さぁ寝に行くんだ！
　ドミニク：でも…

---

22) 比較的丈の短いゆったりしたコート。

第 4 タブロー

　　ポール（荒々しく）：さあ行かないか！行くんだ！　僕を 1 人にしてくれ！
　　ドミニク（傍白）：おお！おお！　なんて居丈高な！　やはり何もいいことはなかったのかな？

第 3 場　ポール、唯 1 人。

　　ポール（腕を組んで長い間じっとした後で、大きなため息）：ああ！（彼は帽子を十字フレームのベットの上に投げる）なんという夜だ！（ゆっくり壁を見る）それになんという部屋！（そして窓を見る）おや！日が昇る、でも雪が、まだ降っている！しかし天からあの連中全部を押しつぶすようなものが落ちはしないだろうか！（彼は涙を流す）

なんという夜だ！

ああ！なんと疲れたこと！（彼は、マントルピースの上に片腕をついて、暖炉の近くに座る）あの人たちはなんと卑怯者で、エゴイストで、恩知らずで、偽善家で、凶暴なのだろう！それでいて、微笑んだり、気取った言葉を使ったり、愛情深く抱きしめたり、そのうえ、罰当たりが恋の押し売りさえする！　だのにこの僕はこの虚飾のなかに、何か心を癒やしてくれるものを見つけるつもりだった！　どれほど多くの国に僕は夢の跡を描いたことだろう！行く先々で、さまざまな見せかけや破廉恥をともなった、同じような卑劣な行動に出会わした！　今では、そういったものが、僕にまで迫ってきて、襲いかかる。もういい、もうたくさんだ！もう嫌だ！　じゃあ、なぜ生きている、世界を変えることができないのに？　ああ！もし誰か僕を愛してくれる人でもいてくれたら…（彼は立ち上がる）さあ！弱気は禁物だ！　恥かしく思って初めて赤面する前に、そして自尊心が傷つかないうちに、気の緩みが起こらないように、すぐにこの世から消えよう。すべての財産とともに自殺したオリエントの王たちのように！　すぐに決断するしかない。むずかしいはずはないじゃないか？　おまけに、すべてが僕をそこへ引き込み、追いこんでい

く…（ピストルの箱が開いているに気づいて）ああ！　偶然までもが！（彼はピストルをいくつか取り出し、それらを操作する）これらを僕に売りつけた武器商人は、僕の安全を守るために、射程距離を長くしてくれているが、この距離では、これほど素晴らしいものは必要ない！　余分なことだ。やってみよう。（彼は撃鉄を作動させる）よし！　火薬入れは、どこだ？（彼は火薬を容器から手のひらに注ぎ、それからピストルの中に移し、そして残りを暖炉に投げ入れる。火は勢いを増して、ものすごく燃え上がる。ポールはピストルに弾を詰め続ける）弾丸、点火薬、さあ。わずかの動作ひとつで、自由になれる！

近くの時計が6時を打つ。

ポール：6時だ！　30分の鐘が鳴り始めるとき、すべてが終わる！（彼は周囲に視線をめぐらす。そして書類と手紙一杯の小箱が置かれたテーブルを見つける）ああ！これは、忘れていたな！　いや！僕の、そして僕の過去の一切が残らないように！　火に、火にくべよう、手紙全部を！（彼は暖炉に手紙を投げ入れる。再び座る）ああ！この炎が僕を暖めてくれる！もう辛くない。いや、それどころか！　僕の死体が冷たくなったとき、これらの灰はおそらくまだ暖かいだろうと考えると！　そして、それから、すべてが混ざり合い、ちりぢりになってしまう！　僕の命は、炭火の上に浮び出るこのはかない影のように過ぎ去っていく。おや！赤くおこった炭火の中、火の湖のそばに緋色の浜辺が広がって見えるようだ。それが今、茫漠とした大きな建物、大聖堂の鐘楼の尖塔、いや大型の船に見える。沈んでは現れて、まるで昔乗り込んだ僕の船のようだ。操舵している時の風の音や、真夜中にきしむ船室の木の音がまだ耳に残っている。おや！　奇妙だ、手紙が1通なかなか燃えつかない！　炎の中で白くなっている。どうしてだろう？　（ポールはそれを取り上げる）熱くない！　どうなっているんだ？

第4タブロー

暖炉は少しずつ高くなり、そして拡がる。その炎の中央に、ポールが夢見ていたまさにその姿が示される。上部の縁がたえず上昇し、フリーズ[23]のなかにほぼ消える。そして荒々しい建築様式の真黒の城が、真っ赤に染まった銃眼とともに見える。

ポール：お城だ！いったいどこのだろう？　見たことがない。（城は消える。手にしている手紙が光り輝く。ポールはそれを読む）「このお城はグノームたちが人間の心を捕らえて保存している場所です。私たちはそれらの心を解き放すためにあなたを頼りにしています。あなたへのご褒美はあなたの夢を遙かに超えた愛です。あなたの運命の女性にあなたはしばしば出会うことになります。その人が誰なのか見きわめるように努めなさい、そうでなければあなたは絶対にもう助かりません。用意はできましたか？　妖精の女王。」　この僕が！でもどうやって行けばいいんだ？

妖精のコーラスが勇気づけながら。

ポール（数分間恐ろしい不安にとらわれてじっとしていたが、それから英雄的な決断で）：承知だ！出発しよう！

扉が2度続けて叩かれる。

声（外から）：開けてよ、ドミニク！

3度目のノック。

ポール：誰だい？（彼は開けに行く）

開けてよ、ドミニク！

---

23)（壁面上部の）帯状装飾。

第4場　ポール、両方の腕に大きな籠を抱えたジャネット[24]。

ジャネット（すっかり驚いて）：ポールさま！
ポール：ジャネット！　どうしたのだ？（彼女は、疲れた様子で、二つの籠をテーブルの上に置く）　パリに何しに来たんだい？
ジャネット（しばらく沈黙した後で）：もちろん、牛乳を売りにです、旦那様。
ポール：二つの籠をもって！　僕のところへ！（彼女は答えないで頭を垂れる）　お前は何かを隠しているね、ジャネット？
ジャネット（片手で近くの籠の一つを庇いながら）：いいえ、旦那様、誓って！
ポール（ジャネットの動作で気がついて）：その中だろう、そうだね？　何があるんだい？（彼は籠を覆っている布を持ち上げる）　スカーフ、僕のシャツ、僕の下着類の全部だ！

彼は彼女を厳しく見つめる。

ジャネット（勢いよく）：ああ！怒らないでください！　あまりに下手だと思われるのなら、やり直しますわ。

沈黙。　彼女はうなだれる。

ポール：そうだったのか、僕の洗濯女はジャネットだったのか！　どうして打明けなかったの？
ジャネット（困って）：それは…
ポール：それで？（同じ沈黙。傍白）どうしてだ？　ドミニクが僕に言っていたのは…　もう一つを見てみよう…
ジャネット（腕をとって引き留めながら）：割らないよう気をつけてくださいね！
ポール：何をだい？

24）ジャンヌの愛称のジャネットがこのタブローでは用いられている。

第4タブロー

ジャネット：卵です！

ポール（籠の中を確かめながら）：フルーツ…　ガレット…　クリームの小さな壺まである！　それでこういったものは…（彼は彼女を視線で問う。彼女はうなずいて肯定する）　僕のためなのか！なるほど、今までこうしたものに僕は一切何も払わなかった！　ああ！分かった！　従僕の僕への友情が、百姓娘の施しを僕に受けさせることになったんだ！（乱暴に）みんな持って帰ってくれ、ジャネット！　もうたくさんだ！　出て行くんだ！

ジャネット（泣きながら）：もしあなたの気持ちを損ねるとわかっていたなら、そうはしなかったのに！

ポール（傍白）：泣いている！　そして、ばかげたうぬぼれで、僕は彼女を追い払おうとしている！　いったいこんな親切がどれほどあるのか？（大声で）　いや、ここにいるんだ！　許しておくれ！　僕は病気なんだ、ときどきね！　ところで、お前がこうして毎日やって来るのはずいぶん前からかい？

ジャネット：もうすぐ1ヵ月になります！

ポール：それで、お前は、そのことを自慢しないのだね！　魂が純真だから、こうしたことを素直に果たしてきていたんだ！（彼は彼女の両手をとる）　おや、お前の胸がどきどきしているね！　美しい眼差しだ、私のジャネット！…（傍白）　僕が見ていなかっただけだった、なんと愚かな！　そしてこの可哀想な小さな手、薄地の革手袋の中にしまい込まれた、こんな手を持ちたいと思う美しい女性は1人どころじゃないだろうよ！

ジャネット：あなたは本当にいい方ですわ、旦那様。

ポール（彼女から遠ざかって。傍白）：だが彼女になにか上げるものを見つけないと。（遠くから彼女を見つめて）　彼女はすてきだ！　あの質素な衣服を着ていても何か気品がある、何かしら純粋で、繊細な…　僕がかつて見たことがないものが！　この物腰の優しさ、眼差しの中のこの輝き！　いったいこれは！　ひょっとしたら？　ジャネット？

ジャネット：旦那様？

ポール：お前は今の状態にうんざりしてるんじゃないか？ これまでお前の頭に不意に思いつくような考えは一度もないかい？ 心の奥に、より気高い運命へ誘(いざな)うようなものを感じないかい？ 逃げたいという望み…どこか… はるか遠くに？

ジャネット：逃げるですって！ それでどこに？ 私、行く道がわかりませんわ。

ポール（口惜しそうに。傍白）：ああ！この娘がわからないのは僕の言葉なんだな！（大声で） 言っておくれ、お前がたった1人で、畑にいるとき、何を考えているんだい？

ジャネット：もちろん！何も。

ポール：ちょっと考えてごらんよ。

ジャネット：ああ！そう…雌牛のことを考えます！ とりわけ黒いの、プードル犬のように[25]私についてくるんです。それから燕麦(えんばく)が育っているかどうか、木に何ボワソー[26]の林檎が実るだろうかを見たりするんです。

ポール：でも… 夜は… 夢の中は？

ジャネット（笑いながら）：夢？ ああ！もちろんです。私ってよく眠るので！

ポール：今までに、それじゃ、どんな本を読んだの？

ジャネット：読めません！ 勉強する暇なんてあるもんですか！ 書くこともできないです。残念です、本当に！ 家計簿をつけるのにずいぶん役立ったでしょうに！

ポール（傍白）：それで全部！ それがこの娘の本質だ。確かに、なかなか優しい。しかし教育するにはずいぶん時間がかかるだろうから、諦めるほかないか。（苦々しく笑う） 僕は、ちょっと思ったんだが。

---

25)（プードル犬のように）忠実について行く。
26) 小麦などをはかる昔の容積単位で約12.8リットル。

第4タブロー

彼は茫(ぼう)と思索に耽っている。

ジャネット：いったいどうしたのですか、ポールさま、もう何もおっしゃらないのですか？　さっきまで音楽のように話されていましたのに。わたしはわからなかったんですが、そんなことはどうでもいい、それがよかったんです、とてもよかったんです…

ポール（突然）：よし、よし！　（呼びながら）ドミニク！　ありがとう、ジャネット…　もっと先になって、言えるようなったら、すぐお前に世話してもらったことにありがとうと言うよ…　そしてお前が結婚する時には…

第5場　前場の登場人物、ドミニク。

ドミニク：旦那様、何かご用ですか？

ポール（ジャネットを指して）：彼女にさよならを言うんだ。僕たちは出かけるぞ。

ドミニク：また旅にですか？

ポール：そう、長い旅路だ。

ドミニク：でも、旦那様は、おそらく、私たちの旅の衣装のことをお考えにならなかったのでは…

ポール（不安そうな眼を周囲に巡らせながら）：なるほどな！（彼はベッドの上の素晴らしい毛皮付きコートに気づく）　ああ！なんてことだ！　ほらごらん！　天のご加護だ。これは天からの知らせだ、指令だ！

ドミニク：すばらしい毛皮です！（彼は毛皮を片腕で持ち上げ、調べる）あ

背中にこれを着ていれば、温度計なんてまったく気にしなくていい！

なたはこのコートのことは私に話されませんでしたね。背中にこれを着ていれば、温度計なんてまったく気にしなくていい！もし私にも同じようなのが１つあれば！（彼がそれをベッドの上に置くと、横に２つ目が現れる）もう１つある！

ポール：じゃ、それはお前のかな？　手に取ってごらん！

ドミニク（すばやく毛皮付きコートをはおり、その襟を立て、袖を通して腕組みする。傍白）：コートを着ているとちょっとした金持ちだ！　ね、そうでしょう？　ロシア大使のようだ！

ポール（足で蹴って）：さあ、急ぐんだ！　僕は世界を駆け巡って、目的に向かって走り、そこに到着したい。まだかい！急ぐんだ！

ドミニク：ああ！旅支度に時間はかかりませんよ。さあ、できた！　さようなら、かわいい妹！

ジャネット（すすり泣きでとぎれとぎれの声で）：さようなら！

ポール（頭に帽子を被り、腕には毛皮のコート、戸口で、ジャネットの泣きじゃくる声で、立ち止まる）：ああ！何という思いやり、僕が思ってていた以上だ。そうか！兄さんのためなのか。

彼らは退場する。

第6場　ジャネット、唯１人。

ジャネット：行ってしまった！…もうどこへかわからない、今度は！　とても遠くに！…でも、一瞬、あの人が、あちらに一緒に行くのを誘ってくださったたように思える！　いやそんなはずはない、私を見捨て、軽蔑しているのだから！　ああ！私は都会の美しいご婦人じゃないから！　裾(すそ)飾りのあるドレスもないし…　レースも、カシミヤも、宝石もない！　私は田舎くさい女だもの！　あの人に気にいられるようなことは何ひとつ知らないんだもの、ダンスも、正しい礼儀も、ドレスも、ピアノも！　ああ！もし私がそんなものをみんな持っていたら！（彼女は暖炉に近づ

第4タブロー

き夢想に耽けり始める。立ったまま、マントルピースの上に肘をついて）　あぁ、あの人に必要なものがわかったわ、間違いない！　それならあの人は私を愛しくくださる。でもどうすればいいのかしら、美しい身づくろい。美しい身づくろいをするには！

グノームの王が、少し開いていた押し入れから現れる。

王：大いに結構！　あの娘はまず何よりも馬鹿な願いごとから始めている。こいつはいい！　あの娘を引き留めることは、わしたちにはできない。しかしポールがジャンヌだと見分けられないように手はずを整えることにしよう。ーさぁ開始だ。

幕をおろさずに行う場面転換。

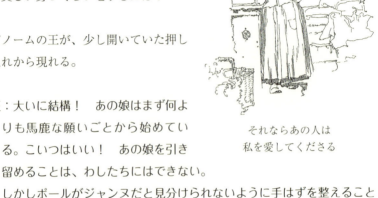

それならあの人は
私を愛してくださる

第5タブロー　身づくろいの島

　舞台奥に、異なった野菜畑の短冊状の広い畝をかたどった、長い布の帯で覆われている丘陵。右手、アーモンドミルクの川の畔には、葦のように、化粧品の棒が生えている。少し前方には、オーデコロンの泉が、紅おしろいを施した大きな岩壁からわき出ている。中央、芝生の上には、スパンコールが輝いている。野生の灌木の茂みは、あちこちで束子で、小石はあらゆる色の石鹸で表わされている。左手、ギョリュウのような木がマラブー[27]をつけて、そして棕櫚のようなもう1本の木が扇子を差し出している。カミソリの畑がある。より遠くには、鏡の木、髻の木、飾り房の木、櫛の木があり、そして色とりどりの衣装が、大きなキノコにぶら下がっている。付けぼくろが空中を飛び回りながら、女たちの顔にぴったりくっつきに行く。悩殺的で、きままで、挑発的な付けぼくろなど。

第5タブローの舞台装置「身づくろいの島」　スコット作

第5タブロー

第1場 ジャンヌ、唯1人。

前タブローの終わりと同じ姿勢で、うなだれ、左の肘は、泉のほとりの白粉(おしろい)を塗った岩壁について。一瞬沈黙したあと、目をあげて、驚いて周囲を見わたす。

> ジャンヌ：なんて綺麗な！ なんていい香り！ オーデコロンの匂いのようだわ？ どこから香るのかしら？ この泉からだ！ あら！ちょっと手を洗おうかしら。（彼女は肘まで腕を浸ける）無くなる心配はないわ！ たっぷり髪の毛にかけられる！

彼女は頭に何滴かをかけるが、たちまち、彼女の気づかぬうちにそれらはダイヤになる。それから両手で顔を洗う。こうして彼女が泉に身をかがめている間、彼女の背後にある櫛をつけた木のひと枝が、ゆっくり曲がって、彼女の巻き髪を解きほぐそうとする。彼女は、驚き、右頬を向けて振り返る。

> ジャンヌ：誰、そこで私を捉まえているのは、後から？ どうぞそのまま！いいわよ。（飾り房の木はその小枝のひとつを降ろし、その白粉で彼女を撫でる）まぁ！なんて心地よい！ なんて気持ちのいいこと！ （彼女は左頬を向ける。飾り房の木の同じ動作）もっと！ でもくすぐったいわ！ もういいわ！ 笑ってしまう！ あら！まぁ！あら！（木はやめる）おしまい？ どうもありがとう！ （彼女は起き上がる）あれ？ 誰もいない！ （彼女は周囲のすべてのオブジェを注視する、ゆっくり歩きながら） 不思議な田園だこと！ 木にくっついた櫛！ あそこに髯が生えている木が1本あって、そして衣装がみんな地面に、まるで枯葉みたい！ まぁ！きれいな草、露の大きな滴がついている。いえ違うわ、銀のスパンコールだわ。（鏡の木の姿見のひとつに身を映しながら）ええ？ これが私！ ダイヤを身につけて！ まるで太陽みたい！（彼女の服はもぎ取ら

---

27) きわめて細い絹より糸。

れ空中に消える）風だわ！　ああ！　（彼女はシャツとペチコート姿の自分を見て、恐怖の叫び声をあげ、そして胸のところで腕を組む）どうなるの！　恥ずかしいわ！

　直ちに、舞台奥の丘陵の上に置かれた布の帯の1つが、小川のように波を打ってやってきて、彼女の周囲をゆったりと覆いながら、一種のチュニックを彼女につくる。

　ジャンヌ：あら！あら！　これで、今すっかり着物をつけた形になった。（金のブレスレットをつけた木が彼女の腕を引っ張る）私をつかんでいるのは何？　どうして？　離して！　（彼女は腕を引き寄せる。ブレスレットが来る）ああ！これは私の肌にちょうど良い。（ナナカマド[28]のような植物から珊瑚のネックレスが彼女の首の周りに落ちる）これは何？　ネックレス！　まあ！　私はなんて美しい！　なんて幸せなの！　こんな私が好き！　私を抱きしめたい。でも夢を見ているのかしら？　こんなことはあり得ない！　もうすぐ目が覚めるわ。　私は一体どこにいるのかしら？　どこの国に？

　コーラス（舞台裏で）：
　　ここは身づくろいの国、
　　　装身具の帝国、
　　　　小箱の！
　　　　おしゃべりの！
　　私たちのところでは美は完璧となり、
　　醜さでさえ、おしゃれな恰好になる。

[28) ナナカマド（バラ科）は、ケルト人やゲルマン人にとっては落雷から家畜を守る神聖な木で、スコットランド人にとっては家の周辺から厄難を払いよけるための木であった。地方の伝説によれば、ナナカマドは恋人たちに幸運をもたらす。

第 5 タブロー

ジャネット：分からないわ！

コーラス：
　これは身づくろいの国、
　皺ひとつない勝利、
　　艶々として！
　　とてもかわいい！
　私たちの花はスミレ[29]模様、
　そして私たちのため息はパチョリ[30]の香り。

　カミソリたち、戦わなくては！
　さあ！　生まれたばかりの櫛たち、
　波打つサフランの滝が、
　ここに雷のように落ちる！
　空中におしろいを撒け、おしろいの木。
　　化粧石鹸たち、石鹸らしく洗い出せ！

太鼓とフルートとチャイニーズパビリアン[31]の大きな音。

ジャネット（舞台の上手にいく）：何て多くの人々！

---

29) すみれはラテン語の viola（野生の思考）に指小的な接尾語 –ette が付いたもの。比喩的な意味で内気で質素な人を形容するのは、この花が葉の下に隠れているからである。
30) パチョリは 19 世紀中頃にヨーロッパにもたらされたインド原産の香料植物。ジャスミンあるいは麝香のような香りを発し、中毒性があり、第二帝政の高級娼婦の世界で取り入れられた。Cf. エリザベット・ド・フェドー Elisabeth de Feydeau, « Les parfums, histoire, anthologie, dictionnaire », magazine *Idées* sur RFI, 1 janvieer 2012.
31) 鈴を天蓋形に連ねてつるした楽器。

コーラス：

    静かに！静かに！静かに！
    やってくるのは王様だ！
    輝かしい星に似た、
    クーチュラン、モードの王様だ。
    彼だけが、一定の方法に従って、
    私たちの移り気な好みを導ける。

ジャネット：皆がこちらにやってくるわ！　怖いわ。どこに身を隠そう？　ああ！

彼女は鏡の木の下に潜り込む。クーチュランのすべての廷臣たちがやって来て、歌う。

    人間たちよ、地の果てから果てまでくまなく
    王様の特別なはからいがあふれるよう、
    歩くのだ、王様の手がお前たちを導くところへ！
    すべての命令は重い。
    刃向かえば、もはや助からぬ。
    従えば、すぐ救われる。

第 2 場　廷臣すべて（男性と女性）を従えた王クーチュラン、王妃クーチュリンヌ。総理大臣のグレース＝ドゥルス。

クーチュランとクーチュリンヌは、最新の大げさなモードで着飾っている。グレース＝ドゥルスは上着を着て、すべての髭を逆立て、恐ろしい様相で、前掛け[32]をしている。 すべての宮廷の人たちは身づくろいに関係した

---

[32]「肉屋の前掛け」と、「フリーメーソンや外人部隊の工兵が着ていた装具の一

様々な仕事を象徴している。 腕で抱えられた壇の中央で、肘掛け椅子のようなものに座った王が登場。その椅子の両側に仕切りがあり、縦枠の上に駝鳥の羽根2つ、そして背もたれには鏡がある。右側下方の椅子には王妃。彼の左側、もう1つの椅子に総理大臣が座っている。 担ぎ手たちが王の壇を、ゆっくりと地面まで下げる。

クーチュラン王：よろしい！ 止まれ！ 私たちは王室審議会の3倍もおしゃれな場所に着いたわけだ。右には愛しい王妃、溌剌としたクーチュリンヌもいる。

クーチュリンヌ（悩ましげな眼差で彼の手をとってキスをする）：いつも優しいクーチュラン！

クーチュラン王：左には総理大臣、なくてはならぬグレース＝ドゥルス。

グレース＝ドゥルス：ありがとうございます、陛下！

クーチュラン：私たちの周囲には、ボンネット[33]の高官たち、つまり、首席＝テーラー、首席＝靴屋、コールド＝クリーム王子、ゴム公爵、その他。

高官たち（頭を下げながら）：なんなりとお申しつけください、おお　王様！

クーチュラン：宮廷のご婦人たちも（挨拶する）、この方たちが宮廷を飾っている。

ご婦人たち：ああ！この上なく心地よいこと！

クーチュラン：そして私たちの背後にいる、愚かな臣民！

群衆：王様万歳！

クーチュラン：慣例に従って、季節のモードを定めなければならない。

つである前掛け」。ここでは両方の意味をかけた人物、グレース＝ドゥルスの象徴的な服装。

33) フランスでは、6世紀から17世紀まで、農夫たちは「頭巾」をかぶり、「縁なし帽・ボンネット」は最も高い階級専用であった。今日、一般に冬にかぶる防寒用の毛織りの帽子を指す。反り返った縁がついたものなど、天辺に時々、ポンポンが付いている。

全員（勢いよく、駆けずり回って）：さあ！　どの色？　何メートルに？

クーチュラン：ちょっと待て！　先ず原則を思い起こすことが肝心だ。

グレース＝ドゥルス：思い出しなさい。

クーチュラン：ところで、かわいいご婦人たち、あなた方が生まれつき醜いのはみんな知っておる事実だ！

ご婦人たち（眉をひそめて）：おやおや！　ひどいこと！

クーチュラン：そうだ！　じつに醜い！　静かに、しいっ！　君達は、きっと、人工のものが実際のものよりも優れていることは疑わんだろう？　君達に魅力を提供するのは芸術のみ、女神たちなのだ。恐がることはない、私は口が堅い。しかし君達は、愛されるのは女ではなく洋服、足ではなく長靴であることはお分かりだろう。もし君達が絹、レース、ビロードを、パチョリの香料と子ヤギ革を、目に立つ宝石とおしゃれ用の化粧品がなければ、野蛮人でさえ君達を欲しいと思わないだろう。連中には入れ墨をした細君がいるのだからね！（彼はまた座る）

ご婦人たち：ちょっとひどい！ちょっと辛辣ですわ！

グレース＝ドゥルス（立ち上がって）：それに、服飾は、貞淑の明らかな特徴でもありますからして、美徳の一部であり、美徳そのものとなります！（彼はまた座る）

クーチュラン：したがって、服装はより拵えられる、言い換えれば、不自然で不便で醜くなるほど、より美しくなるのだ！（彼はまた座る）

グレース＝ドゥルス（立ち上がって）：それにとりわけ上品というわけです！（彼はまた座る）

すべて：ああ！上品！上品、それこそ原則。

クーチュラン（立ち上がる）：それでは！さあ、仕事にかかりなさい。（彼はまた座る）

すべて：さあさあ！探しましょう！

一瞬の沈黙、それから突然、鏡が壊れて破片が飛び散る激しい音が聞こえる。

クーチュラン：あれはなんだ？（彼は将校に外に出るよう合図をし、右側を見てから）ああ！鏡の木だ、壊れている！　たぶん木に実った鏡が熟しすぎて、誰か畑泥棒が木を揺すぶって…

将校（戻ってきて）：木の下で醜い奴がいました！

ク　チュラン：醜い奴？

将校：はい、おお　陛下、緑色[34]をした時代遅れの生き物です。

クーチュラン：ここに連れてこい！

すべて：なんと大胆なこと！

第3場　前場の登場人物、ジャンヌ。

ジャンヌは、肘まで上がって、腕のところが皺苦茶である、アンピール風の緑の手袋をはめて登場する。麒麟のような髪型[35]、チュニックの上に黄色いショール、手には滑稽なものを付けている。彼女の様相に、クーチュランは鋭い叫び声をあげ、ひっくり返る。グレース＝ドゥルスは憤慨して立ち上がる。クーチュランは、ぞっとして小さな身動きをし、玉座にもどる。婦人たちは荒々しく扇子の木の葉っぱをもぎとり、その下に顔を隠す。群衆のざわめき。

男たち（叫びながら）：

—さがれ！

—立ち去れ！

—身を隠せ！

---

34) キリスト教文学において、緑は3つの対神徳（「信」「望」「愛」）の1つ「望」を表す。演劇においては、しきたり（迷信）があり、舞台で緑の衣装の着用は不吉と考えられた。19世紀の照明では緑が映えなかったことや、衣装の染色に銅やシアン化物の酸化物が使われて病気の原因になっていたこと、またモリエールが死の直前、最期の舞台で緑の衣服を着用していたからとも伝えられる。

35) 訳者解説 p. 268 参照。

婦人たち：

　―やりきれないわ！

　―恥知らず！

　―ぽんこつ！

クーチュラン（沈黙を命じるために、王杖(おうじょう)であるヘヤーアイロンを伸ばす）：落ち着くのだ！　ちぢれ毛で髪の毛たっぷりの諸君！[36]　こちらへ、娘さん、お前はみんなのような優雅さは全く持っていないが、生まれながらに、カールのかかった髪をしているようだ。私たちにその訳を言い、お前のおかしな服装について申し開きをせい！

ジャンヌ：それは、あそこの地面に、たまたまあったのを拾ったんです…そうしないといけないと思って。そして、立ち上がったら、鏡が全部…

クーチュラン：もういい！問題は鏡ではない。（すぐに）しかし私たちの帝国の掟に背き、靴の崇拝と、下着の繊細さと、髪の優雅さを軽視し、さらにコリンナ[37]と卵のワックス[38]の時代まで想像を遡らせるような、おぞましい古着を身にまとった廉(かど)で、お前は処刑に値する。

すべて：そうだ、そうだ！最もすさまじいのを！

クーチュラン：窮屈すぎるボティーヌ[39]、うまく梳(す)けない櫛、紐のほどけないコルセットへの刑に処す！

すべて：ブラヴォー！

クーチュラン：買い物籠を持つ刑だ！

ジャンヌ：お許しを！

---

36)「ちぢれ毛で頭髪たっぷりの諸君！」は、ヘアーアイロンを王杖にしているクーチュランの少し皮肉を込めた言い回し。

37) コリンナ Korinna は、生没年未詳、古代ギリシャの女流詩人。生時は前6世紀から5世紀初めといわれる。

38) 卵のワックスは、テンペラ（15世紀に油絵の具が発明されるまで、西洋絵画の代表的手法であった、顔料を卵・膠などで練った不透明な絵の具で描いた絵画）を磨くための卵のワックスで、材料は、ワックス、卵の黄身と松脂である。

39) 履き口がひもやゴムなどのアンクルブーツ。

第5タブロー

クーチュラン：そして、ターバン風婦人帽…羽根飾りをつけるのだ[40]！

ジャンヌ：でも私は流行を知らなかったんです！　流行を追うことができませんでした。それは罪なのでしょうか？

クーチュラン：それ以上に大きな罪はない、娘よ！というのも「モード」は、知っての通り、掟であり、空想であり、伝統であり、進歩なのだ。モードが支配し、生産し、覆さないものはなにもない。社交界に根付いた陽気な大立物であるモード、それは赤ん坊の寝床を覆う一方で、墓場を装うのだ。頭を天の哲学者たちのほうに擡げて、かわいい足先から永遠に延々と浸しながら。お前の緑の手袋を外すのだ！

ジャンヌ（つつましく）：私には願ってもないことです！　お気に召すようにいたします。

クーチュリンヌ：ああ！彼女にお慈悲を、王さま！

クーチュラン：良し！お前の無知に配慮して、お前を赦してやる。（宮廷の高官たちに）さて、諸君は、この女を正しく仕込み、最新の着こなしで服を着せるようにするのだ。

ジャンヌ（喜びで飛び跳ねて）：まぁ！ありがとう。なんという幸せ！それじゃ、私は美しくなって、ドレスを着るのだわ！

クーチュラン：そう願いたいものだ！

バレエ

　クーチュランの合図で、廷臣たちは右袖から左袖から押し寄せる。衣装を着たキノコの方に向かう者、他の者は舞台奥の布地の方へ、マラブーの方へ向かう者、櫛の木の方へ向かう者など。そして彼らはジャンヌに急いで着物を着せ、化粧する。その間に舞台奥と両袖が変化し、上から下まで、婦人た

40）第1帝政時代に流行。Cf. イタリアのパルム・ギャラリー．ナショナルで収蔵されているパルミジャニーノ Parmigianino（1503-1540）の《女の肖像画》*Portrait de femme*（1530）は、女の頭にターバンを、左手には羽飾りを持っている。イザベラ・デステ Isabelle d'Este（1474-1539）の発想によるこの髪型は、当時の女たちの間で流行し、16世紀初期のロンバルドやパダン地方の多くの肖像画に描かれた。

ちの相手をする店員でいっぱいの、巨大な流行品店の売場になる。
　クーチュランは右側前景で、1人で、瞑想に耽ったポーズで、小型ソファに寝そべって、ノートをとっている。
　店員たちは社交界のご婦人たちに服を着せている。
　何人かのご婦人たちがクーチュランに話にやってくる、彼は彼女たちに3度繰り返して答える。

　　クーチュラン：かまわないでくれ！ものを創り上げているところだ！

　クーチュリンヌは彼女たちに、クーチュランの傍に置かれた小型円卓[41]（ゲリドン）の上に、お茶を出す。
　ときどき、動作が止まって静寂が支配する。そこで、クーチュランは片めがねをかけて、女性たちの1人1人を見直し、身なりを直し、荒々しい動作で襟ぐりを下げたり、上げたりし、そして肩をすくめて叫ぶ。

　　クーチュラン：いや、そうじゃない、これは古臭い。もっと別の物を！
　　　さっさとするんだ！

　ジャンヌはずっと主要グループの中心にいることになる。とうとう王妃も含めたすべての婦人たちが、しだいに同じように変容し、ジャンヌのように、豊かで奇抜な衣装を身にまとう。

　　クーチュラン：少なくとも30分間はそのままで！じつに美しい！

　全員の満足感がため息で表現される。しかし突然、クーチュランはジャンヌを見つめ、そして、彼女の身づくろいを素早く崩しながら。

41）ルイ16世時代の小円卓。19世紀の一脚式の円卓．17、18世紀の支柱状の燭台置き。

第5タブロー

クーチュラン：そうだ！ どう考えても、これは気に入らない、そちらもだ！ 他のものを出せ。さあ！早く！

ジャンヌはシンプルで洗練された趣味の衣装に身を包んでいる。

クーチュラン：さあ、貴族や貴婦人、香水製造業者や女刺繍職人、下着類製造業者や婦人服女仕立屋、あなたたちは自分のアトリエへ戻るのだ、2人だけにして欲しい！ クーテュリンヌは残っていてくれ！

第4場 ジャンヌ、クーチュラン、クーテュリンヌ。

クーチュラン：さあ！お嬢さん、お前さんがあんなに強く望んでいた身づくろいの豪華さは、さぁこれだ！
ジャンヌ：まぁ、本当なのね！ 夢じゃないのね。
クーチュラン：そうだ、優れた守護神たちがお前さんを守っているんだ。
ジャンヌ：私を！
クーチュラン：もうそれは確かなことだ！どんな女も、私たちのおかげで、お前さんほど魅力的にはならないよ。
ジャンヌ：まあ！ありがとう。それならあの方は私を愛してくれるわね！
クーチュラン：さぁどうかな？ 今風の女性としての品位に達するためには、―ぜひわかってもらいたいが―、つまり神によって創造され、詩人と理髪師によって仕上げられた、魅力的で、心を解きほぐせない、不吉な存在になりきるために、それでパリジェンヌを生みだすために世界は60世紀を要したのだが、なぁ 娘さん、お前さんにはまだいっぱい欠けているものがある。
ジャンヌ：どんなこと？
クーチュラン：ああ！お前さんは挨拶することも、微笑むことも、口をぎゅっと締めることも、眼を細めることも知らないし、その上ソファの上でそよ風に打たれた花のポーズをとって憂愁さを謡うことも知らな

伝令官、クーチュリンヌ、クーチュラン、グレース＝ドゥルス、将校

い。お前さんは、どうする、さあ、その人がため息をつくのを聞いて？ そして、もし彼がお前に「愛しているかい？」とたずねたとしたら、どう答える？

ジャンヌ：それだったら、「ええ」と答えるわ。

クーチュリンヌ（威圧的に）：そういう言い方をしてはいけないわ、お嬢さん！それは品のない、生まれたままの、庶民の言葉なのよ！

ジャンヌ：じゃ、どう話すの？　教えてよ！

クーチュラン：おい！よい趣味の典型である２体、こっちへ来い！

第５場　前場の登場人物、２体のマネキン。

紳士、淑女が運ばれてくる。淑女は最新のモードを身に纏い、紳士の方は頭の後に分け目があり、規則的に分けられたパルト[42]の毛並みに沿って腰まで続いている。分け目はパンタロンの各脚の上にも見られる。眼には、しゃれた英国風の片眼鏡、など。

クーチュラン：人間とそっくりの、この２体のすばらしいマネキン[43]をよ

---

[42]　両脇にポケットのついた前ボタンの短いコート。
[43]　形容詞　honnêtes が名詞の前に置かれた deux honnêtes mannequins「立派な２体

第 5 タブロー

くご覧。もしお前さんが美しい作法を手に入れたいなら、この人形の動きを真似るんだ。2 体の会話を思い起こしなさい、そうすれば、田舎や、訪問先、夜会や、晩餐会、劇場で、つまりどこに居ようと、お前さんは、自然の眺めや文学、金髪の子供たちや理想、競馬やら、そのほかのことについても、臆せずにいろいろしゃべりまくることができる。鍵は、クーチュリンヌ？（彼はマネキン2体の胸のところのゼンマイを巻く）始めよう。ここを押さえると、美しい景色を前にした時、どう言ったら良いかがわかる。（紳士の脇の下を抱えて、振り子が止まった掛け時計に行うように、彼は紳士を右左に傾ける。クーチュリンヌは淑女に同じ動作を行う）さあ！

紳士（右手の速い小さな仕草と、元気な様子で）：こんにちは、愛しい人！

淑女（同じ動き）：こんにちわ！こんにちは！私の愛しい人！

2体はこうして、キャスターで動きながら、舞台の両端から近づき、向い合った状態になると、1分間、歯を見せて笑いながら、激しく両手を揺り動かす。

紳士（周囲を見ながら、ぎこちなく頭を動かして）：おや！おや！おや！ここはいったいどこなんだ？

淑女（媚態を示しつつ、気取った文句を際立たせながら）：ああ！このうえなく心地よい田園！　絵になる風景だわ！[44]　そしてかわいい花々！　とても詩情をそそられる！　でも役には立たない！　役に立たないから詩情をそそる、詩情をそそるから役には立たない！

紳士（無愛想な調子で）：僕には…　馬鹿みたいだ…あなたの田園は！　そ

のマネキン」は、17世紀の社交界で家柄・教養．マナーに秀でた紳士 honnête homme オネットムを意識した表現。

44) un site pittoresque：『ボヴァリー夫人』（第2部、第2章）のレオンとエマのロマンチックな最初の会話 quelque site imposant「どこか壮大な景色」と同じ意味合い。マネキンを使ってのボヴァリスムの実践と考えられる。*Madame Bovary*, Flaubert, *Œuvres complètes*, III, Bibliothèque de la Pléiade, Gallimard, 2013, p. 22.

んな感傷はたくさん！
哀歌(エレジー)、はっ！はっ！はっ！
詩(ポエジー)、はっ！はっ！はっ！
そうしたすべてに無関心になりましたよ…はっ！はっ！はっ！

淑女（ゼスチュアたっぷりで）：でもね、ちょっと、これらの木を剪定すれば…この木立を後ろへ下げて、古い樫の木を前に出して、なにかの遺跡[45]と、ちゃんとした服装の農夫たちと、すぐ近

激しく手を揺らせる

くに行くための鉄道があれば、それはね、実際、芸術的に美しいテーマで、鉛筆できれいなデッサンができるのよ。

紳士（機嫌良く）：鉛筆なら、私にはあなたの顔(ミーヌ)つきの方がいい。

淑女：いったいそんな口振りをどこで習ったのかしら？[46] あなたのかわいいご婦人たちのところ？ 知られないように、そこに行ってみたいものだわ、ちょっと…家具を見に。

紳士：かしこまりました！（傍白）名案だ！ それがひらめいた！（高らかに）しかし、助言を1つしたいのですが、あなたの投資に関しては、私が引き受けましょう。

淑女（急いで）：それにそれらの転記も？

紳士（急いで）：大丈夫！ 私の控え帳があります。

---

45) 19世紀前半の古代遺跡発掘、近代化に向かう農業と農民の生活水準の向上、帝政下での鉄道の開通など当時の文化を揶揄している。

46) 『ボヴァリー夫人』（第3部、第5章）でレオンが再会したエマの媚態に対して以前と異なった違和感を感じる箇所「いったいそんなみだらさをどこでおぼえたのだろうか？」に似る。*Madame Bovary*, op.cit., p. 395.

第5タブロー

淑女（急いで）：私たち何を話していましたかしら？

クーチュリンヌ（ばね仕掛けを止めながら）：もう結構！もう沢山！ 2人はとめどがないわ。

ジャンヌ：覚えるのは難しそう…

クーチュラン：ああ！なあに！意志さえあれば！ 今度は2人が今日のニュースについて話すのをお聞きなさい。（マネキンたちのほかの位置にあるバネ仕掛けに触れる）

淑女（ゆっくりとつらい様子で）：なんとまあ、どうやら、あちらではまた可哀そうに12,000人を虐殺したらしいわ。

紳士（小声で歌いながら）：ぶるん！ぶるん！ぶるん！ 私たちにはどうだっていいでしょう？ そんなものにはもう関わりませんよ！ 人生は短い。尻軽女さん[47]！楽しみましょう！

淑女（陽気な調子で）：あなたは摂政時代風[48]ね、赤いハイヒールそのままよ[49]。

紳士（厳粛に、チョッキに片手を入れて）：そうだ、思想はリベラル[50]。フランスの嘗ての貴族政治とアメリカの工業化優先政策の混交。それは何です？

淑女（すぐに、そして懇願するような口調で、紳士に小さな紙の束を渡しながら）：宝くじの券です、貧しい人々のための！

紳士（大きく会釈して）：まことに忝い、奥様！（傍白）惚れてしまったか！（軽く）それで、誰かさんの新刊本、読みましたか？

淑女（うっとりして）：ええ！とても素晴らしいですわ！本当に！偉人です

---

47) リフレインで、「尻軽な女工」の意。

48) オルレアン公フィリップの摂政時代（1715-1723、洗練・優美・退廃などが特徴）風。

49) 17世紀の宮廷人がはいた赤いハイヒールそのもの、つまり洗練を極めている。

50) 自由主義 « libéralisme » は哲学者メーヌ・ド・ビラン Maine de Biran（1766-1824）によって1818年につくられた単語、その根源は17世紀、そして18世紀の啓蒙主義に遡る。メーヌ・ド・ビランは自由主義を「自由の発展のための相応しい主義」と定義した。

わ！

紳士（当たり前のように）：いいや！とんでもない、大馬鹿者ですよ。とにかく皆そう言っています。

淑女：そう言っている。あら！それならそうかも。あなたを信じますわ。

紳士（うっとりしたまなざしで、恋い焦がれながら）：もしあなたが、すべてを信じられるのなら、私があなたに…（彼は突然止まる）

クーチュラン：ああ！2回半ネジを巻くのを忘れた！

ジャンヌ：全然愛し合ってなんかいない、この人たち！

クーチュランはマネキンのゼンマイを巻く

クーチュラン（マネキンのバネ仕掛けを作動させながら）：こんな風に始まるんだよ。で、紳士が、面と向かって、淑女を泣かせるくらいに無作法なことを言うと、きわめて親密な男女の関係が生まれ、みんなに認められる。それで皆こぞって立派なお屋敷に2人を一緒に招待することになる。（マネキンの男女はねじを巻かれている間、優しい動作を交わし、それは徐々に表現力を増していく）いや！それじゃない！ワルツだ！ワルツだ！（男女はワルツを踊り始める、そして、彼らが踊っている間、ジャンヌはできるかぎり彼らの動きのすべてを繰り返す）そうだ！　紳士は、顎をあげ、肘を宙に。淑女は、Ｉの文字のように真っ直ぐで、うつむいて。2人ともその空間にお互いの身体を鋭角にしたぎこちない仕草で、上機嫌のまことに幾何学的な形を取りながら。もうたくさん！　連れて行け！　それから、あなた、クーチュリンヌ、2体がちゃんと箱に収められるか、よく注意しておくんだよ。

マネキンの男女が運ばれる。

第5タブロー

第6場 クーチュラン、ジャンヌ。

クーチュラン：さあこれで！お前さんは社交界に出られるだけの身のこなしができるぞ。

ジャンヌ：でも！私が気がかりなのは社交界じゃなく、あの方。どこにいるのかしら？ お会いしたいわ。

クーチュラン（ゆっくりと）：お前さんの願いを叶えてやろうか。

ジャンヌ（大喜びで）：まぁ！

クーチュラン：ただし、条件が1つある。

ジャンヌ：おっしゃって！それがどんなことでも、お願い…さぁ答えて。

クーチュラン：お前さんの正体を、その男にも、その男の連れにもぜったい悟られないことだ。

ジャンヌ：どうして？

クーチュラン：それはお前さんが百姓娘だった時、彼はお前さんの望みを聞かなかったからだよ。忘れたのか？ それから、これが大事だからよく聞くんだ、私の力を疑わぬこと。お前さんが持っていた留め針の数より沢山のドレスをお前にやり、そしてお前さんの豚の飼い桶の中の麬[51]の粒よりも沢山の上等の真珠をあげたのは私だろう？ だから私はお前さんに断言する、この同じ力にかけて、もしその男にお前さんの名前を言ったら、その途端に、雷に打たれるみたいに、お前さんは死ぬことになる。

ジャンヌ（うなだれ、一方クーチュランは心配そうに彼女を見やる。それからゆっくりと）：どんな名前でも、どんな顔でもいい。あの人が私を愛してくだされば、それが私の望むすべて！出かけましょうか？

クーチュラン：いや！それには及ばない！旅行に必要なものを買うためにあの男がやって来る！

51）小麦をひいて粉にするときに残る皮のくずで、家畜の飼料や洗い粉にする。

舞台裏でドミニクの声が聞こえる。

第7場　前場の登場人物、ポール、ドミニク、店員。
　前場の舞台で、背景が少しずつ、旅行用の小物が沢山ある広いバザールに変化する。舞台奥は、婦人服デザイナーと婦人帽子屋が占めている。

ドミニク（叫びながら）：道をあけろ！　どいた、どいた！　旅行鞄を2つ、施し物袋、携帯用毛布が欲しい。
店員1：かしこまりました！
店員2：すぐに、お客さま！
店員3：8階[52]！15番目の売り場です！
店員4：いや！こちらからどうぞ！
ドミニク：ああ！気が狂いそうだ！（ポールとドミニクは舞台の中央に着く）
ジャンヌ（胸に手をあて）：あの方だわ！
ポール（ジャンヌに気づき）：何と美しい人！
ドミニク：この人はどことなく似ているな。（笑いながら）馬鹿な！　そんなことなんかありえない！
ポール：でもこの人には前に出会ったことがある！　どこだったっけ？　ああ！　夢の中だな、きっと…
ジャンヌ（生き生きとして）：私だと分からないのかしら？　いいわ！　それにこの衣装と化粧だから…
クーチュラン：彼に気に入られるなんてじつに運がいい、そうだとも！　だが私の教えを忘れちゃいかんよ！
ジャンヌ：はい！はい！　まあ！ぴりっと頭が冴えてきたみたい！これからだわ！
ポール（挨拶しながら）：ご婦人！　（傍白）こんなに素晴らしい人が、ここ

52）フランスでは1階は rez-de-chaussée（レ・ド・ショセ）と呼ばれて勘定されないので、8階は日本式に1階を数に入れると9階にあたる。

第5タブロー

で私と出会うなんて。きっと天の思し召しなのか？　それとも偶然か？

ジャンヌ（マネキンの動作をまねして）：こんにちは！こんにちは！いとしい人！

ポール：何と気やすい！　これは親しくなるきっかけか、それともその徴(しるし)かな？

ジャンヌ（彼に近づきながら）：なにか悲しんでおられるようですけれど？それでそのわけは？

こんにちは、こんにちは！

ポール：ちょうど長旅に出ようとしていたのですが、つい今になって、もっとほかのことをするほうが、などと思い始めてきたんです…

ジャンヌ：ご旅行ですか？　ちょうどいいわ！　ばか騒ぎする仲間が多いほど陽気になるってね！[53]あなたの腕を、さあ！　早く(プレスト)[54]！

ポール：この人は頭がおかしいな！

ジャンヌ：見てちょうだい！　私はドレスがいっぱい入った392の衣装ケースと1ダースの帽子、刺繍のあるナプキン、レースのついた布巾、ボタンのある手袋を26、すてきな小さなブーツがあるわ。おお！私のかわいいブーツ[55]！（彼女は足を見せる）ブーツ！ブーツ！ブーツ！

ポール：もうたくさん！もう結構！

ジャンヌ：私のマホガニー製の山小屋[56]は、ちょっと目くばせする間に、とっても奇麗な場所に立つし、そこにはピアノがあるのよ（ポールの嫌悪感を示す動作）、素敵なピアノ、山の上でポルカを演奏しましょう…

---

53) *Plus on est de fou, plus on rit.* 諺で、後から来た人を迎え入れるときなどに使う。
54) イタリヤ語で、「きわめて速く」の意。
55) フェンシングのブーツからの成句で、性的な行為と攻撃のメタファー。
56) 豪奢なイメージは『聖アントワーヌの誘惑』に現れるシバの女王を髣髴させる。

私は音をなぞれるのよ[57]。聞いて！

ポール：勘弁してくれ！

ジャンヌ（生き生きと）：私たちの優美さが輝いて、世界中を美しくするの。パゴダで大夜会をして、野蛮人たちの髪をカール[58]しましょう。私たちの白粉が吹く風にまざり合う！何もかも粋であるため！粋よ永遠なれ（フォーエバー）[59]！朝から晩まで言葉を作りだしましょう！－私たちの名前をすべてのモニュメントに書きましょう！すべての遺跡を冗談の種にして、すべての断崖につばを吐きましょう！退屈することなんてないわ！郵便があるから、今では、どこででも新聞を受け取れますわ。もし取引をする機会があれば、石油の湖、どこかの石炭の層とかを…

ポール（逃げながら）：やりきれない！！！

ジャンヌ：愛し合いましょうよ。

ポール：こんな風じゃまっぴらごめんです！

ジャンヌ：戻って来てよ！

ポール：とんでもない！（彼は立ち去る）

ドミニク（左右を見ながら）：どうして？　彼は逃げ出してしまった！　でも彼女はとても愛らしかったのに！（彼は退場する）

やりきれない!!!

---

57)『ボヴァリー夫人』（第 2 部、第 2 章）でのエマとレオンとのロマンチックな会話の中で「山上で奏でるピアノ」（*Madame Bovary*, op. cit., p. 221）など同じ文言がある。Faire des imitations「（音楽での）模倣」（他声部による 1 楽句の反復、カノンやフーガの基本）。ポルカは、2 拍子の早いリズムが特徴のボヘミアンの民族舞踊に起源する社交ダンスの一種。1844 年にフランスに広まった。

58) 頭髪にエレガンスな様相を与えるための所作で、『ボヴァリー夫人』（第 3 部第 1 章）でエマとの逢い引き前のレオンの気取った身なりにも見られる。「白のズボンにしゃれた靴下、緑色の上着を着て、ありったけの香水をハンカチにまき散らし、髪の毛をカールしては、より自然なエレガンスを与えるために、そのカールを伸ばした」*Madame Bovary* op. cit., p. 361.

59) 原本は英語表示でイタリック体。

第5タブロー

第8場 ジャンヌ、クーチュラン。

ジャンヌ（仰天して、クーチュランをじっと見て）：
　ええ？　どうなの？
クーチュラン：どうしたんだ？
ジャンヌ（泣きじゃくり、クーチュランの肩に寄りか
　かって）：ああ！私、とっても不幸！

婦人服デザイナーたちと婦人帽子屋たちのコーラス
が、その芸術の香気の中から汲み出された慰めの言葉
を投げかける。

どうして？
彼は逃げてしまった！

ジャンヌ（しばらくわけのわからないまま彼らを見つめ、それから突然）：哀れ
　な人たち！　あなたたちの、その愚かしい見え透いたお世辞のせいなの
　よ。消えてしまって！　嘘の心と顔、偽善やお化粧、偽の感情、偽の巻
　き髪、はだけた胸、偏って狭っくるしい魂！　みんな大嫌い！　いや！
　いや！　もう何もかも嫌！（彼女は自分の衣服を引き裂く）あの方はどこ？
　あの方を騙してたって打ち明けたい！　ポール！ポール！（彼女はあち
　らこちら走る、半狂乱になって、あえぎながら、前にある物すべてをひっくり返
　す。婦人服デザイナーたちと婦人帽子屋たちは逃げ去る）待って！答えて
　よ！　私の方から行くわ！　私が見える？　聞いて！　ポール！（彼女
　は舞台の前景、グノームの王であるクーチュランの傍に戻る）ああ！私は永遠
　にあの方を無くしてしまった！
王：自業自得だ！やり方がまずかったんだ！
ジャンヌ：そうよね？　私は名前を言えばよかった！
王：そうしていたらお前さんは死んでいたよ、忘れたのか？
ジャンヌ：ああ！でもいったいどうすればよかったの？　それにあの方を
　追いやったのは私自身なの！　私の心を息苦しくさせるわざとらしいし
　ぐさに縛られているより、気取らずに話しかけ、愚かしい上品ぶった自

慢話で、あの方をうんざりさせないようにしたら良かった。別の違った女の風だったなら、気に入られたかも？　頬にはおしろいが少し、あまり馬鹿なことを言わず、気取るところのない物腰、そんな人があの人にはいるのよ。控えめな優しさであの人の心を掴むような、良妻で、シンプルなブルジョアの女性が。

ジャンヌは泣きじゃくる

王：そんな女になりたいのか？

ジャンヌ：そうなればあの方は私を愛してくださるかしら？

王：そう思うよ！

ジャンヌ：どうすればいい？

王：ああ！それは簡単だ！

ジャンヌ：なら、そうして！

王：お前さんが是非にと言うのだな？

ジャンヌ：ええ！そう！　あの人はどこに行けば会えるの？

王（彼女の片手を取って、有無を言わさず、引きずって）：来るんだ！そっちから！　ついて来い！

第6タブロー　ポトフの王国

　舞台は、半円形の町の広場。町全体を一瞥できるように、すべての通りはそこまで続いている。みな同様の、装飾のないファサードの哀れなたたずまいの家々には、鉛白が塗られて、チョコレート色に彩色されている。広場の中央には、三脚で支えられて、燃え上がる炭火の上に、巨大なポトフが沸騰している。

第6タブローの舞台装置「ポトフの王国」　スコット作

第6タブロー

　ポトフの周囲には、マホガニー製の肘掛け椅子が半円形に置かれてあり、そこには食料品屋たちが、すべてエプロン姿で、カワウソの庇つき帽子[60]を被って座っている。彼らの背後、舞台の両袖には、町のさまざまな同業組合が組合旗をもって立っている。そこには、官僚、科学、文学などと書かれている。科学者たちはトック帽と緑色の庇をつけている。文学者たちはミルリトン[61]とインク壺を肩ひもで斜めに担いで腰にぶら下げている。官僚たちは、鉄のペンを耳に、黒いペンカル[62]製の付け袖をしている。すべての市民は輪状ひげで、（食料品屋以外は）地主風のフロックコートと、頭にはシルクハット[63]を被っている。

　舞台中央の、ポトフの背後に、大神祇官が観客の正面にいて、踏み台に上り、群衆を圧倒している。両袖の前景で、中学生(コレジアン)[64]のグループが、ケピ[65]をかぶって、アコーディオンを奏している。家々の窓には、筒形ひだをつけた縁なし帽[66]で、茶色のウールの服を着た女たちがいる。赤い瓦の屋根には、猫がいる。その向こうに灰色の空。

---

60) ジュール・ヴェルヌによれば、毛皮として使われる動物の数は希少となって、「カワウソはほぼ完全になくなり、北太平洋の島々の傍にしか見つからない」Jules Verne, 『毛皮の国』 *Le Pays des fourrures*, collection Hetzel, 1907, p. 13.
61) 膜鳴楽器群の小さな管楽器、管の底に羊皮紙や油紙を張って声を共鳴させた。
62) 黒いペンカルとは「金巾の一種で目の詰んだ綿織物」で、肘から手首にかけての付け袖。
63) トップが広がったシルクハット。
64) Collégiens は小学校を出た11歳以上の生徒。
65) フランスの将校・憲兵・税官吏などが被る庇のついた円筒形の帽子。
66) 1860年から1870年頃に流行った、底が絹で、円筒のチュール（微細な多角形の網目のある薄い布地）、4列で周囲を囲まれ、完全な冠の形はしていなくて、葉形になっている。Cf. Daniel Déquier, François Isler, *Costumes de Savoie*: Tome 2, Tarentaise, Beaufortain et Val d'Arly, 1997.

第1場

中学生たちが演奏するアコーディオンの陰鬱な音色で幕が上がる。幕が完全に上がってからも、その音はまだしばらく続く。そして静寂。ポトフがゆっくりと沸騰するのが聞こえ、やっと大神祇官が話しだす。

中学生と食料品屋

大神祇官（あく取りの穴杓子を手にして）：同志たちよ、ブルジョアたち、クルトン[67]諸君！この厳粛な日に、われわれは、物質的利権の、つまり最も高価なものの象徴で、3倍も聖なるポトフを讃えるために集まった！そうして、諸君のお陰で、それは今やほぼ崇拝の対象になっている！　皆に責務を思い起こさせ、共同作業によって、皆を、ポトフへの、崇拝、愛、熱狂へと結びつけるのは、この賢明なポトフ崇敬の大神祇官である私の役目だ！

　諸君の責務、おお　ブルジョア諸君、はっきり言っておくが、諸君のうちの誰も、その責務に背いてはいない！　諸君は事業のことだけ、諸君自身のことのみ考え、冷静に家に留まった。そして諸君は目を星の方に決して向けぬようしっかり注意した、そうすれば井戸に落ちることになると知っていたからだ。地道に続けなさい、それが諸君を、休息に、富に、敬意に導いてくれる！　途方もないこと、もしくは英雄的なことを必ず憎むのです、　とりわけ熱しすぎてはいけません！　そしてどんなことであろうとも、諸君の思考、諸君のフロックコート[68]もすべて変

---

67) クルトンは、ポトフなど料理に添えるパンの意から敷衍してブルジョアの構成員。旧弊な人。
68) 19世紀初頭、プロシア軍のウーラン騎兵隊の軍服であった、ダブルブレストでプルシアン・ブルーのコートが、男性の服装として地味な色彩が好まれていたイギリスにも広まった。軍服は立襟のままだったが、それ以外のものは背広襟となり、

第6タブロー

えてはなりません。なぜなら個人の幸せは、一般大衆と同じように、才気を節制する中に、慣例は変えないところに、ぐつ、ぐつ煮えるポトフの中にしかないのです！（アコーディオン）

まず、君たち、祖国の大黒柱、商売の鑑(かがみ)、道徳の基礎、芸術の守護神である食料品屋たち[69]だ！（食料品屋たちが立ち上がる）

コーヒーの中にいつもチコリ[70]の根の粉末を入れると誓うか？

食料品屋たち（声を合わせて）：はい！

大神祇官：そしてカウンターから離れてはならぬ。もちろん行くべき道を物見高い連中に教えるため戸口まで行くことは別だ。要するに、諸君の方針を優先させ、諸君本来の、人類の王、万有の支配者として君臨するために、あらゆる方法、友好、プロパガンダによって、諸君はこの世に活力を吹き込むか？

すべての食料品屋、起立して（ポトフの方に手を伸ばして）：誓います！

大神祇官

色は更に濃い色調の濃紺や黒のものが19世紀中頃には男性の昼間用正装となった。

69) オノレ・ド・バルザック（1799-1850）作、『食料店主』 *L'Épicier* （1839）の冒頭には、「私の目には、食料品屋、その絶対権力がかろうじて1世紀であるが、近代社会の最も美しい表現のひとつである。効用の著しさと、忍従の崇高さを同じように持っている存在はないではないか？ つまりかぐわしさと光と有益な食料の絶えざる源だ。もうアフリカの大臣でもインドとアメリカの代理大使でもない？ なるほど食料品屋はそうしたすべてだが、その完璧さを頂点に至らしめるのは、そうしたことすべてに気づいていないことだ。オベリスクは自分が記念碑だとしっているだろうか？」（Balzac, *L'Epicier, Œuvres complètes*, XXVI, Les Bibliophiles de l'originale, 1976, p. 125）とある。

70) チコリの根の粉末で、コーヒーの代用にする。

大神祇官：さて、君たち、官僚諸君！

官僚たち：ここにおります！

大神祇官：諸君は常に昇進のみを考え、とにかくできるだけ仕事しないよう決心したかな？

官僚たち：おお！勿論です！

大神祇官：暖炉でいつも木炭を恐ろしいほど燃やし、不作法な振る舞いをし、生活に不平を鳴らして上司たちを呪い、そして25サンチーム[71]の取引に、帳簿上100エキュ[72]を費やし、15年間その完済を待たせることを誓いますか？

学者と官僚

官僚たち：誓います！

大神祇官：では学者諸君、国家の光明、今度は諸君の番だ！（科学者たちは、腰を半ば曲げ、老人特有の震えを見せながら、登場する）

大神祇官（親しげな調子で）：諸君は、昔と同様、ほんのちょっとした罪のない研究、何の邪魔にもならない研究しかしないことを誓われますかな？

すべての科学者たち（手を挙げながら）：はい！はい！ご心配ご無用！誓いますぞ。

大神祇官：それで結構！　さあ、今度は諸君だ、諸君は、われわれ家族の夕べをとりこにする誠実な人材。芸術は娯楽のために作られているのだから、私たちを楽しませるのだ。さあ！

喜劇詩人たち（ポトフの方に皆が手を伸ばしながら）：こけこっこう[73]！（集まった人々の薄笑い）

大神祇官（彼を取り巻いている食料品屋に微笑みながら）：形式がもう少しの

---

71) 100分の1フランで、多く否定的表現でごくわずかの金。
72) エキュは、19世紀の5フラン銀貨。
73) 比喩的な意味では、「ガリアの雄鶏」からの引喩で、フランスの愛国心を表現する勝利の叫び。

第6タブロー

奇抜だとな、しかし趣旨は実に素朴だ！（彼は、注意を引くために、ポトフの上を穴杓子でたたく）最後の言葉は、諸君、若者たちに、人生の春に！（彼が合図すると、中学生たちが、腕の下にアコーディオンを抱えて近づく）こちらにお出で、美男子たち[74]、近寄りなさい！　若い人たち、われわれの希望である諸君は、情熱の時代に入ろうとしておる！　気をつけなさい、それはちょうど火薬庫の中に侵入するようなものだ。ほんのわずかな火の粉でも諸君の頭に落ちれば、建物を爆破させることになる！　皆がすべての松明を諸君から遠ざけようとしたのを私は知っておる。構わん！それでもなお血気と妄想への熱情を警戒せねばならん。犯罪と狂気しか生み出さんからだ！　それよりむしろ諸君は悪徳を使えばよい！諸君の生まれつきの邪悪な衝動を有効に使うのだ！例えば、賭け事に勝つ術を知っている者は、金を家に持ち帰り、それを投資するのだ！　内緒で楽しみなさい、つましく。健康で、夜10時を過ぎては決して帰らぬこと。これが秘訣だ。遵守することを誓うかな？

喜劇詩人

中学生たち：誓います！（彼らはもとの場所に戻る）

大神祇官：感動した、若者たちよ！　この世代でもずいぶん道理をわきまえているのに心打たれた、もし祭儀が済んでいなければ、その感動に溺れることになったろう。祭儀は終わりだ、というのも、もう諸君に宣誓してもらう必要はないからだ、諸君には…（彼は窓辺にいる女たちに話す）守護者で、私たちの至福の源である奥さん方、主婦の皆さん、ポトフのかわいいお母さん方！　ポトフがことこと煮えるのは皆さんのお蔭だ！というわけで、皆さんが心がけておられること2点を根気よく続けな

---

74) 美男子 éphèbe は、古代ギリシャの青年（18歳から20歳）で、軽蔑的には「きゃしゃな美青年」を指す。

さい。第1に、配偶者の靴下を繕うこと、そして2番目は、色事の誘惑者に対しては常に守りの姿勢を保つこと。しかも絶えず、ひたすら今言ったことだけを考えること。つまり女性にとって最も美しい姿勢、女の理想的な構え、敢えてこう表現すれば、少しばかり跪いて、手には穴杓子、毛糸の靴下[75]を左腕に、クピド[76]に背を向けて、そしてポトフの湯気に頭を煙らせることを忘れないこと！

　そして、お前たち、猫諸君、浮気な4本脚の屋根の浮浪者たち！　もしわれわれのために、すべての時間と口の力を、鼠を捕らえるために使わなければ、お前たちに口籠をはめ、焼き串で串刺しにする。なぜなら自然はわれわれの都合の良いようにお前たちを創造したのだから。しかし、もし家にずっといて、われわれに献身的に仕えるのなら、皿の底にポトフのさめた数滴をおいてやろう！

　それから、おい、太陽だ、お前にできるか、いつも適度に輝いて、われわれの灯りの費えを節約するために、大量のろうそくに変ることが！さらに、地球全体がお前の暖かさで熱くなって大きなポトフになるように、お前の光線が高い波の立つ大海原に油脂の雨を落とせるか！

全員（叫ぶ）：ポトフ万歳！

帽子を脱ぐと、狭くてとても細長い、円錐状の砂糖の塊の形をした彼らの頭蓋が露わになる。

　女たち（窓辺で）：主人たちは何て立派なんだろう！

　名指しされなかった他の業者団（ギルド）は、ポトフの周囲に詰めかけ、そして大神祇官は、空中に神秘的に円を描きながら、彼ら全部に穴杓子で水を振りかけ

---

75) 毛糸の靴下は、昔、農民がお金をウールの靴下に蓄えた習慣から、「へそくりの隠し場所」。
76) クピドは、ヴィーナスの子で恋の神、女たらしのうぬぼれ美少年。

第6タブロー

る。それから、閉会して、座席を取り払い、お互い相手を探して、ある種の活気で言葉を交わす。

　ブルジョアたち：ああ！美しい祭典！すばらしいスピーチ！　そしてなんという音楽！みんな芸術に上達した！それは議論の余地がない！

混乱とざわめきが少しずつ治まって、全員が、各々の家の前の扉の上にある、時計をじっと見つめ始める。針が5時55分をさしている。

　全員（上を向いて待ち、6時が鳴ると、皆同時に）：夕食にしよう！

彼らは家に入る。

第2場
　舞台には全く誰もいない。まず、家の中で激しい接吻の音、それから椅子の音が聞こえる。ほぼすぐ後に、皿の上のスプーンの音、そしてしばらく後で。

　声（わき起こって）：ああ！まことに結構！

寸時静寂、それからナイフとフォークのがちゃがちゃいう音。

　同じ声：これこそレストランでは味わえないものだ！

ナイフとフォークの音が続く。ワインのボトルをあけるのが聞こえ、それから

　同じ声：デザートに入った。

そこで満足げな小さな笑い。

男たちの声だけ：リキュールを1杯注いで、さあ？
女たちの声：でも身体によくないわよ！
男たちの声：胃のためだ、一度だけなら癖にはならない！

それから椅子の荒々しい並べ替え、そして

すべてのブルジョア（彼らの窓辺にあらわれ、伸びをして、言う）：暑いなぁ！
女（各々の窓辺にあらわれる）：そうね！でも空気は冷たいわ。
すべてのブルジョア：なるほど！（彼らは少し横を向き、窓の外につり下げられた晴雨計をたたく）この天気続くかな？（ちょっと考えたあとで）そう！そう！ちょっと涼めるな！

窓は再び閉じられ、間もなくすべてのブルジョアたちは舞台に再び戻り、彼らの扉の前の椅子に着く。各々の夫婦はトルコ衣装の小さな男の子と、スイス衣装の小さな女の子に付き添われている。

すべてのブルジョア：ああ！ここは心地いい！

暑いなぁ！

女たちは編み物をとり、男たちは新聞をとる。ジャンヌは、きわめてブルジョア的な衣装で、前景、右側の家の敷居に座っている。

ああ！ここは心地いい！

第6タブロー

第3場　ブルジョアの男たち、ブルジョアの女たち、ジャンヌ、グノームの王。

ジャンヌが座るとすぐ、

グノームの王（ポトフの大神祇官としてのいくつかの象徴的な持ち物や装いを取り去って、彼女の後ろに現れ、彼女の肩のほうに身をかがめる）：わかるかい！　みんな私の言いなりだ！　みんなわれわれに仕えている！　町長そして高位聖職者に選ばれるには、姿を見せさえすればよかったんだ。（傍白）これほど簡単なことはない、悪の精神が勝利を収める相手は凡庸な連中だ！

ジャンヌ（ため息をつきながら）：あの方をお捜しし、あの方を待って多くの日々を過ごしました。それであの方がいらっしゃると思いますか？

グノームの王：きっと来る！　辛抱するのだ！

ジャンヌ：ああ！ありがとう。いつも守ってください！

母親たち：さあ、私の天使たち！　子供が遊ぶ時間ですよ！

トルコ衣装の少年たちとスイス衣装の少女たちが、家の敷居から走りながら飛び出て、手を取り合って、ポトフの周りを、スパルタ人の歌を真似た4行の詩句を歌いながら、輪になって踊る。

　　私たちの祖父さんは馬鹿だった、
　　私たちの父さんはもっと馬鹿！
　　私たちはいっそうお馬鹿さん、
　　私たちの子供たちはそれよりいっそう馬鹿になる。

子供たちの縁なし帽子のいくつかが踊りの最中に落ちて、彼らの極端にとんがった頭蓋が見える。

ジャンヌ（彼らをじっくり見ながら）：かわいいわ、この子供たち。お母さんたちは幸せね！
　1人の婦人（彼女の傍の、椅子に座って）：たぶんね！　恐れ入ります、お嬢さん、私の子供は、まだ小さいけれども、将来を嘱望されています！（彼女は呼ぶ）ちょっと、乳母や！
　2番目の婦人：そして私の子供も。　乳母や！
　3番目の婦人：私の2人の子供も、それだったら！　乳母！

　すると腕に赤ん坊を揺り動かす大勢の乳母たちがあらわれる。母親たちは、赤ん坊たちを見せるために、彼らの機嫌をとろうとする。

　最初の婦人：キスを、かわいいお嬢ちゃんとおじさんに。
　赤ん坊の母親（赤ん坊からおしめを取り除きながら）：この手足を見てください…
　もう1人の母親：そして頭！（彼女はベギン帽[77]を取り除く）ほら！
　赤ん坊の母親たちすべて：私の赤ん坊の頭はほかの子よりかわいいわ！最高にかわいいわ！

　彼女たちは自分たちの子供すべてのベギン帽を取り除く、子供たちは途方もなく尖った頭蓋をしている。

　王（嗅ぎたばこを吸いながら）：子供たちの父親よりも素晴らしい！　あたらしい世代がはっきりと現われてくる！
　すべての母親と婦人たち（同時に話しながら）：寓話詩を暗唱してごらん！　にっこり笑って！　ああ！なんてかわいいの！　砂糖菓子が貰えるよ！

　すべての子供たちがジャンヌにキスをおくり、すぐにもぐもぐ言い始め

77）ベギン会修道女の帽子、またはそれに似た顎紐付きの婦人・子供用の帽子。

第6タブロー

る。その間、母親たちは一斉に話し、赤ん坊たちは泣き、乳母たちは歌を口ずさむ。しかし、舞台裏から大きなざわめきが起こり、あたかも遠くの群衆の抑圧された苛立ちのよう。ポールとドミニクが現われる。すべての子供たちは、恐れて、逃げ去り、乳母たちは彼女たちの乳飲み子を連れ帰り、そして大勢のブルジョアの男女は凶暴な目つきで遠ざかる。

　他のものたち（怒鳴る）：倒せ！下層民、悪党、変わり者！

口笛のやじ、罵声。

第4場　グノームの王、ジャンヌ、とても気楽な旅装をしたポールとドミニク。

彼らは舞台奥の方から来る。

　ドミニク：それで、どうした？　馬鹿野郎ども！　そんな扱いをするのは、それは俺たちの服装の所為かい？

ブルジョアたちはお互いに了解の合図を交わしながら退場する。

　ジャンヌ（ポールの方へ駆け出しながら）：ポール！　ああ！やっとのことで！
　王：感情を隠すんだ！いいか、あっさりと振る舞うんだぞ！
　ドミニク：怖い様子だな、あいつらは。
　ポール：まぁ、それはともかく！　名前の知れない恋人がいるのはたぶんここだ…

ポールとドミニクの到着

ドミニク：ああ！またそれですか！　本当に、何がしたいのです？　何を探しているんです？　目的はどこなんです？　だってあらゆる類(たぐい)の国を放浪し出してから、あなたの話は何が何だかさっぱりわかりません！

ポール：これほど簡単な話はないよ！　僕はどこかで、純粋な魂をもった、まったく欲得のない娘に出会い、その人を恋人と認め、その人に愛され、そして、その人の愛に支えられ、心の城を奪わないといけないのだ。

ドミニク：ああ！大いに結構！　めったにいない女、ありもしない城。それで、このサヴォワ[78]地方の城に何があるというんです？　財宝ですか？

ポール：そうじゃない！　だがあまりに途方もない宝だから、お前には想像もつかないよ。

ドミニク：おお！おお！　まだお分かりでない。さあ、ご主人、どうかお願いです！　パリに戻りましょう！

ポール：ああ！もうたくさんだ、ドミニク！　あまりの疲労と、失望でうんざりだ！　それに、この町は平凡だけれど、何かよくわからない魅力がある！

ジャンヌ（自分の傍の椅子を彼に差し出しながら）：そう！ここにいて下さい！（ポールは躊躇する）お座り下さいな！

ポール（傍白）：おやまあ、これほど優雅な人はいない！（彼は彼女を見つめる。彼女は目を伏せる）ほう！何という恥じらい！

お座り下さいな！

沈黙。彼らは見つめ合う。

---

[78] サヴォワ Savoie は、フランス南東部の地方名で現在の Savoie 県、Haute-Savoie 県にあたる。1860 年 6 月の住民投票によってフランスに併合。サヴォイア家は、11 世紀よりサヴォワ地方を領有し、後にイタリアを統一支配（1861-1946）した王家。

第6タブロー

ジャンヌ：この土地のことはまったく何もご存じないようね！（軽蔑して）それにその服装… 変わっているわ！

ポール：ああ！お嬢さん、私は旅行中は何も考えないことにしているんです！

ジャンヌ（すげなく）：それは結構！でもしきたりには従わないとね！

ドミニク：まったくうんざりさせる女だ、こいつは！（傍白、肩をすくめて、ポールを指しながら）夢中になるって楽しいことだなあ！ ちょっと辺りにもっと面白いものがないか見てみたくなった！いいですよね？

ポール：いいよ！早く戻ってくるんだぞ！

第5場 ジャンヌ、ポール、右袖前景に移された大神祇官の玉座に隠れたグノームの王。

ジャンヌ：あなたはあの人みたいに行かないの？ よかった！

ポール（傍白）：ああ！ 彼女は人間らしくなった！

ジャンヌ：私たちと一緒にいるためには…（沈黙）

ポール：それには？

ジャンヌ（おずおずと）：しなきゃいけないのは… おお！悪く思わないでくださいね… 何もしない、何も言わない、それから人間皆の行いや言葉や考えから何が出てくるかって何も考えないこと！

ポール：ええ！どうしてです！ 自分の心が誠実であると感じるときに、心に従ってどうしていけないのですか？ 私は、何が起ころうとも、汚辱を卑しいものとし、醜い行為を遠ざけ、そして偉大なものの前に跪き(ひざまず)ますよ！

ジャンヌ：ええ！それはいいことです！ いいことですわ！

グノームの王（ジャンヌの背後で）：用心しろ！

ジャンヌ：世間に疲れた男の方にとって、こんな家のひとつに住むことは、やっぱり心地よいことでしょう。（ポールは嫌だというように顔をそむける）ええ！家庭はもっといいですわ！ 主婦がどのように大事な夫の世話を

しているのかをあなたはご存じかしら！　夫を優しさで包み、ジャムを作り、スリッパに刺繡をし、甘やかして、キスをし、服を着る手助けをして、そしてそれから彼に渡すんです。フロックコートを！（ジャンヌはポールにその地方のフロックコートの１つを贈る）着てご覧なさい！

ポール（びっくりして）：どうして？

ジャンヌ：着心地がとてもいいですよ！　どうぞそうなさって！

ポール（フロックコートを着ながら、傍白）：この人は馬鹿だな、魅力的なのに！（大声で）おそらく、こうした生活にも良いところがあるでしょう。でも、思いませんか、鳥の歌声のように純粋な声で、温かい握手をしているように心のこもった眼差しのあなた、あなたは、ねえ、時にはもっと完璧な心の結びつきが、そうした情熱があるために周りに光を放つ、そんな幸福があると思いませんか？　お互いに魅惑されるのは、汚れた地球の中で永続する詩のようです。愛が深まると、人は善良になる。愛情の習慣だけがすべての英知へと導く。そして美徳として現われるのは幸福がすぎるからなのです！

ジャンヌ：ええ！分かります！　そう！そうですわ！

グノームの王：身を滅ぼすぞ、可哀そうに！

ジャンヌ（息苦しく）：そう、確かにそうだわ！　それに、理想を追いやらないでも、穏やかで慎ましい暮らしができる手だてがあるわ。どうして自分が持っている一番良いものを、自分のために取っておく代わりに、思いやりや、いろいろの感情や、あれこれ動きまわるのに浪費してしまうんだろう？

グノームの王：でかした！（ブラヴォー）

ジャンヌ：他の人たちが一番強いのだから、服従しましょう。その人たちが私たちを大事に思い、尊敬し、私たちに仕えるようになるためにはね！　ああ！それは簡単、うわべだけ譲って、ただ、物言いや身なりが突飛でさえなければ！

床屋がその仕事道具をもってあらわれる。

第6タブロー

ポール（驚いて）：何をするんです？

床屋（太くこもった声で）：皆さんのようにあなたのひげを輪の形に剃るんです！

ポール：おい、冗談じゃない、そんな無理やり！

ジャンヌ：ああ！私がそうして欲しいの！

彼女は彼の首にタオルを巻きつける。

ポール：僕は滑稽そのものだ、が、まぁそれはどうでもいい！この人に僕が夢中になり、子供みたいに言うことを聞くのはどうしてなんだ！

ジャンヌ（床屋が仕事をしている間に）：少しの我慢よ。もうおしまい！もうちょっと！ああ！いい感じになりますわ！　今年の冬は、インド更紗のカーテンの、家族写真が飾られたサロンの炉端のピアノの傍にいて、うんと気持ちのよい夕べをすごすことになるわ！　町外れに、緑の板張り園亭[79]のある小さな公園がいくつかあります。日曜日ごとに、私たちは、2人で、そこに行って、腕を組んでのお散歩、野菜の傍で垣根を見ながら、私たちの幸せをいつまでも語りましょう。

ポール（床屋が仕事を終えたので、立ち上がる。傍白）：たぶん彼女の言うとおりだろう。言っていることを聞けば、判断の基準はちゃんとあるのが分かる。それに、もし妻になったら、僕が教えればいい[80]！

ジャンヌ：あなたが見えるように、ねぇ、こちらを向い

床屋

79）『ボヴァリー夫人』の結末でシャルルがエマの形見の頭髪を握りしめその最期を迎えるのは園亭、そのときのシャルルは青年のような思いで自然と一体化していく。*Madame Bouary*, op. cit., p. 457.

80）モリエールの古典劇『女の学校』に見る男性側から見た理想の「女性像」を目指す保守的な文言。

て！ まぁ！素敵！ ありがとう！嬉しいわ。もう行かないで。

彼の両手を掴む。

ポール：ああ！愛しいかわいい人！ もちろん！行かないよ！誓うよ！
ジャンヌ（大喜びで彼を見つめながら）：こんなことってあるかしら？ もちろんあるのよね！ この人何もかも揃ってる！
グノームの王（ジャンヌにすばやくシルクハットを差し出しながら）：じゃ、これは？
ジャンヌ（シルクハットをポールの頭に被せながら）：そう、これ！（呼びながら） みなさん！みなさん！いらっしゃい！これでおしまいよ！

舞台三方から、あふれんばかりのブルジョアが押し寄せる。

第6場 前場の登場人物、ブルジョアたち、それにドミニク。

ブルジョアたち（拍手喝采し、ポールを抱きしめながら）：
　―ああ！実にいい、とてもいいですよ！
　―じつにきちんとしている！
　―おめでとう！
　―わが同郷人よ、私は満足だ！
ポール：すみません… わけが分からない！ ついさっきは石を投げつけられて殺されかかって、そして今…
ブルジョア：あなたが私たちの仲間の1人だからですよ！
グノームの王（彼に鏡を提示しながら）：さあ！ご覧なさい！
ポール（鏡の中の自分をしばらく注視した後で、夢から覚めたように）：なんだ！ この顎髭は！ ブルジョアの醜いシルクハットは！（彼は帽子を地面にたたきつける。 群衆の憤りの叫び）それに地主なんかが着るフロックコート！（彼は自分の体から剥ぎ取る） 僕はこんな愚かしい衣装2つ、おぞま

119

第6タブロー

しい象徴を着けることで、名誉を失ったかもしれない！ そんなことはない！決して！（彼は、激怒して、帽子とフロックコートを踏みつける）

ジャンヌ：可哀そうに！許してあげて！

ブルジョア：狂っている！気をつけろ！

ジャンヌ（取り乱して）：この人を落ち着かせて！まぁ！どうしたら？

群衆の声：あいつを掴まえろ！スープ！スープを飲ませろ！

ジャンヌ：早くそれを持ってきて！ そこに！ いいわ！ さあ、飲むのよ！

彼は、激怒して、帽子とフロックコートを踏みつける

ポールは、足と手を掴まれて、取り囲まれている。ジャンヌは手渡されたばかりのカップ一杯のスープを彼に差し出し、唇に近づける。

ジャンヌ：これをお飲みになって、ゆっくりと。

ポール（カップを手の甲でひっくり返す）：スープなんかまっぴらだ！

すべて：冒瀆だ！ 牢屋へ！牢屋へ！ 土牢の中へ！

群衆は彼に殴りかかり、手首を掴んで縛り上げる。

ポール：そうだ！ぶてばいい！ お前たちの喝采よりも悪態が、施しよりも刑罰の方がいい！ お前たちの奴隷の心、円錐形の頭、グロテスクな衣装、醜い調度品、卑劣な仕事、食人種の凶暴さなんて…

群衆：妄想だ！

ポール（鎖でつながれた手を空に向けて）：ああ！お前たちを皆殺しにしてしまう、天の雷霆[81]が起こってはくれないのか！

ブルジョア：手に負えない！ 猿ぐつわだ！

猿ぐつわが噛まされる。

1人のブルジョア：それにこいつの下僕にもだ！
すべてのブルジョア：そうだ！そうだ！
ドミニク（フロックコートとシルクハットで現れ、もがきながら）：でも俺はフロックコートを着ているぞ、俺は！シルクハットもかぶってる！　これでいいだろう！
1人のブルジョア：それがどうした！連帯責任というものだ！
ドミニク：スープも飲むよ！
ブルジョア：静かに！
ドミニク：ちょうど飲みたいんだ！
ブルジョア：無礼な奴だ！

彼に猿ぐつわを噛ませ、2人とも、1階の、右袖後景にある牢屋に閉じこめる。柵を通して彼らが見える。

群衆（満足して大きくため息をつく）：ああ！さぁ、こいつらにちょっと説教して、諭さなければならん！

第7場　同じ登場人物たち、大神祇官。

大神祇官：私がしよう！　私の義務、私の聖なる仕事だ！始めるぞ！
　不運な奴らめ！お前たちはフロックコートとポトフに対しての犯罪を認めるのだな！
ブルジョア（せせら笑いながら）：ああ！ああ！このお2人は欲しいと言わなかったんだ！

81）ギリシャ神話の最高神、天界の支配者ゼウスの「雷を放つゼウス」を示唆する描写。父神クロノスを王座から追放し、3代目の支配者となった。

第6タブロー

大神祇官:食料品店に対する軽蔑、気持ち、考え、言葉づかい、物腰態度や奇妙な衣装、ひとことで言えば、とっぴさに関する罪だ！

声:ギロチンだ！

大神祇官:いや、諸君！幸いにも、われわれの風習はもっと優しい！われわれは、哀れな者たちよ！懲罰によって自らを洗い清めること、後悔によって身を純化することのみをお前たちに求める。われわれは、もう少し時間が経って、できることなら、善行によってお前たちが名誉挽回するのを望んでいる。お前たちが捨てたスープをお前たちに力づくで飲ませるが、もっと薄いものをやる。お前たちのアパートの壁は道徳的な文字で美しくなり、蜘蛛を飼い慣らす代わりに、お前たちの唯一の気晴らしになるだろう！

囚人たちは柵を通して腕を動かしながら動き回る。

大神祇官:まだ話は終わっていない！今や、お前たちはわれわれに対してどんな悪事も働けないのだから、大衆の正当な怒りは、私がこんな風にお前たちにたくさん説教を重ねて、お前たちをやっつけることを欲しているのだ！だから、お前たちはいろいろ体験させられることになる！

扉の上の時計すべての小さな音が聞こえ、8時を打つ。最初の音ですべてのブルジョアは綿の縁なし帽をポケットから取り出し、頭に被る。大神祇官は突然話を中断し、同時に自分の帽子を被る。

大神祇官:寝る時間だ！では明日に！

すべてのブルジョアたちは家に帰る。

第 8 場　ジャンヌ、グノームの王。

　ジャンヌ（激怒して）：あの方を釈放して！　さあ、あの方を釈放するのよ、でなければ、私が…

　王：用心しろ！

　ジャンヌ：でもあの方があそこにいるのは、そしてまたあの方を失ってしまったのはあなたのせいよ！

　王：お前のせいだ！

　ジャンヌ：ああ！私を騙したばかりではなく！

　王：騙してなんかいないぞ！　私はお前が求めるすべてを与えることができる。だが彼奴(あいつ)の感情にも、お前の感情にも働きかけることはできない。良い方を選ぶんだ！　最初の頼みで、お前に社交界のエレガンスとその愚かさを、次に、ブルジョアたちの単純さとそれがもたらすおぞましいさを与えた。何が不満なのだ？　何が必要なのだ？

　ジャンヌ（長い沈黙の後で）：それなら！言います。私はやっとわかったの。大衆の真ん中で鎖でつながれた、あの方の心の夢が、自尊心の爆発によって溢れだした時に！私が欲しいものって？　いいですか、それはあの方の目を眩ませるほどの、とてつもない力！　ダイヤモンドの階段のある玄武岩の宮殿が欲しい、より高いところから、埃の中でひれ伏す、私の意のままになる民族すべての頭をあの方が見下せるように、あの方を私のすぐ傍の金の玉座に座らせることよ！

　王：よし！よし！そんなに大きな声では、王女さま、誠実な人々を目覚めさせますよ。

　王はポケットから並外れた綿の縁なし帽(ボンネット)を引き出し、それを目深にかぶり、青眼鏡を持ち上げる。その顔は、黄色い歯と、耳まで隈のできた目で恐ろしく、輪状ひげは、左右両方に広がって赤い 2 つの太い羽根飾りに似ている。縁なし帽の房が炎を上げる。王はジャンヌと一緒に姿を消す。

第6タブロー

第9場

　たちまちポトフは、取っ手が2つの翼に変化して、天に舞い上がり、上の方に着いて、ひっくり返る。眠りに陥った都市を覆うように、ポトフの側面がどんどん拡大していく間に、光輝く野菜、にんじん、かぶら、ポロネギが、容器の窪みから漏れて、星座のように黒い穹窿(きゅうりゅう)にぶら下がっている。

　闇が真っ暗になるとすぐ、すべての家々から皆のいびきが高まるのが聞こえる。

　しかし柵を壊すような乾いた音がして、牢屋から、人間の影が2つ、壁に軽く触れながら、つま先で歩いて出てくる。ポールが最初に現れ、次にドミニクがシルクハットと地主の着るフロックコート姿で、音を立てないように2つの長靴を腕の下に抱えて現れる。彼は一瞬、ぞっとして、野菜の星座を注視する。

　みんなのいびきが再び活気づく。

幕がゆっくり下りる。

逃走

第7タブロー　ピパンポエ国

第7タブローの舞台装置「ピパンポエの宮殿」　シャプロン作

第7タブロー

　舞台はインド=ムーア風建築様式の広大な大広間。舞台奥には、対になった小円柱に支えられた、二重の接続アーチをもつ（実際に通り抜けられる本物の）ギャラリーがある。アーチが3つあって、中央のアーチが、戸口にもなって、3段ある階段に開かれ、そこから大広間に下りる。

　天井には金と青の小梁が代わる代わる架け渡されている。小円柱は黒檀で真珠層が象眼されていて、ギャラリーの外側アーケードは、金メッキされた小さな竹の日よけによって閉じられている。

　ギャラリーを支えている幅木には、すべての壁に施されているように、黒色の中に、鮮紅と群青の菱形が交互に見られる。

　右側にカシミヤの大きな仕切り幕。左側にキマイラ[82]を両脇にすえた玉座があり、艶のない金の台枠に白い羽根の天蓋がそびえている。玉座の上には、豪華な衣装を纏った、宝石類でまばゆいばかりのジャンヌが、傲然たる態度で座っている。

　彼女の傍には、彼女の首相（グノームの王）が立ったままで控えている。後ろでは、黒人の女たちが、孔雀の羽の扇子で煽いでいる。そして彼女の前には、髭をはやした小人が赤い衣装で、しゃがみ込んで、玉座へのすべての階段を対称的に占めている。下では、最後尾の2人が、彼らより少し背の高いところの、2つの香炉の上に胸一杯息を吹きかけている。

　舞台の中央では、舞姫の一群[83]が踊っている、一方、舞台奥の、各々のアーケードの前では、日よけの金色に映える、黒い長い服を着た巨人がじっとしている。

　物憂げな音楽が唸っている。芳香の渦がゆっくりと立ち込める。太陽の光は、円柱の葦状装飾の間を通し、すべてを琥珀色の雰囲気で包み込んでいる。

---

[82] ライオンの頭、山羊の胴、蛇の尾をもち、口から火を吐く怪獣。『聖アントワーヌの誘惑』で幻想を象徴する。

[83] 『ヘロディアス』の運命の女サロメの踊りを髣髴させる場面。フロベールのサロメに関しては、大鐘敦子『サロメのダンスの起源』慶應義塾大学出版会、2008年、81-112頁に詳しい。

第 1 場　ジャンヌ、首相に扮したグノームの王、小人たち、舞姫たち。

グノームの王（小声で、ジャンヌの耳元で）：幸せかな、今は？
ジャンヌ（微笑みながら）：すぐそうなりたいわ！

舞姫たちは、舞踏のひとつを終え、次を始める前に、玉座の前でお辞儀する。

グノームの王：そう、そうだ！　みんながお前を昨夜亡くなった女王と思っている。臣民たちの誤解はこれからも続くだろう。お前はもう彼奴がやって来たときに引き留めるだけでいい。しかしお前だと悟らせないこと、忘れてはいないだろう、それがどんな恐ろしい結果を招くのかを…
ジャンヌ：わかっています！　ありがとう、親切な守護神のあなた、私の恋を憐んでくれたのね。私の首相なのだから、もう離れないでね。
グノームの王：もし、時々、私が離れたら、この金の呼び子で私を呼べばいい。（王は首にかけていた金の呼び子を彼女に与え、それを彼女は自分の首につける）

ピパンポエの宮廷

第7タブロー

玉座に面したカシミヤの仕切り幕が少し開いて、恐ろしい様相の小びとが1人、羽根飾り付きターバン[84]を被り、おそろしく長い口ひげで、手に象牙の杖をもって登場する。彼は、足並みそろえて行進しながら恐ろしげに武装した6人の巨人たちの小隊を率いている。彼が玉座の下まで近づいてひれ伏すと、巨人たちは壁に沿って 列に垣のように立ち並び、そこでじっとしている。

第2場 同じ登場人物、巨人たちの将軍である小びと、将校、高官。

小びと（平伏を終えて、巨人たちの方へ戻る）：もっと上だ、恥知らず！もっと！顎を上げて！ この姿勢は何だ！（すべての巨人たちが、彼の前で、恐怖でおびえる）女王様の望みを承る使者に道を開けろ！（背中を常に壁にくっつけたまま、彼らは四方八方に遠ざかる。その時、1人の将校が、薔薇色のターバンに、明るいモスリンの長ズボン[85]、青の上着で、腰には幅広いサーベルを吊り帯でぶら下げて現われる）

将校（長い挨拶をして）：崇高な女王陛下の命に従い、われわれは、昨日、陛下が絹製品市場に白い象に乗ってお出かけになった時、すぐにひれ伏さなかった12人のろくでなしたちを、細かく刻んだところです。

将校

---

84) ターバンと髭は、シーク教徒（イスラム教とヒンズー教を融合したインドの1宗教の宗徒）独特の装い。宗教に従わず、ターバンと髭の姿で現れない、シーク教徒の男は、本当のシーク教徒ではない。

85) 絹と綿のモスリンはインドから18世紀にフランスにもたらされたが、国家の推進（輸入禁止、生産奨励）にも関わらず、フランスでモスリン産業が発展するのは19世紀を待たなければならなかった。オネット版とアンテグラル版ではpantalons「ズボン」がgants「手袋」となっている。

ジャンヌ：私の命令… 細かく… 私の象だって？
将校（微笑みながら）：陛下の3倍崇高な白象と申したのではなく、陛下、切り刻んだのは人間だけです。
ジャンヌ（憤慨して）：なんてことを！

将校は唖然として彼女を見つめる。

グノームの王（小声で）：そんな怒り方をすると、お前の身を危なくするぞ。彼奴(あいつ)のことやお前の目的を考えて、この忠実な下僕の几帳面さを褒めたたえるのだ。
ジャンヌ：そんなこと出来ない！
グノームの王：だがそうするべきなのだ！
ジャンヌ（躊躇した声で）：いいわ、結構よ、下がりなさい！（将校が退場する。傍白）ああ！神さま！ 私にそんなことができるなんて、誰が言えたかしら！
王（傍白）：さあ！先が思いやられる！

緑の服の上に、毛皮で縁取りされたコートを着て、アストラカンの縁なし帽を被り、インク壺を黒いベルトに、左手には、指の間にいくつかの巻物をもった高官が登場する。

高官：陛下の力強い光の下、星の指導者よ、あえて、ここに陛下の威厳のある印璽がないことに、お気づきいただきたいのです！
ジャンヌ：何ですか？
高官：陛下、陛下の前で一昨日、餓えて死ぬと言って、泣いて見せたこの男の破廉恥な姿を覚えておられるでしょう？
ジャンヌ：私は… 覚えてない。
王（低い声で）：そんなことはない、お前は覚えている。
高官：これは奴を即刻処刑するための命令です！

第7タブロー

ジャンヌ：恐ろしい！やめさせなさい！
王（高官に）：寄越せ、私にまかせろ！お前たち皆下
　　がれ！
ジャンヌ：そう、お下がりなさい！

6人の巨人を従えた小びとが退場する。巨人の頭が
ギャラリーにあるアーケードの曲面に触れる。ついで
舞姫たちが去り、それから玉座の段に座ってうずく
まっている小人たちも退場する、唯1人だけ半ば隠れ
て留まっている。

高官[86]

王（日よけの傍の舞台奥にいる2人の巨人を指しながら）：この者たちはそこに
　　残っていてよろしい、口がきけないからな！

第3場　グノームの王、ジャンヌ。

ジャンヌ（玉座から降りて）：で、この死刑を無理強いするのはなぜ？
王：この私が！おお！理由なんかありませんよ！
ジャンヌ：それなら、私は赦す権限をもっているのだから…
王：赦すだと？　それならみんなお前が女王だなんて信じないぞ！
ジャンヌ：泣いたという理由で！なんという罪！　それなら、あの女王は
　　とても残酷だったのね、あの人は！
王：女王は強かった。見倣うんだ！
ジャンヌ：私にはできません、それでも…
王：それなら破滅したいのだな、あれほど夢見たこの権威にふさわしくな
　　いためらいのために、かつてないほど強い力がお前に必要なときに…

86）原本『ラ・ヴィ・モデルヌ』の挿図には「首相に扮したグノームの王」とある
　　が「高官」の図であることは明確。

ジャンヌ：どういうこと？

王：おそらくすぐに、お前の兄と恋人を死の危機から助け出さねばならないからだよ。

ジャンヌ（長い沈黙の後）：それじゃ、あなたはこの書類が…

王：お前の手の中で、金の呼び子を引っ繰り返し、この赤い蝋の上にその柄頭を押すだけでよいんだ。（彼は彼女にそれを差し出す）

ジャンヌ：あら！いやだ！恐ろしすぎる！

王：だが、もし臣民が反抗し、お前を追放するとしたら？　私は群衆には何もできない、この私は！　連中は日々の刑罰に慣れている。お前は彼らから楽しみを奪い、彼らは女王を疑い始める。（屋外で大きな叫びが上がる。）聞こえるか？

ジャンヌ（耳を傾けながら）：ええ、はっきりと！

遠くの声：復讐だ！　死刑だ！死刑だ！

グノームの王（日よけの傍にいる巨人の１人に）：上げよ！

巨人は、階段を上がらずに、腕を伸ばして、ギャラリー中央の外側のアーケードを閉ざしている金色の竹でできた日よけを、一気に上まで上げる。オリエントの街、ミナレット[87]、ドームが見える。

ジャンヌ（すばやく３段駆け上り、身を屈めて見る）：すごい人数！それも槍や斧、剣を手にして！　皆、宮殿の扉を叩いている！

王：さあ、急ぐんだ、哀れな女（やつ）！お前が愛する者たちを救うために！

ジャンヌ：それを渡して！（彼女は書類を押し返す）いや！だめ！

グノームの王：とにかく、しばらくの間この権力を持ち続けるのだ、たとえ１日、１時間でもいいから、この刑罰が示す…

87）ミナレット「祈りの時を告げる回教寺院の高い塔」は、アラビア語の「灯台」から派生した語で、モスク（回教寺院）の建築を構成し、その主たる目的は祈祷のための時報である。

第7タブロー

ジャンヌ（かっとなって）：いいわ！私がもういなくなってから執行すればいいのよ！

王（卑屈に）：では、お前がそう望むなら、明日だ。お前が望めば、命令となる。陛下。さあ！

ジャンヌ（すばやく印璽を押しながら）：ええ、明日に！

王（書類を玉座の傍にいた小びとに手渡す）：急げ！

小びとは、大声で笑いながら、仕切り幕をとおって右へ大急ぎで行く。

王：おや！おや！陽気なやつだ、この道化は！

ジャンヌ（絶望して両手を前に突き出して震わせながら）：神さまのご慈悲を！もし私がこんなこと全部知っていたなら！

グノームの王（傍白）：これでこの女はわれわれのものだ！彼女はおしゃれで、そしてバカだった。今や残虐になった！完璧だ！（屋外では喜びの叫び声と拍手喝采）お前の臣民が感謝しておりますぞ、おお、女王さま！

ジャンヌ：でも大きな足音が近づいてくる！

声（より近いところから）：死刑だ！死刑だ！

王（中央の大きな入り江のすぐ傍、3段ある階段の向こうの舞台奥まで遡って）：臣民たちが死刑執行人たちを手助けするために、そしてお前の3倍も聖らかな姿を楽しむために、ここまでにやって来ている。入れ！

小びとの将軍が先頭を切ってギャラリーから前進し、彼の後に、ポールとドミニクを繋いでいる強大な鎖の端を肩に掛けた黒人たち。大挙して押し寄せる臣民が彼らの後についている。

小びとを先頭にしたこの行列は、前景にぼろ切れを纏い、青ざめ、血走った目つき

鎖でつながれたポールとドミニク

のポールとドミニクを残して、階段を下り、ギャラリーの小さな壁に沿って、舞台奥に広がる。一方、グノームの王は中央のアーケードの下に留まり、黒衣の巨人たちは、背後から群衆を圧倒しながら、金色の日よけの前で絶えずじっと動かずにいる。

第4場 ジャンヌ、グノームの王、ポール、ドミニク、小びとの将軍、黒人たち、臣民など。

> ジャンヌ（ポールに気づいて）：あの方だ！（そして彼女はじっと我慢して堪え、彼が彼女の正面に来ると、小びとに）鎖に繋がれている！どうしてなの！
> 巨人たちの将軍である小びと：彼らは陛下の王国の境界を越えたのです、女王陛下！
> ジャンヌ：それで？
> グノームの王（左袖から舞台前面の彼女の方へ出て）：これは最大の犯罪です？　おお、星の輝きよ！
> ジャンヌ（了解して）：ああ！　なるほど…確かに！　よくやったわ、将軍！　そしてお前たちも、黒人たち！　そして私の臣民たち！　でも…あまりに大胆すぎる所業だから、2人の罪人を尋問したい、私1人で！（グノームの王に）首相の立ち合いも要らぬ！（彼はお辞儀をする）もしあなたが必要なら…（呼び子を見せながら）呼びます、お分かりですね！（彼は突如として、玉座にある迫りにのって姿を隠す）あら、どうしたのかしら？　もう消えてしまった？　出て行くのを見なかったわ！（小声で）まあ！よかった、いたらうるさいことを言うから！

第5場 ジャンヌ、ポール、ドミニク、そしてグノームの王。

> ジャンヌ（群衆が出て行ったあと）：私は女王ではありますが、それでもこの国の法律に従わなければなりません。その法の名のもとに、私の臣民は、つい今しがたあなたたちを捕らえました。あの者たちの前では、私

第7タブロー

は彼らが正しいとしなければなりませんでした。しかし今、私はあなたたちたちを赦します、あなたたちは自由です！

ドミニク（傍白）：何と親切な女性だ！

ジャンヌ：まず、誰にも知られないで、あなた方を繋いでいるこの鎖を取り除こうと思います。ただし首相は別なので。首相はどこにいます？そうだった！呼び子ね！（彼女が呼び子を鳴らすと、すぐに、グノームの王が彼女の傍にいる）

ドミニク（傍白）：いったいどこから出てくるんだ、この男は？その出方が気に入らないな！ピンチをうまく切り抜けられそうなときなのに！

ポール（グノームの王をじっと見ながら）：不思議だ！この男にはすでに会ったことがある…　そうだ！　あの舞踏会で…　いやむしろ…　居酒屋の男ではなかったか？　これには、なにか罠があるのでは…

ジャンヌ（グノームの王に）：2人の鎖を落とさせよ！（小声で）秘密にして欲しかったの…　大目に見てくれますね？

王：なるほど！（大声で）はい！即刻、陛下！（彼は厳粛に2人の罪人の方へ進むと、難なく、彼らに触っただけで、鎖を、輪から輪へと、指で壊す。切れ端が鉄の大きな響きをともなって、地面に落ちる）

ドミニク：なんてこった！すごい手首だ！

ポール：奴だ！（彼は人物を観察しようとして屈む。グノームの王は姿を消す）

ジャンヌ（傍白）：献身的でしかも慎み深い、親切な守護神だわ！（大声でポールに）まだ何かあなたたちの自由を妨げているものはありますか？ほら、あなたたちの手をご覧、自由になっていますよ。扉は全部開かれています。あなたたち、何か言うことはありますか？

ポール（冷ややかに）：確かに、お礼の言葉が要りますね！

ジャンヌ（むっとして）：あら！　それだけ？

ポール（ゆっくりと）：それ以上に何が要るんです？　それに、どんな理由で？

ドミニク（傍白）：軽はずみなことを！（大声で）ああ！陛下、女王さま、

女神さま、月のように輝く方、私たちの心は感謝で溢れています！

ジャンヌ：よろしい！　危ない旅行を続けるより、あなたたちはこの王国に留まるほうがよいでしょう。

ドミニク：確かに、私は承知です！

ジャンヌ（傍白）：あの方は答えないわ！（大声で）この町で、私の宮殿でと言っているのですよ、そこであなたに何か役職を与えましょう。

ポール（すばやく）：いや辞退します！

ジャンヌ：首相の役職でも。

ポール：そうです！

ジャンヌ（傍白）：この方はいったい何がほしいのかしら？（彼女は開かれた中央のアーケードの方に手を伸ばす）ご覧！これが私の王国の首都、大都会ピパンポエです。周囲80里、人口300万、都市を横切る6つの大河、金の宮殿、銀の家々、市場があまりにはてなく続くので、ヒマラヤ杉がたち並ぶ森にあなたを導くにはガイドが要るほど。それをあなたに差し上げます。

ポール：そんなものは要りません！

ジャンヌ：ああ！何て傲慢なのかしら！（右袖の舞台奥に控える巨人に）日よけを上げよ！（巨人は、もう1人がしたように、金色の竹の日よけを上げる。船舶で満ち満ちた大きな湾が見え、より遠くに森）そしてあなたに私の港、船員たち、艦隊、すべての海と、これから発見される島と国をあげましょう。

ポール：それがどうだというのです？

ジャンヌ：あなたはこれらのものは受けてくれるでしょうね！（2人目の巨人に）上げよ！（巨人が左の仕切り幕を上げると、黒い岩壁の間に、恐ろしい外観をした、白色鮮やかな地塊が見える）この山はすべてダイヤモンドです。私に仕える魔術師たちがそれを切り取った、その断片を持って帰るために、私はあなたに象をあげましょう。

ポール：私には重すぎる荷です、陛下！

ジャンヌ：あなたが欲しいのは私の王座なのですか？　あなたを私の傍に

第 7 タブロー

座らせることも出来るのです！（優しく）そして、もしあなたが１人でその座にいたいのなら、私はそこから降りることもできるのよ？

ポール：私の居るべき場所はもっと遠くで、果たさねばならない使命が私にはあるのです。

ジャンヌ：まあ！それじゃ、もし私があなたの邪魔をしたら？

ポール：その使命はどんな権力にも超越したものなのです！

ジャンヌ：もし私があなたをここに引き止めるとしたら？

ポール：それでも私にはあなたを憎む自由はあるでしょう！

ジャンヌ：私を憎む！そして私の王座を拒むですって？　それほど法外な使命とはいったい何なのです？

ポール：はっきり言って、誰もそれについて何も知ってはいけないのです。

ジャンヌ：でも私は？

ポール：とりわけ、あなたは！

ジャンヌ：何と恐れを知らない！

ドミニク（低い声で）：ご主人！ご主人さま！ばかげたことは言わないで！一言で彼女は私たちの頭をふたつの羽根みたいに飛ばせるんですよ。もし嫌だったら、礼儀正しくお断り下さい！　落ち着いて！じょうずに！

ポール：ああ、私は何も心配なんかしてない！目的に近づくにつれて、私の精神に光を見いだしている。それにあなた、今、恐怖と豪奢で周囲を取り巻かれた女王の姿で、目の前に現われたあなたは、前に私を馬鹿げた優雅さで引き留めようとし、そしてその後、卑俗な喜びをもたらす肉体的魅力で私を誘惑しようとした、あの女以外の何者でもない。ああ！私はあなたを知っている。

ジャンヌ（傍白）：何て不幸な！でもまだこれでも足りないわ、私自身をもっと嫌うには。

ポール：それに、あなたは、さあ告白なさい！悪霊たちの道具でしかない！けれども、この私は、ほかの誘惑に負けなかった。ましてあなたの力に押しつぶされなどしない！　いくらでも妨害し続ければいい！　私の意志はあなたの砦より強固で、あなたの軍隊より誇り高い。

ジャンヌ：ほんとに分からない人ね！（呼びながら）黒人たち！黒人たち！（4人の黒人が短刀をもって到着する。最初の2人に）お前たち2人、近くにお寄り！　短刀を抜くのだよ。（彼らはポールとドミニクに、長いクゥトラ[88]をふりかざして向かっていく。ポールは動かない。ドミニクは恐怖でほとんど気絶している。冷ややかに）お互い差し違えなさい！（2人の黒人は震えて躊躇している）聞こえなかったの？（彼らは短刀で突き刺し合い、死んで倒れる。他の2人に）それを運んでいきなさい！（次の2人の黒人が死体を持ち去る。ポールに）私の力をまだ疑っている？

ドミニク（ひざまずいて、手を合わせ）：いえ！いえ！　第一、私は何も言っていません！

ジャンヌ：あなたは、こんな人民がいる私が、あなたを力づくで言うことを聞かせる手立てをもっていないとお思い？　私は、固い岩の上に、硫黄の湖の中に建てられた鉄の塔を持っています。その塔の上には、空か

私の力をまだ疑っている？

---

88) coutelas は、片刃幅広の短剣。

ら逃げるのを防ぐために、常に4頭のグリフォン[89]がいて、口に雲をくわえて、下を見ながら旋回する。大理石の井戸の底には、数百の階段に続いて、棺よりも狭い地下牢があり、その石はあなたたちをさいなみ、そのくせ、そこで囚人は死ぬことができない！ でももしその気になれば、私は、あなたを荷車で押しつぶし、磁器を焼く窯で焼き、虎に貪らせることもできる、それとも、毒薬を飲ませて、即座にあなたを殺し、亡骸（なきがら）からは、蒸発した水滴しか地上に残らないようにしてしまうこともできるのよ！　さあ…　出てお行き！　あなたは自由です。

ポール（腕組みをしながら）：どうやって？

ジャンヌ：私の王国から出ていくことを許します。（ポールは疑いの動作をする）そう、誰にも邪魔させません。

ポール：誰が請け合うのです？

ジャンヌ（垂れ前髪の上のスカーフを引き裂き、そこに彼女の印を押す）：この繻子の切れ端の上にある私の名前さえあれば、あなたたちは国境まで行けます…　そしてきっと、いつか、あなたがそれを持ち続ければ、男が女王から受けることのできた、最もすばらしく、いちばん愛情深い申し出に対して、侮辱を浴びせて、返答した自分を責めることになるわ！（ドミニクに、通行証を差し出しながら）さあ、受け取りなさい！（威厳をもった仕草で）出てお行き！！！

彼らはギャラリーを通って立ち去る。ジャンヌは長い間彼らを目で追っている。

第6場　ジャンヌ、1人で。

ジャンヌ：あの方がいつも私から逃げるなんて、いったい私はあの方に何をしたのかしら？　私の力であの方を惑わすことはできなかった、そし

89）グリフォンは、ギリシャ神話で、胴体は獅子で頭と翼は鷲の怪物。

て私が寛大さを示しても、あの方の心を揺さぶれなかった！（彼女は壁を見ながらゆっくり歩く）今となっては、こんなもの全部いったい必要なのかしら、だってあの人は要らないって言っているのに！この王国を去ろう… そしてあの人の後を追おう… どんな所へでも… 遠くても… （彼女は玉座への階段にどっと倒れ込む）

彼女は王座への階段に倒れ込む

ああ！私は昔、牛乳配達していた時の方が、もっと幸せだった。あの日… 思い出すわ… あの人の屋根裏部屋を訪れた私を、あの人は褒めて下さった、かわいい顔だと言って… 私の両手をあの人はほぼ自分の唇に近づけて… そして今日、あの人は私のことが分からないどころか、私を憎んでさえいる。なんという運命のいたずら？ どうしてあの人は精霊たちのことを思い違いをしているのかしら、私たち万人の幸福のためにだけ働いているのに。（外の左側、玉座の後ろで、かん高い爆笑が響き渡る）ああ！くだらない戯け者たち、隣の部屋で楽しんでいるわ！（陽気な声の響きがわき起こる）ご機嫌なこと！

第7場 ジャンヌ、グノームの服装で脇から登場するグノームの王。

ジャンヌ（王を見て恐怖の声を上げる）：いったいこれは何の騒ぎ？
グノームの王：何でもないよ！大いに楽しんでいるのだ！そうお前は言ったじゃないか！
ジャンヌ：先ほどのあの声、この格好… いったいどういうこと？
王：あそこで、傍で、笑っている連中は、お前を破滅させ、お前が愛する人間も同じ様に破滅させようと夢中になっている精霊たちだ。お前を至る所に導き、忠告し、お前に仕える振りをしているこの私こそ、彼らの主人、グノームの王なのだ。

第7タブロー

ジャンヌ（打ちのめされて）：グノームの王！　グノームの！

王：私の意思によって、絶対にあの男はお前を愛することはない、そして我々の領国に足を踏み入れた途端、彼は破滅するのだ。

ジャンヌ：そんなことさせない！あとを追いかけよう。

土：遅すぎるな！それにたとえ彼が戻ってきても、彼が敗れるのは目に見えている。

ジャンヌ（じりじりしながら）：いいえ！いいえ！いいえ！私は命令します。

王：ああ！好きなだけやってみるがいい！

ジャンヌ：私に逆らうつもりね？

王：それどころか！　きちんとお前の意のままにやってあげるよ。やってみるがいい。

グノームの王は笑いながら退場し、笑い声は舞台裏でいっそう強くなる。

第8場　ジャンヌ、1人で。

ジャンヌ：あの人に対していったい何をしようとしているのかしら？何の目的で？　ともあれ！危険が迫っている。あの人は罠にはまるかも知れない？　破滅だわ。ああ！戻ってきて！　それからどうしよう？　まったく分からない。一緒に逃げよう。（呼びながら）将軍！（巨人たちの将軍である小びとがあらわれる）いや！違う、これじゃない！　連中の仲間の1人だもの！　他の者たち！　私の親衛隊長、高官、兵士たち、誰か！　さあおいで！　さあ来るのよ！

第9場　ジャンヌ、兵士を伴った将校、高官。

ジャンヌ（将校に）：さっき出て行った、あの2人のよそ者のあとを追うのです！　王室通行証をもっていますが、2人が何をしようと、いいですか、2人をを捕えなさい！連れ戻すのです！　お前の首にかけて責任を

とるのよ！もっと早く。（将校と兵士たちは右袖から出る。高官に）さて、どうしてお前を呼んだのかしら、お前を？　ああ！まだお前の手に、そう…　あの日、泣いたあの男…　の刑の執行命令書があるはずだわ。

高官（大きな畏敬の念で、それを彼女に見せながら）：ここに、慈悲深い女王陛下。

ジャンヌ：お渡し！（彼女はそれを破り捨てる）この男に恩赦を与えます！（高官は彼女を呆然と見る）そう！　完全な恩赦です！　お前自身でその男を釈放しにお行きなさい、そしてお前は、その男がこの先お腹を空かせることがないよう、銀3トンとヒトコブラクダ4頭荷分の麦をもたせるのです。（高官は退場しようとする）ちょっとお待ち！　庭園には奴隷がたくさんいるはずだわね？　その鎖を壊して軍艦で皆を祖国に帰すのです！それから、お前は王宮の店でそこにあるすべての衣服、毛皮のドルマン[90]、金のブロケードの上着[91]、真珠で織られたドレスを取りに行っておくれ。そして私の町の住民に、いちばん貧しい人々からそれを配ってあげて！　こちらへ戻って！　まだ話は終わっていないわ！　兵器工場から武器をみんな引っ張り出し、それで、戦いで夫をなくした女やもめたちを喜ばせる大きな薪置き場を広場に作るのです！私は香水を沢山もっています。窓からまき散らして、通りをきれいにすればいいわ。今日までの私が署名した命令を無効とするように命じます！もう私の王国では、たったひとつの苦しみもないように！　私の臣民すべての顔に同じ喜びの微笑みがみられるように！　今、私には、喜びの涙と感謝しかありません！（ポールとドミニクは、右側の仕切り幕から、将校と兵士とともに戻る）ああ！（将校に）結構です！　お下がりなさい！

---

90) 軽騎兵の肋骨飾りのついた軍服上着。『ラ・ヴィ・モデルヌ』版では dolimans と書かれているが dolmans の誤植。オネット版・アンテグラル版では訂正されている。
91) 金糸、銀糸で浮き模様をつけた豪華な絹紋織物。Cf. 1838 年頃、軽騎兵の中尉はドルマン（ブランデンブルグ飾りのついた軍服上着）の上に袖付きのコート pelisse を羽織っていた。このタイプのコートは、肩にかけて式典用に使われた。

第7タブロー

第10場　ジャンヌ、ポール、ドミニク。

ポール（皮肉に）：私はこうした寛大さを予想していましたよ、女王さま！
ジャンヌ：不幸な人、まだ私を非難するなんて！　よくお聞き、あなたが救われるかどうかがかかっているのよ！
ドミニク：たぶん、私の方も？　お慈悲です！
ジャンヌ：あなたの生命についてもよ！
ポール：あなたにはどうでもいいことでしょう？

長い沈黙。

ジャンヌ：あなたが救いを求める相手は私です、あなたが！　あなたなんです、ポール・ド・ダンヴィリエが！
ポール：誰が私の名を教えたのです？
ジャンヌ（毅然として）：おや！　それこそあなたにはどうでもいいことではないの？

沈黙。

ポール：ああ！　分かった。たしかに、あなたにはグノームの知恵があり、私には妖精たちの庇護がある。あなたに何ができるものか。
ジャンヌ：ああ！　そう、私を罵り、軽蔑して、とことん嫌えばいいわ！　でもいちばん聖なるすべての名の下に、あなたにとっていちばん愛しい人たちの魂にかけて、あなた自身のためにも、後生だから、お願い、いて頂戴、ここにいてください！
ポール：いや、出発しますよ！
ジャンヌ：じゃあ、どうしてそんなに私を信じようとしないの？
ポール：それはあなたが私をあらゆる姿で欺いたからです！　先ほどもまた、あなたは山ほどの貢ぎ物と誓いの限りを尽くし、その上、何でもな

いことで、突然、あれほども苦労して与えてくれた自由を力づくで取り戻そうとする！

ジャンヌ：でも、あなたは自分が確実な死に向かって突き進んでいることを知らない。私自身もそのことを知らなかったのだから。今までは、私は非道極まらない悪霊によって被害を被っていて、そして悪霊たちの魂胆を疑いもしなかった。

ポール：ああ！今度はまた別の手管を使うんですか！

ジャンヌ：いいえ！誓います。行かないで！

ポール：ああ！どんなめぐり合わせに会おうと、あなたの誓いほど危険じゃない。

ジャンヌ：私を見て、さあ！私が嘘をついているように見えますか？

ポール：新しい罠だ！あなたを見れば見るほど、私に遠い思い出が蘇り、あなたの顔がもう一つの… 若い娘の顔になっていく。

ジャンヌ：止めて！

ポール：あの娘はすべての女王より優(まさ)っていた。私はこのまま前に進み続けるよりも、むしろ、人生、後戻りすべきではなかったのか！

ジャンヌ：神の御威光を！ なんという罰を！

ポール：正義の裁き以外の何物でもない！

ジャンヌ：でも、本当に恐ろしい！ それじゃ、あなたは私が分からないのね、あなたがそれを知るときには… 私があなたに告げるときには！

グノームの王（突然現れて）：気をつけろ！

ポール（傍白）：またあいつだ！

ジャンヌ：お前を呼んでいないのに、お前なんかを？

グノームの王（大きくおじぎして）：だからなおさらやってきたのです、おお、女王陛下！

ジャンヌ：出てお行き、出て行くのです！ 私独りであの人を救います！

グノームの王：しかし、この哀れな男自身がお前の助けを望んでいないことは明らかだぞ。

ジャンヌ（すでに舞台中央、奥にひっ込んだポールに）：お願い！ 戻ってきて！

第7タブロー

ポール：とんでもない！（恐れで身体がこわばったドミニクを連れて、彼は舞台奥から去る）

ジャンヌ：あなたがさっき口にした思い出の名にかけて！　あなたを納得させるのだったら、私は命などいらないわ！

ポール：犠牲なんてまっぴらだ！

ジャンヌ：聞いて、私は…（ポールとドミニク消える。グノームの王はジャンヌの上に手を伸ばす、彼女は消え入るような声でくちごもりながら言う）牛乳配達のジャンヌなのよ！

彼女はグノームの王の手の下で雷に打たれたように倒れる…　すると、玉座のすべての段が少し開く。第1タブローと同じグノームの頭をした小びとたちが、踊りながら、歌いながら、彼女の周りに駆け出す。

彼女は雷で打たれたように倒れる

小びとたち：彼女は死んだ、彼女は死んだ！
やっとこれからは誰もわれわれを苛立たせることはない。ついに！われわれは大勝利を収めるのだ！ほう！ほう！ほう！

妖精の女王（玉座に立ち姿であらわれる）：いいえ、彼女は死んではいません！（女王は厳かに玉座の階段を下り、ジャンヌを庇護するように、自らのコートを彼女の上に広げる）自分を犠牲にすることで彼女は救われたのです！

グノームたちは、後退しながら輪を作る、その中央にはジャンヌと妖精の女王がいる。

第8タブロー 危険な森

第8タブローの舞台装置「危険な森」 リュベ作

第8タブロー

第1場　ドミニク、1人。

　　ドミニク（彼は右袖から、小股で歩いて、方々を見ながらやってくる）：道に迷っちまった！ちょっとだけご主人から離れただけで！　いったいどこにいらっしゃるんだ？（彼は叫ぶ）ご主人さま！ご主人さま！　いない！　ああ！　あの人が悪いんだ…　グノームだの、心の城だの、何と厄介な考えを抱いているんだ！　だが、探さなきゃ！　ご主人さま！ああ、そうだ！後を追い駈けよう。人の目が木の葉に輝いている…　いや違う！　苔の上の太陽だ！　森じゃこうしたことがよくある！続けよう！　行こう！　鳥が飛び立った。馬鹿か、この俺は！　どうしてもここから脱け出さなくっちゃ！　やってみよう！（枝が彼をぴしっと打つ）　ああ！（彼は振り向く）　誰もいないや。ああよかった！　いたずらな棘、さあさあ！　卑怯な枝め！前に進めば進むほど、身動きできない！（木々が彼を枝で打つ）いったい…　どうした…　森の全部が俺の肩に乗っかかっている！　痛い！　大丈夫だ！　通り抜けるぞ！通り抜けるとお前たちに言っているじゃないか！

　彼は両手に力いっぱい木をつかみ、それらの間を一気に引き離す。すると彼の前で森全体が、引き裂かれた布のように分かれ、左右対称の2列の木々の樹木が並んだ、緑の美しい小道を形作る。

　舞台奥には、夕日が照らし出すバラ色の空に黒く浮き立った心の城がそびえ立つが、それは屋根裏部屋で見られた城に似ている。3つの小塔が、小さな開口のある幕壁によって結ばれていて、そこから赤い光が漏れている。

　　ドミニク（長い間、驚きのあまり身動きもせずじっとして、声も出ない）：城だ！　心の城だ！　じゃ本当だったんだな！あの人の言葉通り、そのままだ。いや、違う！　夢を見ているんだ！ありえないよ！（彼は自分に触れてみる）でも…　眠っちゃいないな！　この黒い屋根、この赤い光、まるで化け物に見つめられているようだ。さあ！さあ！　落ち着こう！　恐が

る理由なんかない！　それどころか、とびきりの幸運じゃないか！　それにしても俺が最初に見つけたんだ！　ご主人さまは何と喜ばれるだろう！

　だが…　俺がここで最初だから…　手柄は俺のものだな！　そうじゃないか？（彼は強烈な笑いにとらわれる）ご褒美、貴婦人、美しい女！家は王様の館のようで、周辺の土地はその領地だな…　たぶん森もその一部か？　俺はそれをごく短く刈ろう！　そこから始める！使用人たちはどれほど山[92]を造ることか！俺には使用人がいるわけだから！（彼は、狂喜して、右往左往する）俺はもう下僕じゃない！　さあ！　ああ！　そうだ！　サルダナパロス[93]の召使ども！　赤と黄金のお仕着せ、ぴんと張った靴下、ええっ！帽子には羽根飾り、ボタンはお皿のように大きく、階段の下の玄関には、あらゆるトランプカードとドミノゲーム。豪奢な暮らしだ！　そしてもし奴らがまっすぐに荷車で運ばなければ…（足で蹴る仕草をする）

　それで！ご主人様はいないか？じゃ、仕方がないな！　できることは全部した！　でも、最後の心遣いだ。（彼は叫ぶが、じつに弱々しい声で）ご主人さま！　ご主人さま！　呼ばなかったなんて、あの人は言えないよ！　義務は果たした！　だって…　ご主人様は身を潜めているのだから…　俺がご主人を呼んだと請け合う証人たちがここにいるといいんだが。（彼が小声で叫んだところの傍のすべての木々はうなずくが、反対側の木々

---

92) Abatis は、オネットム版でも使われているが、アンテグラル版の abattis の古い形で、倒されたものの堆積を示す。ここでは伐採した木の山。

93) 伝説上の最期のアッシリヤ王。フロベールが高く評価した（エルネスト・シュヴァリエ Ernest Chevalier 宛て、1845 年 6 月 15 日付け, Corr., tome I, p. 236, とアルフレット・ル・ポワットヴン Alfrred Le Poittevin 宛て、1845 年 5 月 26 日付けの書簡, Corr., tome I, pp. 232-233 に記載）、英国の詩人バイロン Byron（1788-1824）は、1821 年『サルダナパロス』を刊行し、1822 年に仏訳刊行。アッシリアの伝説の王の最後を物語った作品で、陰謀の果てに権力を失うことになり、敗北が避けられないと解し、イオニア人の奴隷であった寵姫ミルラと共に巨大なまき置き場の炎の中にを投げることを選んだ。

第8タブロー

森の中のドミニク

は、否定のしるしに、葉っぱを揺らす）あれ！これは面白い！　風もないのに、木々は自身で人間たちのように動いてる！　でも、お前たちは俺の言うことがわからない！（両側のすべての木々は同時に、同意を表してお辞儀をする）おお怖い！　骨の髄まで凍えそうだ、気が狂いそうだ！　もし死ぬとしたら！　俺たちの理解を超えたことがらが確かにあって、それらを否定したのは間違いだった！（彼は地面に座り、まさに卒倒しそうになる）今となっては、ご主人さまが来ていてくれたらなあ。待つことにしよう！　俺がしようとしたことはあまりにも実がなかった！　栄光をこっそり盗もうとは、哀れな奴！あんなにもたくさん苦難をしてきたあとなのに！　じっさい俺もご主人さまのように我慢した！　今まで、うまく切り抜けてきた。どうしてその後がこれまでより悪くなることがある？　さっき、ちょっとしためまいを感じたけれど、それだけだ、何

でもない！（彼は城を見る）それにこの城はほかの城によく似ている、まったく！　ただ、遠くからは少し険しいが、シックだ！　いつも人がいるようだ。人が動いている。調理場の煙が俺に届き、食器の大きな音が聞こえる。たぶん、主人を待っているのかな？　いや、俺だよ、主人は。（彼は木々をためらいながら見る）そう、動かない。元気を出せ、ドミニク！　前進だ！　厚かましくなくっちゃ何もできないぞ！（彼は駆け出す、しかし彼の脚はすばやく樹皮の中に捉われ、その樹皮は身体に沿って上がってくる）ああ！ああ！（彼の腕の高さに至って、樹皮は葉の茂った枝に広がる、頭はもとの状態）ご主人さま！　俺の、俺の優しいご主人さま、俺は…（彼はすっかり木に変容）

第2場　ドミニク、木々。

すべての木（一斉に）：捕まった！　また1人、また1人！
ドミニク（プラムの木に変身して）：助けてくれ！　俺を助けて！
木々：できないよ。
ドミニク：口をきいたのは誰だ？
木々：樫の木だ、
　　　―ニレの木だよ、
　　　―菩提樹の木だ、
　　　―樅の木さ、
　　　―黒檀たちだよ。
ドミニク：冗談が過ぎるぞ！
樫：お前だって話しているじゃないか。わしたちもみんな、昔人間だったんだよ！
木々：みんなが！みんなが！
菩提樹：わしたちもお前と同じ目にあったんだ。今のわしらのたった1つの楽しみはお互いに話し合うことだよ。だが、もし一段上の階層のが来ると、わしらは普通の木と同じに黙ってしまう。

第 8 タブロー

ドミニク：今俺に話しているは誰だ？

菩提樹：菩提樹の木だよ！

ドミニク：それなら俺は、いったい何になっている？

菩提樹：君の居る場所はあまりに遠すぎる… わしらにはぼんやりとしか君が見えない…

ドミニク：俺は… 馬鹿になったみたいだ… プラムだと言われても驚きゃしない。

木々：ああ、なるほど… プラムだ。

ドミニク：俺はここでたった 1 人というわけだ、みんなから離れて… 流刑者のように、あんたたちにひと握りの枝を与えることもできない…

楡：わしらに倣って！諦めるんだな！

ドミニク：いや、枯れるのはうんざりだ、身を固めようとやって来たこの俺だぞ。春になって、俺が巣を持つような羽目になれば、そりゃ俺も嫌な立場になるな。まさにタンタロス[94]の巣だ！ 俺のところまで這い上がって来れる蔓植物は何かないかい？

木々：ないね！

ドミニク：小さな昼顔もない？ ブドウも？ 野生のブドウは？ こいつは俺にもってこいだ。心配するな！あんたがたにお返しするよ。

木々：プラムよ、あんたは下品だよ！ 黙って！ おや！ 運よく、そよ風が、葉っぱの間で歌ってる！

---

[94] タンタロス神話は、欲しいものが目の前にありながら手にはいらない苦しみをさす。ドミニクの場合、巣が結婚の象徴で、タンタロスが木になった果物を食べることができないように、自分の上の巣（結婚）を得ることができない。タンタロスは不死の体が仇となって永遠に止むことのない飢えと渇きに苛まれつづける。

木々の中のそよ風のコーラス[95]

目を覚ませ、森林の木々。
みんな一度に震えろ、
　　　深い森、
そして、焼けつくような光線から遠く離れて、
お前たちの新鮮な口づけに、
　　　お前たちの波動を混ぜるのだ。

　　　愛し合いなさい、
　　　みなさん、歌って、
　　　マツにセイヨウヒイラギ、
　　　　　シダ！
　　　私たちは通る、
　　　私たちは滑っていく、
　　　私たちはワルツを踊る、
　　　　　軽快に！

おお！　楽しい音と一緒のように
私たちの翼は空の下で羽ばたく
　　　大きく開いて！
おお！　緑の葉の

95）*Chœur des Brises dans les Arbres* は、ベルジュラの序文にもあったようにルイ・ブイエの遺作である。フロベールは何としてもブイエの遺作であるこの詩をミュージカルの場面として演出することを望んだ。「そよ風のコーラス」はフロベール書簡に 2 度（1870 年 4 月 4 日付け, *Corr.*, tome 4, p. 1012 と 1879 年 10 月 28 日付け, *Corr.*, tome 5, p. 729）言及され、フロベールが序文を書いたブイエの詩集『最後の歌』*Dernières Chansons,* Paris, Michel Lévy, 1872, pp. 219-221 にも、題名「そよ風の歌」*Chanson des Brises* の次行に「夢幻劇のためにつくられた」と副題がついて収められている。句読点が、本書の底本である『ラ・ヴィ・モデルヌ』版と多少異なる。

第8タブロー

　　　厚みの中で転がっていく
　　　熱狂と甘美！

　　　　　何と優しい音色
　　　　　アトリたちの、
　　　　　ツグミたちの
　　　　　　歌は！
　　　　祝福された森林、
　　　　お前たちの巣のすべてに
　　　　　真珠が
　　　　　ぎっしり詰まっている！

　　私たちはしばらくの間
　　お前たちの枝でできた
　　浮かぶ揺りかごの下で
　　　遊んでから、
　　都会に戻るだろう
　　私たちの陽気さを
　　都会の喧噪に
　　ちょっと融合させるために。

　　　　私たちの前で
　　　　お開きなさい
　　　　マツにセイヨウヒイラギ、
　　　　　シダ！
　　　　私たちは通る、
　　　　私たちは滑っていく、
　　　　私たちはワルツを踊る、
　　　　　軽快に！

最後には、木々は声を次第に低くする、そして、互いに身を屈めながら、注意し合う。

木々：人だ！　人だ！　人間だ！
ドミニク：それは俺のご主人さまだよ、仲間のみんな！それは俺の…

　ポールが左袖からあらわれる。

第３場　木々、ドミニク、ポール。

ポール（打ちひしがれて）：結局まったく見つけだせないのか、グノームたちの恐ろしい城を！　それに消えてしまったドミニクを！　あの男ほど馬鹿はいないな！　僕から一時も離れないように言っておいたのに、こうして２時間以上も時を無駄に費やしている…（彼は散歩道の中央に着き、呆然として立ち止まる）ああ！やれやれ！　（ドミニクは、主人の注意を促そうとして、枝を揺らす）ああ、これほど探しまわって、疲れも限界だ！ありがとう、親切な妖精、僕より先に身を投じた大勢の人たちが身を滅ぼした、そんな危難の中で、僕の心を支えてくれた！（爆笑が城内から発せられる）高笑いが城から聞こえる。でも窓は全部閉まっている。この上何があるんだ？　さあ！ここまで苦労してやって来たのは、女みたいに、鳥や野獣の叫び声におびえるためなのか？それにしてもいったいドミニクはどこにいるんだ？（ドミニクは揺れ動く）僕は、自分の義務を果たす、という以上に、この森の木という木の全部、裏まで回ってあの男を捜しまくった…　いや旅行の間、まったく彼にはうんざりさせられた！　僕もお人好しだよ、彼をあんなにも大事にしたのに、本当の話！物珍しさから馬鹿なことをやらかして、何かの罠にかかったんだろう。あんなに注意してやったのに。（ドミニクはますます揺れ動く）前へ進もう！今度の仕事では、あんな男１人いようといまいと構わない、人類すべてが問題なんだから。

第8タブロー

すると、大爆笑が起こり、群衆の音が鳴り響く。城のすべての窓とすべての扉が、荒々しく開く。12の窓がある。その各々にグノームがあらわれる。中央のバルコニーには、頭に王冠を載せ、手には杖を持った王がいる。各々の扉から1人のグノーム（近衛兵あるいは従僕）が駆け出す。笑いながら、叫びながら、少し距離をおいて、ポールの周囲を飛びまわる。すべての木々は大きくざわめいてお辞儀する。驚いたポールは城の正面で立ったままじっとしている。

第4場 前場の登場人物たち、グノームの王。

グノームの王（バルコニーにて、大きく皮肉な声で）：ああ！　なんと心配りのあるご主人だな！　おお！　汚れのない心！　自分の従僕を見捨てて、人類を助ける使命を託されたと信じているお前、お前は2分間に2度、エゴイズムと高慢による過ちを犯したぞ！今ではお前は私たちのものだ。

ポール（軽蔑するように）：この私が？

グノームの王：この木をよく見ろ、お前の従僕だ。

ポール：なんということだ！

グノームの王：樹皮の下に身を隠していても、奴にはまだ感情と記憶がある。お前ももうすぐ奴のようになるのだ。

ポール（おそろしい口調で、彼のまわりに身を寄せ合うグノームたちに）：いいや、まだだ、この剣がある限り…

グノームの王：ならばそれを抜け！

なんということだ！

すばやく剣の鍔に手を置いたポールは、突然動けなくなる。ポールの腕と脚は、その動作をしたままの姿勢でいる。王が、バルコニーの上で、金の杖を取っている間に、彼は硬直し、彫刻のように白くなる。指輪が彼の大理石の手に輝いている。

いいや、まだだ、この剣がある限り…

グノームの王：われわれはお前の肩を、人間のさまざまな運命を支えられるようにがっしりと作った。どんな具合だ？　過去の思い出を後悔の念として、いつまでも持っていろ。脅威を感じながらも、何もできずにいつまでも動かずにいろ。お前がわれわれの宴会場に運ばれるとき、瞳を失ったお前の目はわれわれを見る超能力をもつことになり、お前の耳はわれわれの声を聞く力を持つだろう。なぜなら、お前は無感覚な外見の下で永遠の責め苦に耐えて生きるのだから。

すべてのグノームは、手に手をとって、爆笑しながら、地獄の音楽の音色に合わせ、身動きしない彫像の周囲を、大きく輪になって踊る。

第9タブロー 大饗宴

第9タブローの舞台装置「第1場の終わり」 カルプザ作

第9タブロー

巨大な食堂。教会の中のように、きわめて長いロープで吊り下げられたランプが輝いている。両側には、間隔を置いて、コリント様式の柱頭を持った鉄の円柱があり、それらは太い鎖でつながれ、真っ赤な心臓がぶら下げられている。舞台奥は、舞台幅いっぱいに黒い段のある階段がギャラリーの方へ上っていて、そこにも同じ円柱の列が並ぶ。しかしその円柱には、鎖もなく心臓もない。柱頭にはアメシストのパルメットが施され、各円柱の間から夜が見える。舞台中央、金の食器で覆われ、そのテーブルクロスが金の房飾りのある深紅のテーブルには、前列に12人のグノームたち、一方の側に6人、向こう側に6人が、すべて額に金の冠を被って座っている。より高い玉座で、観客に面している王は、ダイヤモンドでできた小さな心臓を周囲すべてに飾った、より背の高い冠をかぶって、テーブルの上座にいる。前景左には、ポールが白い大理石の彫像となって、第7タブローで着ていた服装で、不動の姿勢を保っている。

勝利を祝うグノームのコーラス。

彼らが歌っている間、見習いコックたちが、料理を運ぶために、奥の回廊の中を行き来し、階段を数段下りる。そこにグノームに給仕する召使いたちがテーブルの上に置くための料理を取りに来る。彫像の前を通るとき各々の召使いは彼に皮肉のこもった挨拶をする。

第 1 場　グノームたち、グノームの王、彫像となったポール。

　グノーム 1（王の右側にいて、彫像を見ながら）：さあ！英雄気取りの大ばか者、そのお前のかっこうはどうだ？

　グノーム 2：お前は今、俺たちの上にいる。

　グノーム 3：そして相変わらず小さいグノームたちを軽蔑しながら。

　全員（一斉に笑いながら）：はっ！はっ！はっ！はっ！

　グノーム 4：お前は世界を変えたいと願っていたのだったな、お前は！

　グノーム 5：それなら姿勢を変えろ。

　全員（一斉に笑いながら）：はっ！はっ！はっ！はっ！

　グノーム 6：仕返しに俺たちを罵ってみろ。

　グノーム 7：俺たちを笑わせるために。

　全員（一斉に笑いながら）：はっ！はっ！はっ！はっ！

　グノームの王：よろしい！楽しめ、わが臣民、グノーム諸君。人間に対するわれわれの勝利を盛大に祝おう。人間たちの心は今やわれわれのものだ、商品を節約することなどない。穴倉や城壁、われわれの宮殿にすべて溢れ返っているのだから。じっくりと見てみろ！四大陸のそれぞれから[96]われわれに届けられてくるのだ。トンブクトゥ[97]からのものとパリからのもの。黒人の心臓と公爵夫人の心臓だ！中国の大きな城壁の下で、阿片を飲んでぴくぴく動いていた心臓やら、また商店の売り台の奥でずいぶん長く置かれて、もう少し腐りかけているロンドンの心臓もある！

　木の長い枝が右側にあらわれ、そして彫像に伸びる。

96）図像学では、四大陸は、ヨーロッパ、アジア、アフリカ、アメリカを表す。
97）Tombouctou は、マリ王国の文化、経済の中心地。「333 人の聖者のいる町」あるいは「砂漠の真珠」という異名を持つ。1828 年、フランス人探検家、ルネ・カイエ René-Auguste Caillié（1799-1838）のこの地への訪問がヨーロッパで大きな話題となった。フランスの当時の植民地支配を示唆する。

6人のグノームたち（正面、左側で）：おや！ご覧よ！

王：ああ！城壁の近くでプラムに変えられたあの馬鹿者だ！

2番目の枝が現れる。

1人のグノーム：ほら、枝が2本。彫像を取り囲んで、抱きしめようとしている。

王：ふん、感傷か！　うんざりだ。切ってしまえ！

召使いが、短刀を持って、一挙に2本の枝を切り落とす。恐ろしい叫びが2回聞こえる。小枝は彫像の台座に倒れて血を流している。

グノーム1：お辞儀草[98]みたいに弱弱しい！このプラムは、滑稽だな！

すべてのグノーム（笑いながら）：はっ！はっ！はっ

グノーム1（彫像を見ながら）：こちらは平然としてやがる、哀れな奴だ！

グノーム2：さあ奴を助けてやれよ！動いてみろよ！

グノーム3：心をちょこっと俺たちのおすそ分けにあずかるか？

グノーム4：奉（たてまつ）らないといけないのか？

グノーム5：そいつでお前の顔を汚してやりたいよ！

グノーム6：俺は、お前に全部食べさせたい！

王：さあ、連中の血を飲め！

王は彼に杯の中身を投げる。赤い液体が彼に跳ねかかり、彼の顔と服の上、あちこちに、不揃いな斑点となって固まる。

グノーム7：さあ答えろ！臆病者め！

グノーム8：わかっているのか、俺たちはお前の馬鹿さ加減、お前の妄想、

---

98) ブラジル原産のマメ科の植物で、触れただけで葉が垂れる。

お前の勇気を馬鹿にしているのだ！
　グノーム9：それであの無垢の心、それはどこにある？
　グノーム10：お前はちゃんと出会っているんだ、そのすばらしい奴に。
　グノーム11：そいつらはお前を愛していた。
　グノーム12：女王から銀行家の夫人に至るまで。
　ポール（依然として動けずにいて、ゆっくり3度繰り返す）：ジャンヌ！ジャンヌ！ジャンヌ！

　すべてのグノームたちは驚いて、椅子から立ち上がる。

　　王：ああ！畜生め！

　その時、ジャンヌが牛乳配達の姿で、ポールを強く抱擁しながら、台座の上に立っている。

　グノームたち：見ろよ！見ろよ！
　王：おい、このわしを、召使いたち、兵士たち、死刑執行人たち！　みんな！　わしを、助けてくれ！

　グノームの群が至る所から現れて、大広間に押し寄せる。彫像は、少しずつ、色を変え、そして台座は低くなって、群像[99]は今や床の高さにある。

　ポール（ジャンヌを左腕に抱えて、剣を抜く）：お

お前たちの負けだ、
哀れな者ども！

―――――――――――――――――――
99）美術用語として、特に彫刻で組み合わせ像、集合像、例えば《ラオコーン群像》。ここでは、ポールとジャンヌの2人。

第9タブロー

前たちの負けだ、哀れな者ども！

大きな雷光が舞台奥の空に筋をつける。雷が鳴って、群衆のひどく大きな叫び声とともに、テーブルとグノームたちは、すべて地面の下に沈み去る。ランプが消える。吊された心は燃えるように輝き始め、奥の円柱は半ば崩れ、階段はもはや瓦礫の山にほかならない。

第2場　ポール、ジャンヌ。

　ポール：君か？　本当に君なのか？　僕を赦してくれたのか？
　ジャンヌ：ポールさま…
　ポール：おお！もうそんな言葉使いはおよし！頭を上げるんだ！これまでにも苦しかった僕を救ってくれて、そして今、僕を自由にしてくれる君、僕の命の恩人、これまでそうとは知られずにいた可哀想な恋人！　それなのに僕は他の女性を探していたなんて！ああ！何と僕は、これまで恩知らずだったのか、未来にたいして物が見えなかったのだろう！　僕は旅をしている間、不吉な幻想に捉われていた。それに打ち克てずにいたのは、僕を破滅させるために突然現れるおぞましい女性たちそれぞれに、君の何か、君の面影を見出したからだ！　─ところが君は、それとは逆に、うんと遠くにいたのだし！
　ジャンヌ：まぁ！そんなに遠くではありません！
　ポール：何だって？
　ジャンヌ：私も、ものが見えなかったのです！
　ポール：どういうことだ？
　ジャンヌ：覚えてますか、たくさんの荷物と愚かな振る舞いで迷惑がらせ、あなたを仰天させたあのコケットなパリ女を？
　ポール（笑いながら）：覚えている！覚えているよ！
　ジャンヌ（無邪気に）：あれ私だったの！
　ポール：でも…

ジャンヌ：覚えていますか？　おぞましい国の耐え難い可愛いブルジョア女を？

ポール：ああ！あの馬鹿な女の話はしないで！

ジャンヌ（惨めに）：それも私でしたの！

ポール：まさか！

ジャンヌ：そして、身振りひとつすることで、人を死なせた、豪奢の極みの女王…

ポール：もう沢山だ！最後まで話すんじゃない！

ジャンヌ（両手で顔を隠して）：それも私だったのです。

ポール（1歩退いて）：君が！

ジャンヌ（彼の首に飛びついて）：そう、私です！あなたを見つけ出すため、あなたに気に入ってもらうように、あなたが私を愛してくださるように！　いま思い切ってあなたにそう言います。私の愛が強すぎて、私はあなたの傍にたどり着くために、人間のあらゆる狂気の振る舞い、残忍さのすべてを経験しました。そしてあなたはそのことを、つまりこの愛がわからなかったし、それに気づきもしなかったので、―私の愛はあなたが軽蔑の度を加える度にますます激しくなったのです―、今日、あなたを救うために、私は天から下りてきました。

ポール：天から？

ジャンヌ：まあ！あなたはご存じないのね、聞いてください！　私は死んでしまったんです。グノームたちが私を騙したのです。妖精たちが私を生き返らせてくれました！私について来てください！その時が来たのです。いらして！いらして！

ポール：おお！そうだ、そうだ、君を信じるよ！　私にどのような運命が約束されていたのかよくわかっていた。どんな障害があっても、私はそのことを決して疑わなかった… そしてさっき、私を閉じこめていた大理石の下で、私はそれについて希望を、焦りを、不安を抱いていた！出発しよう！　私を連れて行っておくれ！　グノームたちは敗北した、この地におさらばだ！

第9タブロー

ジャンヌ：花が愛のように、永遠に変わらず、並み外れて大きい、真っ青な国[100]へ、私はあなたをお連れします。そこでは、私の愛しい人、嵐は吹きません。無限が私たちの心をつかみ、私たちの目は、お互いに見つめ合い、星の輝きと永劫を得るのです！

ポール（ジャンヌを抱きしめながら）：ああ！私の魂の大きな喜び、私たちの未来永劫(えいごう)の恍惚がもう始まっている。

第3場　ポール、ジャンヌ、妖精の女王。

妖精の女王（前場の半ばから、ゆっくりと舞台奥から下りてきて、彼ら2人の間に突然あらわれながら）：いいえ！まだです！

ポール（憤慨して）：あなたは妖精たちの女王！でもあなたは私に約束したのでは…

女王：あなたは私たちの取り決めを忘れてしまったのですか？あなたは義務の半分しか果たしていません。後の半分はおそらくもっと難しいですよ。（ジャンヌを示しながら）あなたたちの永久の契りの祝福を得るまえに、あ

いいえ！まだです！

なたの勇気のおかげで救い出されたこれらの心臓をそれぞれの人間に戻さないといけないのです！

ポール：どうすれいいのです、たった1人で？

女王（微笑みながら）：ああ！私たちがいますよ。妖精たちがお手伝いします！　あなたは、ただ知り合いたちの面倒だけ見ればいい！説得するのです！その人たちが心を取り戻すよう！　あなたが不滅のものになるために、先ず神の仕事をなさい！

ポールは両手で頭をかかえる。外では陽気な声のコーラスが聞こえる。

---

100) 青色は、永遠、天上的なもの、教権を象徴し、聖母マリアのコートの色でもある。

ポール(涙で濡れた顔を上げながら):あの声は?
女王:あれは森の木々たちです、魔法から解き放たれた人たちが戻って行くのです!

第4場 前場の人物、頭に巣を載せたドミニクが右袖から入る。腕の代わりに、彼は果実でいっぱいの2本の枝を持って、それを水平に保っている。

ジャンヌ(興奮して):まぁ、兄さん!こんな姿で!
ドミニク(泣きながら):あぁご主人! やっと見つけましたよ。それで、涙が、幹に、この身体に沿って雨のように流れていくんです。あなたを腕に抱き締めることは出来ません。枝は切られても切られても、また生えてくるんです。あなたをどれほど抱き締めたかったか! いまいましい食い意地め、みんなこいつのせいだ!(顎を下げて、彼は自分の肩の上のプラムを食べ、そして泣き始める)ああ!神さま、神さま!
ポールとジャンヌ(一緒に):彼にお慈悲を、親切な妖精の女王!
女王(ポールに):あなたが彼を愛しているなら、叶えましょう!

ただちに2つの枝が消える。ドミニクには腕がある。震えている彼の髪の動きで、頭から巣が落ち、卵がいくつか地面でつぶれ、鳥が1羽飛び立つ。

ドミニクの登場

妖精の女王(ドミニクに):お前が行くのは…
ドミニク:ああ!どこへでも行きますよ。根っ子がつくようになって、ただもう足の感覚を取り戻せたら良い。
女王(円柱を指し示しながら):お前の主人と一緒に、心のないすべての人間に心臓を与えにお行きなさい。
ドミニク:喜んで!(彼はぶら下がっている心臓を見つめ、そして耳をかく)しかし… 量を考えて

も、私たちは重い荷物を持つことになりますね！

女王：いいえ！ご覧。（心臓はクルミ[101]の大きさに縮む。金色の表面がそれらを包んでいる）

ドミニク：あれれ！こりゃ面白い！なんて面白いんだ！怠けてる場合じゃないぞ！よじ登ろう！（彼は前景左の円柱に登りに行く）

女王：だめよ！屈みなさい！（左と右の円柱の柱頭が少し開いて、心臓の雨が降り注ぐ）

ドミニク（それらを集めながら）：まるで、本当に、砂糖ボンボンだ！

女王：これでもっと掴みやすくなったしょう。（ポールは、右側の円柱の元でじっとしている）いったい何をしているの？あなたはそんなところにいて！

ポール（傍白、呟きながら）：そして勝利した瞬間、僕は彼女を失うことになる。すべてが終わるように見える時、やっと彼女を得られると思った時に！

ジャンヌ（嘆願しつつ）：まぁ！がっかりなさらないで。私を愛してくださっているのなら出かけてください。あなたには運命はわかりません。女王が命じることをなさってください、すぐに、すぐにです！

ドミニク：さあ！私の可哀想なご主人さま、小さな旅をもう一度、最後の旅です！

　ポールはコートを広げ、心臓を受けとり、ドミニクはポケットにそれらを詰め込む。

101）クルミと心臓は形が似ていて、「金色の表面」はクルミに近い色である。また、「ガスコーニュ地方では、若い男が若い娘に結婚を申し込むと、その家族の食事を分かち合うように誘われるが、最後にクルミを贈られた場合、それは彼の求婚が認められなかったことを意味する」アベル・ユゴー Abel Hugo, *France pittoresque ou description pittoresque, topographique et statistique des départements et colonies de la France.* V. 3, p. 127, Delloye, 1835. 『心の城』において、最後の心が拒否されるであろうことを暗示している。

女王（地平線を指し示しながら）：お行きなさい！さあ。

ポール（ジャンヌを抱擁するため彼女の方に向いて）：ジャンヌ！

女王（ポールを身振りで遠ざけて）：いえ！あなたの義務を！彼女の義務は地上で成し遂げられました。私は彼女を天国まで運びます。そこで彼女は、あなたたちが再会するために、美徳があなたを彼女の愛にふさわしい者にさせるのを待つのです。

ポールとドミニクは舞台奥の方に引っ込み、石につまずきながら、瓦礫となった階段をよじ上る。

ジャンヌ：さようなら！

ポール（遠くから）：さようなら！

ドミニクは振り返って接吻をおくる。すべての円柱のあらゆる柱頭が僅かに開き、おびただしい金色の心臓が落ちる。同時に両袖から妖精たちが、渦を巻きながら舞台にあふれ、心臓を彼女たちのドレスの裾の中に寄せ集める。前景には、ジャンヌが、感極まって、彼女の手をとっている女王と一緒にいる。ポールとドミニクが地平線の果てに見える。

第10タブロー　村の祭

　パリ近郊の銀行家クロケールの屋敷にある美しい庭園。舞台の両袖には大きな木々がある。舞台奥には、テラスを支えている小さな壁、その中央に石の階段。階段の各々の段には両端に花瓶。他の花瓶は壁上面のタイルに一列に並べられている。その向こうには、遠くパリと田園が見える。舞台中央は、芝生に覆われている。

「華麗な終幕」　ラヴァストル弟画

第10タブロー

第1場 クロケール夫妻、ルトゥルヌー、アルフレッド・ド・シジ、オネジム・デュボワ、マカレ、コロンベル、ブヴィニァール、招待客、紳士淑女、皆が夏のエレガントな服装。

夜。幕が上がると、招待客が左袖から到着して舞台に散らばり、クロケール夫人はアルフレッドに腕を貸している。ブヴィニァールは、たった1人離れて、右袖に駆け寄り、ポケットからハンカチで包まれた小さな磁器の壺を取り出すと、包みを開いて眺め始める。

クロケール夫人（大きく呼吸しながら）：まあ、ここにいると、ほっとしますわ！だって村のお祭りで、トランペットやら大太鼓やら、夕食の間中、私たちとてもイライラしましたもの…

クロケール氏：やれやれ！まぁ！ 友だちみんなを招待するために選んだその日は、庶民諸君が楽しんでおられる！

ルトゥルヌー：まぁ、気晴らししてくれるのはいいが、せめて道徳をきっちり守ってほしいね！

マカレ：おまけに、連中はわれわれの工場の門にまで押しかけてお慈悲をと大声で叫ぶ…

コロンベル：そのうえ、連中を病院に受け入れなければならんし、治療看護に時間を無駄にしてしまう…

コロンベルは退場する。

ルトゥルヌー（陽気に）：おい、われわれのような古くからの仲間はもう少しで怒り出すところだったぞ、クロケール！

クロケール：何だって、腹を立てるところだって？ われわれはずいぶん怒っていたじゃないか！（彼は笑う）はっ！はっ！

ルトゥルヌー（笑いながら）：何の話だか、聞きたいものだね？ あのポールの小せがれのために！

クロケール（内にこもった怒りで）：あの策士か！

アルフレッド（肩をすくめながら）：馬鹿な奴さ！

クロケール夫人：本当の恥知らずよ！（彼女は左側のベンチに腰掛ける。アルフレッドは彼女の傍に座る）

クロケール：でもあの男がどうなったのか、ちょっとでも知っているのがいるかい？

アルフレッド：いいや！彼は消えうせましたよ。

クロケール夫人：あなたは泣かないの、オネジム、あなた、あの人の友だちでしょう？

オネジム：私が、奥様！とんでもない、誓っていいますが。

クロケール夫人（笑いながら）：でも、きっとすばらしかったでしょうに。来週、結婚の立会人として、あの人があなたに付き添うのを見るのは。

クロケール：おいおい！もうそんな哀れな奴の話は止めようや！　おい、ルトゥルヌー、われわれの取引のレートを決めよう、ちょっと歩かないか？

ルトゥルヌー：喜んで！（ルトゥルヌーとクロケールは舞台の上手から下手まで散歩し始める）

クロケール夫人（オネジムに）：あなたの婚約者は、とても素晴らしい方ですって？

オネジム：彼女はとりわけ…　美人というわけではありません。でも…他の美点があるんです。

マカレ（オネジムに）：ブヴィニァールは、いったいどうしたんだ？　彼は何か物思いにふけっているようだな…

彼らは彼の所に行く。

ブヴィニァール（オネジムに）：芸術家たるあなた、これをよく見てくれませんか！　何という網目

ブヴィニァール、
オネジムとマカレ

171

第10タブロー

模様！何という釉！（オネジムは壺をとろうとする）気をつけて！いや！私自身があなた方のために壺を取ります。

ブヴィニァール、オネジムとマカレは、ブヴィニァールが彼らにあらゆる面から見せるその壺を子細に見るため立ったままでいる。クロケール夫人は左袖のベンチにアルフレッドと座っている。ルトゥルヌーとクロケールは舞台上手から下手へ散歩している。

クロケール夫人（小声で）：じゃ、それでいいわね？土曜日のトレマンヴィル伯爵夫人宅への招待状を頂けばいいのね？

アルフレッド：以後毎土曜日にね。（クロケールとルトゥルヌーが頻りに身振りしながら通り過ぎる）　私の叔母はなかなか承知しなかったのですよ、実はね。階級、住んでる場所が違うでしょう、つまり…（傍白）ざまぁ見ろ！この小粋なブルジョア夫人！

クロケール夫人：まあ！ありがとう！　もうこの間みたいに、おどおどする必要ないわけね。

アルフレッド：えぇ！えぇ！もちろんですよ！つまらないことに私が訳がわからなくなったからです。すべてうまく整えました。あなたが大好きなんです、エルネスチーヌ！（再び通り過ぎるクロケールを指し示しながら）ご主人に私のことを話してくださいますよね、全身を彼に献げ、どんなことでもやり、そしてご主人の利益になるように、彼のいちばん主要な事業を… 任せられる男だと。

クロケール夫人：もちろんよ！あなた！

アルフレッド（傍白）：もし彼女がとりかかろうと

私のことを話して
くださいますよね

しなけりゃ、1週間後にはベルギー王国[102]行きだ！

マカレ：それであなたはその壺をお買いになったのですか？
ブヴィニァール：80フラン！ぽっきりですよ、ここの居酒屋で、隣のね！

トランペットと大太鼓の音が聞こえる。

クロケール夫人（立ち上がって）：また！とても我慢できないわ、あなた。当局に文句を言うべきだわ。

音はいっそう激しくなり、熱狂した叫びと群衆のどよめきのようなものが混じる。

第2場　前場の登場人物、戻ってきたコロンベル。

コロンベル：おいおい、あそこに、商店街の中央の広場に、なにかとても風変わりで、奇妙で、とても面白いものがあるよ！　私は香具師(やし)をたくさん見てきたが、あんなのは1人もいなかった。1スーで心を売るって言うんだ！
アルフレッド：えらく安いな！
1人の婦人：まぁ！そうよね、でも面白いですわ。
1人の男性招待客：見にいった方がいいね…　どうです？
1人の招待客：口上を聞くだけでも。
マカレ：ああした連中は、時には、立て板に水で面白いものですよ！

---

[102] la Belgique　「ベルギー王国」が示唆しているのは、「クロケール夫人が、自分の金儲けのために、彼女の夫への働きかけを何もしない場合、自分はベルギー王国に亡命せざるを得ない」ということ。19世紀、ベルギー王国は、例えば1851年12月2日のナポレオン3世のクーデター後のフランス人の政治亡命や、またこの場面のような経済的な理由での亡命が一番多かった国であった。

第10タブロー

招待客たちはクロケール夫人を囲んでいる。

クロケール夫人：どうしようかしら？ 香具師(や し)をこちらへ呼ぶことはできますの、ドクター？

コロンベル：おお！あなたには、もちろん必要ありませんよ、美しいあなた。そんな必要はまったくありません。でも、あなたに心を取られてしまったわれわれ皆には…

クロケール（外に出ようとしながら）：ようし！ からかってやろう！ 彼を呼んでやるよ！

招待客たち：そりゃいい！ ブラヴォー！ そいつはいい考えだ！

コロンベル（右袖に合図をしながら、数歩奥にひっ込む）：入りたまえ！ 私は、医者として、ご婦人方に、このささやかな驚きを与えることに決めました。

第3場 前場の登場人物、長い白髪に白い髭、身体を完全に包み込む黒いビロードのゆったりしたガウンを着たポール。ドミニクは、中国人風の着物姿で、背中には、大太鼓と赤い皮の袋を背負い、手には小さな折りたたみ椅子を持って、彼の後ろについて来る。

彼らは、中央、芝生の上で立ち止まる。ドミニクは折りたたみ椅子の上に袋を置く。

婦人たち：あら！まあまあじゃない！もう面白くてよ、私には。手品師は大好き。

クロケール夫人：あなた、手品をするのにテーブルがお要り？

ポール：ありがとうございます、奥様、手品はいたしません。私の使命はもっと高いのです。私が求めているのは、あなた方の道徳の向上、あなた方の救済です。私は妖精たちからあなた方に心をかえす使命を託されているのです。

招待客たち:何だって、私たちの心?

アルフレッド:礼儀正しい男だ、このノストラダムス[103]は!

ポール:いや!礼儀のことを申しているではありません。まじめな話です、お信じください。

招待客たち(笑って):とても面白い!じつに面白い!

コロンベル(クロケール夫人に):ほら、此奴(こいつ)は完璧だとあなたに申した通りでしょう!

ドミニク(折りたたみ椅子の上で、金色のボンボンでいっぱいの袋を空にして):さあ!ご主人様方、何もためらうことはないでしょう? さあ、奥様方、少し勇気をだして! これはかわいくて、甘くて、健康にいい!

コロンベル:ぺらぺらとうまく説明しているな、この中国人は、パリからやって来て。

ドミニク:いえ、あなた、私たちはピパンポエから来ております…(口髭をなでながら)そこの王妃[104]が私たちに最も得になる品物を下さったのです!

招待客たち(笑いながら):ピパンポエ! そこの王妃だって!

ポール:さよう!そのあと、グノームたちの砦で、私自身がそれらの品物を手に入れたのです。

招待客たち:グノームたちだとさ! 彼は大真面目に言ってるぞ!

オネジム:だから、続けさせたらいい。

ポール:いいえ、もう終わりです! もう一度繰り返しますが、妖精たちの命に従って、私はあなた方に心を返さなければならないのです!

---

103) 本名 Michel de Nostre-Dame (1503-66) は、医師・占星術師。占星術に基づく長大な『予言集』(1555) と『予言集』新版 (1558) を刊行。18世紀のフランス革命の一部詳細をはじめとして、予言のうちいくつかは後世の史実を言い当てていたとも考えられている。

104) インド起源の『千一夜物語』(ヨーロッパの最初の翻訳は東洋学者ガランによる『千一夜 ―フランス語に訳されたアラビヤ語の物語集』12巻、1704-17) で、不思議の国「インドと中国の島々」を治めるシャハリヤール王の賢夫人シャハラザート王妃ととれる。

第10タブロー

ドミニク（力いっぱいに、大太鼓を叩きながら）：心臓！心臓！心臓！心臓はいかが！

ポール（彼を止めながら）：黙るんだ！（懇願するように両手を合わせて）ああ！誓って言いますが、それはあなた方のためなのです。さあどうぞ！ 急いで！

1人の婦人（進み出ながら）：食べられるのかしら？

クロケール夫人：触らないで！何か怪しげな薬だわ、きっと。

オネジム：仕方がない！ 思い切って危険を冒すとするか！ さあ、ブヴィニァール爺さん、あなたに1つ買いましょう！ 私を見習って！

彼は硬貨1枚を与え、ボンボンをがりがり噛み始める、ブヴィニァールも同様に。

1人の婦人（小声で）：ほんとに芸術家という人たちは！ 相変わらず変わり者だわ！

コロンベル（支払いながら心臓を掴んで）：私も手本を示すとするか、この道化師を連れてきたのは私なんだから。

オネジム（額を叩きながら）：なんてことだ！あの人は今どこにいるのだろう？

クロケール夫人：誰のことです？

オネジム：クレマンスです！

クロケール夫人（低い声で）：あの女を考えているの？ みなさんの前よ！ あなたの結婚は！

オネジム：もう結婚はやめだ！（彼は叫びながら退場する）クレマンス！ クレマンス！

ブヴィニァール（声を高くしながら）：こんな骨董に金をむだづかいするのは、全く馬鹿げてる！（彼は壺を投げつけ、それは地面で壊れる）ああ！ほっとした！ さて私の娘の持参金にするために、コレ

彼は壺を投げつけ、それは地面で壊れる

クションをすべて売りはらってしまおう！
コロンベル（歩き回りながら、独り言を言う）：土地を買うために100万要る、その金を寄付しよう！　そして、残りは、個人の募金と政府に頼んで、私の病院を建てよう！（自分が注視されているのを見て）さよう、みなさん、私の財産、時間、知識、すべての努力をその病院に献げます。治療は真の学者によって指導してもらって、オービュソンのタピストリで飾られた部屋、寝台はマホガニー、おやおや、この私がそう願っているとは！
招待客たち（驚いて）：おや！おや！
ルトゥルヌー：この中にはちょっとうっとりさせる何かあるぞ。
ポール：さあお取りなさい！　もう売りません、差し上げましょう！
マカレ：それならもらおう…　だけど、それだと彼の得にはならないのでは…

彼はボンボン1個飲み込む。

ポール（アルフレッドに）：そしてあなた、あなたは、怖いのですか、他の方たちが？
アルフレッド：私が！怖いだと！　それじゃ！　2個頼む！

彼は2個取って、1個食べる。

クロケール夫人：あなたも？
アルフレッド（小声で）：本当にこれは素晴らしい！蜂蜜よりも甘く、接吻のように甘美だ！　私を責め苛んでいる情熱を分かち合ってください！なんと言ってみても、この情熱は今までにない新しいものです。このおぞましい生活から離れましょう！　どこかの見知らぬ海岸に、森の奥に、砂漠に、うんと遠くに逃げましょう！　どこでも、ただ、あなたをを深く慈しむ幸せを2人だけでかみしめることができるように。

第10タブロー

　彼はボンボンをクロケール夫人の唇にもっていき、彼女はそれを飲み込む。

クロケール夫人（すぐに彼女のヴェールを降ろし[105]、夫の腕をとりに来る、愛情を込めて）：アルフォンス、いとしい人？
クロケール：えぇ？　なんだって？
クロケール夫人：社交界は退屈だわ。私たち、とても仲むつましく暮らしているのよ…　愛してます！
クロケール（傍白）：妻が私を愛しているって、いまさら！　頭がおかしくなったんだ！
マカレ（右の片隅で、すすり泣きながら）：おお！おお！いやほんとに！　おお！おお！いやほんとに！　おお！おお！
クロケール：いったいどうしたんです、あなたは？
マカレ（彼に答えずに）：おお！おお！　失われた日々！　おお！おお！ティトゥス[106]のように！

　少しずつ心を得た招待客たちは、ポールの周りに群がってくる。

ドミニク（ポールに小声で）：うまくいっていますよ！
ポール（低い声で）：いや！　まだ残っている！　ドミニク！

　ドミニクは太鼓を叩く。

---

105) 精神的な意味合いでは、頭にかぶるヴェールは、イスラム教徒のヴェールのように、他者の視線から防御するもの。またヴェールは「緞帳」を意味し、男と女の境界の象徴である。つまりクロケール夫人は貞淑な妻に変身した。
106) ティトゥス（Titus Flavius Vespasianus, 39-81, ローマ皇帝在位 79-81）。ベスビオス火山罹災者救済などに努め、ローマの伝記作家スエトニウス（70年頃-122以後）から「人類の寵児」と称された。ティトゥスは何も良いことをしなかった日には、« Diem perdidi »「1日を失ってしまった」と嘆いたと言う。

ポール（焦って）：さあ！どうです！

クロケール（いらだって）：ああ！茶番はもういい！ みんな飽き飽きしているよ… ほうっておいてくれ！

ポール：あなたは持っていないですよね、あなた、アルフォンス＝ジャン＝バティスト＝イジドール・クロケール！

クロケール：無礼な！誰がお前に私の名前を教えたんだ？

ポール：私は知っています！

クロケールとルトゥルヌー：出て行け！出て行け！

ポール：あなた[107]がこの心臓を得るまでは。

クロケール：この私が！

ポール：お願いです。

クロケール：全く侮辱千万！

ポール：あなたに命じます！

クロケール（しばらく呆然として、怒りで青白くなって留まり、それから威風堂々とした姿勢で）：どんな権限でだ？（ポールは、彼に答えないで、口髭と白髪、黒いビロードの長いガウンも、いっぺんに剥ぎ取る。クロケールは、幽霊を見たかのようにおびえて、両腕を上げ、叫びながら）：奴だ！

クロケール夫人（そっと夫の腕を握りしめながら、優しい声で、夫にポールを示しながら）：ポールさんよ！

ルトゥルヌー（親指を噛み、振り向きながら）：ポール・ド・ダンヴィリエ！

1人の婦人：あら！ ほんとうに驚いてしまう！

コロンベル：あの素晴らしい青年だ！

アルフレッド（彼の手を握りしめにやって来て）：愛しい友！

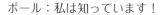

ああ！
茶番はもういい！

---

107) Pas avant que tu n'aies pris ce cœur. この会話のシナリオはすべて vous で書かれているが、この文言と4行下の「あなたに命じます」のみ聖書の文体に見られる tu が用いられる。例えば、「Tu ne tueras point：なんじ人を殺すなかれ（『聖書』マタイ福音書 19:18）」と同じ。

第10タブロー

すべての招待客が彼に握手しに、あるいは彼を取り囲みにやって来る。

奴だ！

クロケール（傍白）：おお！　みんながあの男のために！もし彼が話しらどうなるだろう！（手を伸ばしながら）ではいただこう。

彼は心臓を飲み込む。

ドミニク（傍白）：さあどうだい！

クロケール（とぎれとぎれの声で）：おや！おや！　だが… どうなっているのか？　ああ！忘れていた！　私が一昨日クリシー[108]に閉じこめさせたあの可哀想な人々のことを。（1人の婦人に話しかけながら）フランソワ…[109]（1人の男に）ピエール、あの人たちを解放するのだ。急げ！

ルトゥルヌー（不安そうに近づいて）：君！

クロケール：それから私が要求に応じなかったあの真面目な発明家…2万フランをすぐに！後でちゃんとやればいい！会計係！

ルトゥルヌー：いや冗談だろう、クロケール。

クロケール：もうたくさんだ、君！（ルトゥルヌーは、驚きと哀れみの動作をする）有難い…　そうだ、みなさん！　聞いてください！　幸い、ここにいる皆さんが証人となってくださる。1つの法律行為の… 正式できちんとした裁判の… いや！（小声で）信頼行為の、証人として！大事なことは、本来の持ち主に返すこと！　いやそうじゃない！　神聖な預かり物のことです！（胸を握り拳で2度たたきながら）馬鹿な奴！そう、仕方がない！　言いましたよ！　神、神、神聖だと！

108）クリシー監獄 Clichy（1834-67）は、借金、負債による罪人を収容した、パリのクリシー街にあった旧刑務所。

109）アンテグラル版 p. 362 においてのみ、フランソワ（男性人名）がフランソワーズと女性人名に修正されている。

ポール（誇らしげに）：私はそのために来たのじゃありません！

クロケール：どうでもいい、若い人！　いい機会だ。私の重荷を取り除いてくれる。そして今晩から…（ポールの手を握りしめながら）晩までには必ず！（外では、祭りのざわめきがいっそう激しくなる）

ああ！庶民たちがはしゃぐのを聞くのはじつに楽しい！ああ！その楽しみをあの人たちと分かち合うことは、私たちの幸せを倍にする。可哀想な人々だ！あの人たちは1年通じてそんなにたくさんの楽しみを持っていない！（叫びながら）　シャンペンを開けろ！みんなに入ってもらえ！　扉を全部開け放つんだ！ああ！いい日だ！（背景すべてがバラ色に照らされる）人生がバラ色に見える！　何と美しい日！

私の重荷を
取り除いてくれる

第4場　前場の人物、居酒屋店主を含む沢山の人々、トマ父とトマ母。

群衆（叫びながら）：クロケールさん万歳！　クロケールさん万歳！

クロケール（傍白）：胸がいっぱいだ！

マカレ（部屋の隅で、すすり泣きながら）：ああ！ああ！実に感動的だ！実に感動的だ！

ドミニク（太鼓をたたきながら）：急いで！群衆について行け！残りは早い者勝ちだ！

大群がポールとドミニクの周囲を旋回する。3人の召使が、大仰な制服で、シャンパンでいっぱいの籠を運んでくる。クロケールはそれらの栓を飛ばせる、そして、使用人に付き添われて、グループからグループへと急いで行き、飲み物を注ぐ。

クロケール：祝杯をたっぷり飲んで！一気に飲んで！一息に！

第10 タブロー

祝杯をたっぷり飲んで！一気に飲んで！一息に！

　今や完全にバラ色となった背景は、この場面の終わりまで、だんだん明るくなる。輝く花々は、大きなチューリップとひまわりに似ていて、木々の中で開花する。ブドウの木の実は、樫の周囲を蛇行しながらガーネットになる。ヨーロッパヤマナラシ[110]の葉は、銀に変わる。そしてすべての木々、すべての灌木は、それら特有の樹種に従って、宝石でできた異なった葉をつける。すべての人々が抱き合い、喜びで飛び跳ね、拍手喝采する。トマ夫婦は彼らの息子に投げキッスをする。

　ドミニク（ポールに）：さて！すっかり終わりました、ご主人さま、袋にはもう何もありません！楽しみましょう、他の者たちみたいに。
　ポール（ゆっくりと、そして小声で、折りたたみ椅子の上の心臓を取って、指の間にそれを掴みながら）：でもまだもう１つ残っている、ドミニク！
　ドミニク（彼からそれをすばやく取り上げながら）：ああ！長くはかからないでしょう！慣れたもんです！（１人の紳士に）あなた、そこの、ご主人？
　紳士：もう頂戴した！

---

[110] ヨーロッパ産のポプラの一種。

ドミニク（1人の婦人に）：それではあなた、奥様は？

婦人：私も！

ドミニク：さあ！　最後のだ！

ある人：私たちはみんないただいています。

群衆：みんな！みんな！

ポール（小声で）：じつに恐ろしい！ありえない！

ドミニク（低く、ひどく恐れた声で、心臓を見せながら。その心臓はだんだんとてつもなく大きくなる）：ご主人さま！　ご主人さま！　何と大きく！何と膨らんでいることか！

ルトゥルヌー（ポールの背後から突然現れ、彼の肩を叩きながら）：あなたは、私にそれを飲み込ませたいのでしょう、それを！

ポール：そう！そうです！　あなたにしたことについてはお許し下さい。（心臓を見せながら）これを取って下さい！これは良心の安らぎ、善の力、美しい物すべての知性、つまり同時に人間と自然と神を理解する手段です！（ルトゥルヌーは、動かずに、皮肉に微笑む）ところで、みんなの歓喜の中、感じることのないあなたはいったい誰なんです？　どんな石であなたはできているんです？　あなたは、まさか、何かを、誰かを一度も愛したことはなかったのですか？あなたはそれで、女性を自分のものとする幸せ、その幸せを失う絶望を一度も考えたことはなかったのですか？　ああ！あなたを説得するために、私の血を流して、もう一度はるか彼方、地の果てにまで行って、あなたに奴隷として仕えるだけで済むのなら！　後生ですから！お願いです！優しい気持ちになって！　これを手に取ってください！

ルトゥルヌー：結構だね、ありが迷惑だ！

ポール：さようなら、ジャンヌ！　おお！なんと私は呪われた存在なのか！　私はお前を失ってしまった！

テラスの小さい壁が上がり、そして銀になった階段は、大きくなった。階段に置かれた各花瓶から女性たちが現れる。彼女たちはお互いの肩に腕を伸

ばし、階段はあたかも、真珠を身に纏った女たちの長い列の欄干があるように見える。上方には、雲に包まれた、月明かりの牛乳のような色合いのもとで、真珠層の色をした、妖精たちの宮殿の土台がはっきりわかる。ジャンヌは前方の、露台の上、階段の頂上にいる。

 ポール（遠ざかっていくルトゥルヌーを目で追おうと振り返ったポールは、彼女に気づき、叫ぶ）：ジャンヌ！

そして、走りながら階段をよじ登る。彼が上っている間、彼の衣服が消え、フィナーレの衣装である、真っ白の長いコートに変わる。各々の段は彼が上るごとに、ハーモニカの音を漏らす。それは音階のすべての音の連続である。彼がジャンヌを抱きしめようと腕を開こうとしたとき、妖精の女王が、右左少し後方に控えるすべての妖精たちを伴って、ジャンヌの傍に現れる。今や、いっそう照らし出された神殿の玄関柱廊で、ポールは立ち止まり、そして後ずさりする。

 ポール：とても前に進めません、ああ女王さま！私の使命はまだ終わっていません。私は悪を地上に残しました。
 女王：地上はいつもそれを少しは必要としています！　それでもあなたは褒美を与えるに値しています。来世で幸せになるように！
 ドミニク（両手に心臓を抱え、足は階段の最初の段に）：それで、私は？この私は？この荷物をもった私はどうなるんです？
 女王：心の僕(しもべ)におなり、いかさまをする人を見張って、迷う人を慰めるのです！

ドミニクは心の僕(しもべ)に変身する。心臓[111]は、空中の彼の左側、白い正方形

---

111)『サラムボー』の終焉を飾るのも、「杓子の上に置かれたマトーの心臓」である。太陽神モロックを象徴するマトーの死は「太陽が波の向こうに沈もうとしていた。

の上に、彼の身長に作られて置かれ、背景の役割を果たす。一方、長い幟(のぼり)が、輝く文字で書かれた次の語句を掲げながら、空中に広がる。

　　　美徳は報われたり。言うべきことなし！

心の僕(しもべ)

　　　　ギュスターヴ・フロベール、ルイ・ブイエ、シャルル・ドスモア

その光線は、長い矢のように、真っ赤な心臓の上に届いていた。心臓の鼓動が弱まるにつれて、太陽は海へ沈んでいった。そして最後の鼓動とともに消えた」（*Salammbô, Œuvres complètes*, III, p. 836）と描写される。

【補遺】 フランス国立図書館所蔵の草稿のうち削除されたタブローを載せる。

第6[1]タブロー　無垢の国

　広大な景色の上に太陽が昇る。地平線に鋸状の山々、右手、舞台奥にテント。少し前景に岩。とても高い木々。険しく壮大な景色。

Ⅰ．羊飼いたち。

コーラス：

　都会から遠く離れ、山々の台地の上、雲ひとつない青空の中に住んで、何ものにも私たちの頑丈な心はむしばまれず、何ものにも私たちの心は揺るがない。
　草原がつづく限り遠くに、私たちは前を行く羊の群れを駆って行く、そして引き返してくると、芝生はまた花を咲かせている。
　私たちの考えは魔術師のようにやって来て、出し抜けに広大無辺の中に消え失せる。足跡や思い出もまた残すことなく。
　小石のように堅い足で、蔓のように長い髪をなびかせながら、腹這いになって大地に寝転がれば、胸元で何か永遠なものの鼓動を感じる。
　夜には、私たちは星を眺める、そして視線を下に向ければ、すぐ傍に、腕の中にいる妻たちの顔の上にそれらの星を見いだす。
　大きな牛たちは朝露の中で反芻し、犬の声が急流のひっそりとした音を不規則に遮る。
　明け方のほの白さに、冷たい風に私たちは目を覚ます。再び生命を感じる喜びが、山々の彼方の太陽の光のように、私たちに満ちあふれる。その時

---

1) フランス国立図書館所蔵の草稿（NAF 15810）において第7タブローが第6タブローに修正された。本書補遺 p. 206 参照。

花々はわずかに開く。無数のことがらが限りない自由の中で動き出す。

　太陽だ！太陽だ！登って来る！私たちを温める！さぁ起きて！

　女たち：
　樹皮の糸でテントの皮を縫い、泡立った牛乳を瓢箪に満たしながら、私たちは長い髭をした羊飼いの亭主たちの世話をする。
　私たちは亭主と一緒に、横一列になって、一歩一歩、草を食む羊たちの後ろを歩む。
　何度も何度も、花の周りを2羽の蝶が飛び交っている。私の心と夫の心も、牧草地を離れずに、仲良く、テントの周りを、死なば諸共、運命の輪の中で回っている。
　夜には、ヤギたちの澄んだ鳴き声が生まれたばかりの赤ん坊の優しい泣き声に混じり、そして、まどろみながら、私たちは、木の幹で作られた揺りかごの中の乳飲み子を片手で揺らす、日の出まで。
　すると鳥たちが歌い出し、大地が濡れたコートのように湯気を立てる。
　太陽だ！太陽だ！昇って来る！私たちを温める！さぁ起きて！

　羊飼いたちが立ち上がる、女たちは籠を、男たちは大きな羊飼いの杖をとる。すっかり慌ただしくなる。

Ⅱ．羊飼いたち、ポール、ドミニク

　彼らの声が舞台裏で聞こえる。

　ポール：ああ！お前にはうんざりだ、おしゃべりめ！
　ドミニク：でも私の方が道理を言ってます、ご主人様。こんにちは、土地の皆さん、こんにちは！

　みんながポールの方に歩み寄り、彼を取り囲む。

子供（彼に籠を贈りながら）：あんたのために摘んだイチジクだよ。

若い娘：それに野バラの実で作った赤い首飾り。

女：泉でこの私が自分で洗った白い羊毛を取って。

若い男：レイヨウ[2]狩りに僕たちと一緒に来るかい（それとも、石投げ器で一撃に鷲を射止めるか）？

ポール：いいや、ありがとう、友よ、ありがとう！ご自分たちのことをなさってください。もうお気を使わずに。（ゆっくりと）さあ、さあ。

舞台奥、右側には、かがみ込んだ小さなグループの羊飼いしか残っていない。他の者たちは、少しずつ遠ざかる。ポールは彼らを目で追う。

Ⅲ．ポール、ドミニク

ドミニク：ご主人様！

ポール：何だ！

ドミニク：私たち、あの連中のようにしたらどうです？　私たちも出かけたらどうです？　いや、全く！

ポール：どうしてだい？

ドミニク：ああ！だって、あの良い人たちの風景が、何度も言いますが、とても美しいに違いないからですよ。ただ欠点はローストビーフと、とりわけブルゴーニュの酒、それにコーヒーが全くないんですよね。おお！可哀そうなデミタス。

ポール：食い意地の張った奴だな！

ドミニク：おまけにまた連中は、そんなに強いものを好む連中じゃありませんからね！少なくともトルコ人たちはパイプ、黒人たちは噛みタバ

---

2) ウシ科のほ乳類の中でウシ、ヤギ、カモシカなどを除く類　オリックス、サイガなど。

コ、中国人たちは阿片、ベドウィン人³⁾たちはアブサント、そしてサモイェード人⁴⁾はろうそくが大好きなんです！そういう連中は話せる。気心の合う者と出会う機会もある。でもここではね… やれやれ！

ポール：でも心地良い生活じゃないか！

ドミニク：そう、でも乳製品がありすぎだ！

ポール：途方もない仕事の疲れ、野心の挫折、そして文明の大きなからくりがもたらす困惑、あの人たちはそんなことには何も関わっていない！

ドミニク：むろん！連中はまったく何も知りませんよ！

ポール：ここで永久に生きたいとさえ思うよ。もしこの孤独の中で、待ち望んだ恋人、見知らぬ最愛の人を得ることができたら。

ドミニク（腕を組んで）：いやはや、こんな場所が気に入るとは、ご主人様、お可哀そうに、呪いをかけられたのに違いありませんよ。あれほど美しい土地をご覧になったあなたが！いつになったら終わりになるのかなぁ？　さあ、それに私はあなたが何を探しておられるのか知らないんです。つまりあなたの旅の目的は何なんです、そんなことではとてもたどり着けそうもありませんよ。

ポール（唖然（あぜん）として）：そうだ！彼の言う通りだ！僕は忘れていた…（ポールの指輪が輝き始める）この光…これも僕の義務を思い起こさせる！それは彼処（かしこ）、どこかわからぬ遠い彼方のグノームたちの城を僕に示している。そうだ！出発しよう！この絶壁を降りる縄を見つけておくれ！麓へ行って馬を2頭連れて来るんだ！急いで！僕たちは世界中を駆け巡るんだ！さぁ来るんだ！もうぐずぐずしないぞ。

ドミニク（舞台奥に引っ込んで）：いや、俺があなたをお待ちしているんですよ！

ポール（ため息をついて）：行こう！でもここには何かひきつけられるものがあったんだがな…（左側、舞台袖に、ラクダの頭2つと、青の小さなチュ

3）ベドウィン族、主に中東の砂漠に住むアラブ系遊牧民。
4）サモイェード族、北西シベリアに住む諸族。

ニックを着て、腕と足をむき出しにした、ターバンをかぶったラクダ引き数人が同時に現れる）ほかにも旅する人たちがいる。あなたたちはどういう方々です？

ラクダ引きたちは答えないで、舞台の上に包みを多量に素早く降ろし、転がし始める。その1つが落ちる音にドミニクは振り返る。

ドミニク：ああ！連れができた！やれやれ、よかった！
ポール：どうだっていいよ！ついて来るんだ！

IV. 前場の人物たち、先のタブローでボーイの衣装を着けていたグノームの王

ボーイ（ラクダ引きたちに）：要るものすべてを早く並べるんだ。（ポールを見つけて、傍白）お前を見つけると確信していた。お前をだ！無垢には悪徳と同様に魅力がある。お前を掴まえた、なあ可愛い坊や。

ポールは既に舞台奥の運搬人グループの方に引っ込み、そしてラクダ引きたちは、舞台前方、右手の地面、クッションの間に、絨毯を広げると、その上にありとあらゆる種類の食べ物、ボトル、料理、コーヒー沸かし、ゴブレットなどを並べる。

ドミニク：おやつだ！ご主人様、待って下さい！すみません、閣下、いやむしろ仲間、ですかね。あなたの服装からして私たちちょっと兄弟みたいですから。どうなってる？パテだ！それに食卓用の丸い形のバター、フランスにいるみたいだ！俺の可哀想なお母さん、俺の故郷を思い起こさせるよ！　──気が遠くなる！[5]（彼はクッションの上に倒れる）

---

[5] Je défaille：この文言は最初は台詞末ト書（彼はクッションの上に倒れる）の後に置かれていたが、ト書の前に移された。

ポール（呼びながら）：ドミニク！

ドミニク：靴の紐を結んでいます、ちょっとお待ちを！（赤い封印のボトルを見つけて）やあ、自由の赤いボネット[6]！お前を俺の胸に抱きしめたい！ いや、俺の唇に！（ボーイに）いいかい…

ボーイ：どうぞ、どうぞ、お好きなように。

ドミニクは、歯で栓をこじ開けて、料理に飛びつく。

ポール：さあ来い、この畜生が！

ドミニク（憤った口調で、食物をほおばりながら）：ああ！ご主人様！

ポール：出発しようとあんなに急いでいた奴が？

ドミニク（ボーイ姿のグノーム王が彼に給仕する間）：様子が変わった！小さな固まりをもうちょと下さい。それから、俺はあなたと同じ意見だ、今ではね！（ボトル2本を持っているボーイに）いや！いつも同じだ！こいつは素敵な人たちだ。そう、ソースを少し、それにマスタード、サーディン、白い布、塩用のスプーンに至るまで、すべて文明の恩恵だ。さあご覧くださいよ！俺の身にもなってください！

ポール：立て、馬鹿めが！この心地よさも、他のものと同じで、僕は引き

---

[6] 赤い縁なしのフリジア帽である。この三角帽は元来フリギア（フリジア）に起源するとされているが、古代ローマにおいては、自由身分の解放された奴隷が被るものとして考案された。この起源からフリジア帽は隷従から自由への解放の象徴とされ、フランス革命期では革命的下層市民（サンキュロット）の象徴として使用された。革命期には読み書きのできない民衆に「革命精神」を伝達するために「フリジア帽とトリコロール旗」や「フリジア帽をかぶせた杖を持つ自由の女神」などの意匠が考案され使用された。七月革命（1830）の時にウジェーヌ・ドラクロワの描いた「民衆を導く自由の女神」では自由の女神はフリジア帽を被っている。これ以後、フリジア帽を被った女神、マリアンヌがフランス象徴となったといわれる。フリジア帽は、最初、金と青と灰色であったが、1792年赤いフリジア帽を採用したのは、ジャコバン党員で、それ以後、フランスおいては、自由の象徴となった。フロベールは草稿ではボンネットに「赤い」rouge を加筆している。

補遺

　　止められはしない！出発だ！
　ドミニク（ゆっくり起き上がって）：あきらめましょう！（彼は、左の方の何かを見ようと、手をかざす）おや… おや… 何がくるのか、あちらから？ 車？ ああ！ 止まった！（羊飼いたちが右の岩に登り、彼らは、視界に、何かを指し示しながら、お互いに合図を送る）おやおや、女がそこから降りる！

　右側から、子供たちを先頭にした大勢の羊飼いが駆けつけ、左側に突進する。

　群衆：さあ、さあ、さあ。
　ドミニク：ご主人様、美しいご婦人ですよ！パリジェンヌです。

　ポールは戻る。そして周囲に大きな驚きと喜びで押し寄せる群衆の真中に、ジャンヌがエレガントな旅装束で、濃い化粧をして現れる。

V．前場の人物、ジャンヌ

　ボーイ：どいてくださいよ、皆さん！
　ポール：何という美しさ！
　ボーイ：さあ、場所をあけて、場所をあけて！（群衆は輪になる）
　ドミニク：あの女は似ているぞ…（突然笑いながら）馬鹿馬鹿しい！そんなことありえないよ！
　ポール：この女性(ひと)には前に会っている… だがどこで？ ああ、夢の中だ… たぶん？
　ジャンヌ（生き生きと）：彼には私がわからないわ。よかった！ それにこんな場所では…
　ボーイ：お前さんがあの男に気に入られる一番のチャンスだぞ、確かに！だが私の教えを、向こうで私が教えた奴だ、ほかの教えも忘れるんじゃ

ない。さぁ前に進め。

ポール（遠慮がちに挨拶しながら）：マダム…（傍白）こんな素晴らしい人と僕がここで出会うのは、天がそれを望まれたからだ。これは偶然だろうか？

ジャンヌ（マネキンの動作を真似ながら）：私は下界に、すべての召使いたちと、ランドー型の馬車[7]を残してきました。儀式ばらず、そうでしょう、田舎では。こんにちは！こんにちは！愛しい人！

ポール（傍白）：何とざっくばらんな！これは何かの徴か、合図かも？（大声で。）失礼ですがあなたはどなたでいらっしゃいますか…

ボーイになったグノームの王（ずうずうしく）：奥様はインドで亡くなられたイギリスの幕僚の未亡人であられます。

ジャンヌ（もったいぶったため息をついて）：ああ！

ボーイ：そして奥様はご主人のご遺灰を探しておられます。墓碑を建てるために。

ポール：私自身もその同じ苦しみを味わいました、奥様、何のお役にも立たないでしょうが、私の心よりのお悔やみをお受け取りください。

ジャンヌ：ええ、確かに、お受けします！でも、どうして？ さわぐ仲間が多いほど楽しくなりますわ。

ポール（傍白）：この風変わりな陽気さはたぶん僕を試すためなのだろう？（声を高くして）すべての愛情をなくし、私がいるこの恐ろしい悲しみの中、あなたの明るさに出会うのは、何とすばらしい幸福。

ジャンヌ：悲しみですって、ほっほっほ！ エレジーですって？ さあ！私はもうそんなものに浸りませんわ、この私は、ほっほっほ！

グノーム（低い声で）：大変結構！

ポール（傍白）：私をからかっているのか？ でもこの人のまなざしは言

7）2頭または4頭引きランドー型馬車。幌（ほろ）の前半部と後半部が別々に開閉し向きあった座席を持つ4輪馬車。最初の製造地ドイツの都市ランドー Landau の名から命名。フローベルは当初カロス carrosse（昔の有蓋（がい）の豪華な4輪馬車）と書いていた。

葉の冷たさとは逆だ。(声を高くして) おお、いや！ご自分のことを悪くおっしゃらないでください！貴女は、私と同様に、愚か者たちが馬鹿にするこうした空想に、世の中の何ひとつ、値しないことを承知しています。なぜなら、どれほどの富よりも魅惑的で、どんな喜びより甘味であっても、人生や黄金の輝きの美しさを超えたところに、つねに何かがあるじゃありませんか。私たちを待ち受けている確信のような希望がいつもあって、それが私たちを天に連れ行くために引き寄せるんです！

ジャンヌ (無邪気に感動して)：あなたがおっしゃることが解るように思います！続けて！

ボーイ (低い声で)：おい、ジャネット！

ポール：私の心とこの至福の間の間隔は、今や、消え去りました。

ジャンヌ：そう、私にとっても同じ！私にとっても同じです！

ボーイ：気をつけろ！

ポール：私の人生のすべて、私の悲しみ、すべてが消える。ああ！　もっと私を見てください。貴女の眼差しのもとにずっといれば、私は前進し、激しい歓喜の中に没頭していくように思うのです。

ボーイ：思い出すんだ、哀れな奴！

ポール：それに、私はいつまでもこうして生きていきたい、地上でのそのほかの事は何も気にかけないで！

ジャンヌ：でも、あなた、あなたの出資金、あなたの資産は…

ポール：お金と生活の投資のことですか。いま私たちには愛の揺りかごになるために神によって想定されたような、木々の荘厳さ、川の快い調べ、花々の気高い香り、私たちを取り囲む広大な自然を伴った、この素晴らしい眺望のすべてがあるじゃありませんか。

ジャンヌ：確かに！それはとても美しく、とても綺麗！でも、いいですか、もしこの岩を後ろに下げて、この丘を低くしながら、この大きな木を前に寄せるなら、その真ん中に景色を楽しませるための道路　―それは独特の風情がありますが、その点ではあなたと同じ考えです―　その道路を設ければ、芸術家のための習作にふさわしい眺望が得られますわ。

ポール：まあ！美術についての話はしないでください！

ジャンヌ（驚いて、グノームの王に）：なんですって？　彼は芸術が好きではない？

ポール：ああ！むしろ毎日私たちが過ごす幸せを考えましょう…

ジャンヌ：小さな山小屋で。

ポール：山小屋、まあ、いいでしょう！

ジャンヌ：そしてピアノがあって？

ポール（傍白）：ああ！この人は愚かすぎる！

ジャンヌ：いいピアノを！　ほら、1台あるわ。（彼女の荷物のなかのピアノを勢い良く押し出す）

ポール：大変だ、こんなところにまで！

ジャンヌ：いろいろ変わった曲はいかが？どうです？私はこの広大な光景を目にして興奮してしまいますわ。（彼女がピアノを弾きだすと、羊飼いたちの声が大きくなる）

羊飼いたち（歌）：

　　畑に下りる時間だ。

　　追い立てるのだ、兄弟たちよ、お前たちの群れを。

ジャンヌ：どうしたのかしら？

ポール：お聞きなさい！

羊飼いたち（歌）：

　　羊の群れには道が狭すぎる。

　　脇腹を押し付け合い、角をお互いにぶつけ合わせ、10万の先の割れたひづめの打つ音は、夜中に前進する軍隊の足音にそっくり。

　　群れはそれからゆうゆうと散らばっていく。

　　所々、草の間に、

　　緑の大洋のなかの黒い岩礁のような水牛が見られるだろう。

　　その数を数えたか？

　　気をつけろ、おお、羊飼い、

補遺

  1匹もとり忘れないように！
  岩に登れ、視界を延ばせ、
  羊の群れをずうっと向こうまで導かなければならない！
  そこで、正午に水を飲ませるように！
  群れは、ぶんぶん唸る小蠅の下で、耳を揺らし、
  そして、湖のほとりの泥にはまり込んで、銀のよだれを垂らした雄牛は、
   白ひげの老人たちの会議のように、物思いに耽っているようだ。

ジャンヌ：でも、ぞっとしますわ、あの野生の動物たちの音楽は！
ポール：ああ、私の方は、そこに、おおらかな一陣の風のような、頑強で、
  質朴で、自由な生命の発散を私にもたらしているように思いますよ！
ジャンヌ：牛が多すぎるわ！肉屋が多すぎる！　いやはや、なんてこと！
  頭の中丸ごと屠殺場ですわ！
ポール（傍白）：全く、彼女は馬鹿に違いない！
ジャンヌ：むしろこちらの方に聞き惚れて、ほら！（彼女は歌う）

  ロマンス[8]

  第1節、詩的—感傷的。
  私が好きなものは、夜の鐘、草の上の小さな花、福音書に見られるような姿をした善良な貧しい人、畑の音と愉快な仕事、刈草を干す女たち（ちょっとした景観、それだけでも）。
  でも私が一番愛するのは、私の母、私の善良な母。

  第2節、より陽気に。
  私は、軽いワルツ、窓辺のヒルガオ、リボン、竹、森、オペラ、私のカナリア、私の小さなポニー、海水浴、春が好き。
  でも私が一番愛するのは、私の母、私の善良な母。

8）甘く感傷的な恋愛詩、18、19世紀にフランスで流行。

第3節、完全な理想。
　私は、ブランコ、湖上の白鳥、小舟、木立、何か静かで、花に飾られ、私の心のように平凡なものが好き。道路脇のあずまやに座って、私が偶像のように崇拝する若い軍人がオレンジの箱に沿ってやって来るのが見える。

ジャンヌが歌っている間、ロマンスの凡庸さがより強くなるにつれ、少しずつ景色が小さくなり、山々は低くなり、木々は自ずから裁断され、そして岩壁の傾斜上に黄色い砂の敷かれた小道が現れ、すべてがパリ近郊のフランス式庭園を再現するようになる。ポールは、ピアノの傍で、うなだれている。

ジャンヌ：何ですって、あなたはこれが美しいと思わないの？（ポールは、常に無言で、彼女を情けない様子で見詰めている）コミックな小唄を好むのですか？　唄の間に多くの台詞のある？　私はコピーを作れますよ！
ポール（苦しげに）：いや、結構！もう結構！（振り向いて、彼は新しい景色に気づき、叫ぶ）ぞっとする！

羊飼いたち（歌）：
　さようなら！さようなら！さようなら！（角笛の召集が3度）
　私たちは二度と戻らぬ旅に出る。（地上は枯渇した。私たちが生きる場を他に探しに行こう）
　しかし旅は長い！それに今は冬！私たちの前には雨や悲しみ、それに未知の人。
　妻たちよ、泣きながら歩いているあなたたちの子供の腕を引っ張ってやれ。
　さようなら！さようなら！さようなら！（角笛）
　旅で果てるだろう、あまりに若い子羊たちとあまりに年老いた雄羊たち！私たちの後で、骸骨が白くなるだろう。大きな群れは小さくなり、すべての民族から、1人もいなくなる。残るのはただ風によって

補遺

　　　やがて消されるサンダルの跡だけ！
　　　草原の草よ、私たちの上に再び生えよ。
　　　さようなら！さようなら！さようなら！（角笛）

ジャンヌ：ああ！やっと！消えた。
ポール：それにしても！
ジャンヌ：野獣の皮、家畜小屋の匂いをもった、あの人たちはあなたに吐
　　　き気を催させるわ。そして女たちはどう！今では田舎でさえ見られる、
　　　女性の刺激的な魅力、優しさすらありはしないわ。
ポール：じゃ、それでは、お聞きしますが、あの人たちがどんな人間であ
　　　ればいいんです？
ジャンヌ：心地よいこと！とても簡単ですわ。

　たちまちロココ式[9]の農夫たち2つのグループが小刻みに歩きながらやっ
て来る。帽子にリボンをつけ、黄色い半ズボン、バラ色の上着、花の籠を腕
に、羊飼いの杖を携えた、羊飼いの男たちと女たち。彼らは歌う。

Ⅵ．ポール、ドミニク、ボーイ姿のグノーム王、ジャンヌ、ロココ式の羊飼
　　いたち

　羊飼いたちのコーラス

　　　私たちの女城主をたたえよ
　　　私たちを苦しみから救いだした
　　　あれら間抜けたちすべてを追放して、
　　　あれら卑劣なやつすべて、あのがさつなやつらすべてを。

9）ルイ14世治世の末からルイ16世治世の初期まで、フランスに起こり全ヨーロッ
　パに及んだ美術装飾様式。流行遅れの様式。

……………………
　　　連中の顔つき…　連中の…　何と恐ろしい！
　　　しかしあの化粧、化…　何たる幸せ！

ジャンヌ：そう！それが私の夢！　魅力的、上品、魅惑的！それはワトー[10]、ポンパドゥール、ローズウッド、赤いハイヒール[11]、摂政時代[12]！

バイイ[13]（フランス風の黒衣に、筒形の巻き毛をあしらったかつらで）：この村の代官である私は、謹んで、この大勢の娘たち、おしゃれな若者たち、ちりちりの縮れ毛の羊たちを、あなた方に紹介したい。すべて礼儀正しく、可愛く、不作法のない、置物のようにおとなしい、そしてあなた方を喜ばせるためにダンスしようとしている。

バレエ

　羊飼いの何人かが、そこかしこ、花の咲いている牧草の上に、パン籠の中に入れて運んできたピンクのリボンを頸部につけた羊たちを据え、それから、みんな、歩調を合わせて、羊の番を始める。その間、舞台奥では、羊飼いの女たちが横列を作って立ち並び、待ちこがれている。
　ローズはコラを追いかけ、コラは逃げる。しかし小さなキューピッドが現れ、コラに矢を放つと、直ぐにコラはローズの後を追い求める。
　羊飼いたちは羊飼いの女を追いかける。愛の矢に射られて、間もなく彼女たちは囚われるままに、羊飼いたちの腕で悦ぶ。

10）アントワーヌ・ワトー Antoine Watteau（1684-1721）はロココ様式の雅宴画を確立した画家。
11）17世紀の宮廷人がはいた赤いハイヒール、宮廷人、上品で洗練された人。
12）オルレアン公フィリップの摂政時代（1715-1723）。
13）王、領主の名において裁判を行った下級裁判所裁判官、代官。

苦しみでメエメエ鳴いているすべての羊をキューピッドが矢で覆う。それから何にも感じないポールを見て怒ったキューピッドは、彼に何本かの矢を射かけ、それらは彼の足下に落ちる。羊飼いの男女たちは彼をダンスに引き込もうとする。彼は彼らに抵抗し、やっとのことで逃げる。

　　ポール（立ち去りながら）：私のことは放っておいてください！

　　ジャンヌ：戻って！戻って！愛し合いましょう！

　　ポール：こんな形でなければ、どんな時でも。

　　ジャンヌ：私の話を聞いて！

　　ポール：いや、とんでもない！（彼は左側から消え、舞台裏で叫ぶ）ドミニク！

　　ドミニク（前場の真中から、絨毯の上で、再び飲み食いし始め、離れた所で、静かに、たらふく食べることを止めなかったが、急に立ち上がり）：行きましょう！でもパテが残っている！

　　ポール（遠くで）：ドミニク！

　　ドミニク（立ったまま、舞台中央、前舞台で）：ご主人様！ああ！残念！一方が私を引き止め、他方が私を呼んでいる。こちらから義務、あちらから喜び！ああ！神様！（ワインボトルのひとつから大きな栓抜きが出て、それは彼の背中を捕え、右側から彼を引っ張る。一方、ポールが立ち去る時に肩に担いでいた、ポールの杖の曲がった取手は伸びて、首かせをつけたごとくに、彼を左に引っ張る）どちらに従う？

　　ポール（さらに遠いところで）：ドミニク！（杖の鋭い一撃が彼を引き立てる）

　　ドミニク（その動きにまけて）：ああ、品性よくしましょうよ！

VII. ポールとドミニクを除いた、前場の人物

　　ジャンヌ（愕然として、両腕を垂れ、両手を握り締めて、彼女の傍に居るグノームの王をじっと見つめる）：さあ？　どうなの？

　　バイイ（そっと歩み寄り）：どうしたのです？

　　ジャンヌ（彼女を支える、ボーイ姿の王の肩に縋って泣き出す）：ああ！私は

とっても不幸だわ！

羊飼いたち（2行詩の歌で彼女に告げる）：
　貴女の悲しみを打ち消すために
　私たちはまた陽気になりましょう。

ジャンヌ（分からないまま暫く、彼らを見詰める、そして突然叫ぶ）：情けない人たち！　原因はあなたたちよ！　あなたたちの馬鹿馬鹿しい退屈さ。私自身、七面鳥を飼い、梳（す）き具で麻を梳き、牛に寝藁を作ったわ、私は田舎を知っている！田舎では香水よりも沢山の汗が流れ、バラは堆肥よりも数が少ない！　幻想、羊飼いたち、花束、ミュゼット[14]、消えてしまうがいい！　私はそんなものみんな大嫌い！　いえ！いえ！もうみんな要らない！（怒りで、彼女は衣服を引き裂く）あの方はどこにいるの？あの方に私が騙したことを告げたい！　ポール！ポール！（彼女はぼろぼろの服で、髪を乱して、半狂乱で、息を切らせて、彼女の前のすべてをひっくり返しながら、あちらこちら走り、羊飼いたちは逃げる）待って！答えて！行くわ！私がわかる？聞いて、ポール！（彼女は舞台正面の王の傍に戻る）ああ！あの方は逃げてしまった！私はあの方を失った、永久に！

王：お前が悪い！お前の振る舞いがまずかったのだ！

ジャンヌ（激しい口調で）：そうでしょ？　名乗るべきだったわ。

王：だがお前は死んでいただろう、忘れたのか？

ジャンヌ：ああ！では一体どうしたらよかったの？　それにあの方を追いやったのは私自身なの！私の心をえぐった、こうしたわざとらしいすべてに身を任せるよりは、むしろ素直にあの方に話しかけ、私のくだらない上品ぶったおしゃべりで、あの方をうんざりさせないようにしたらよかった。もし私が別な女だったら、あの方に気に入られたかも？　頬にはおしろいを少し、あまり馬鹿なことを口にせず、作法にへつらうとこ

14）18世紀に流行した牧歌的なダンス、およびその曲。

ろなどほとんどない、そんな人があの方には必要だわ。控えめな優しさ
であの方の心をつかむような、良妻で、簡素なブルジョア女性が。
王：お前はそんな女でありたいのか？
ジャンヌ：そうなればあの方は私を愛してくださるかしら？
王：そう思うよ！
ジャンヌ：そうするにはどうすれば？
王：おお！それは簡単だ！
ジャンヌ：ではそうして！
王：お前はそうしてほしいのだな？
ジャンヌ：ええ！ええ！そう！あの方はどこにいるの？
王：来るんだ、そっちから、ついて来い！

フロベール手書き草稿

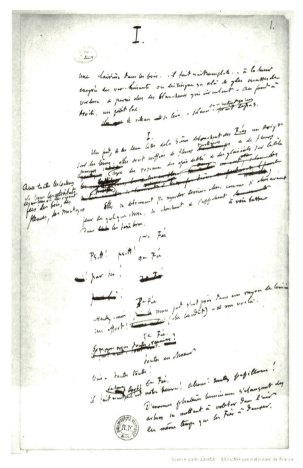

BNシナリオ（NAF 15810）の1頁　第Ⅰタブロー「自分たちが生息する場、森とか、河川とか、山々の妖精たちであることを表すあらゆる色合いと、あらゆる象徴的な持ち物に身を装っている」が左欄外に加筆、推敲を重ねている。

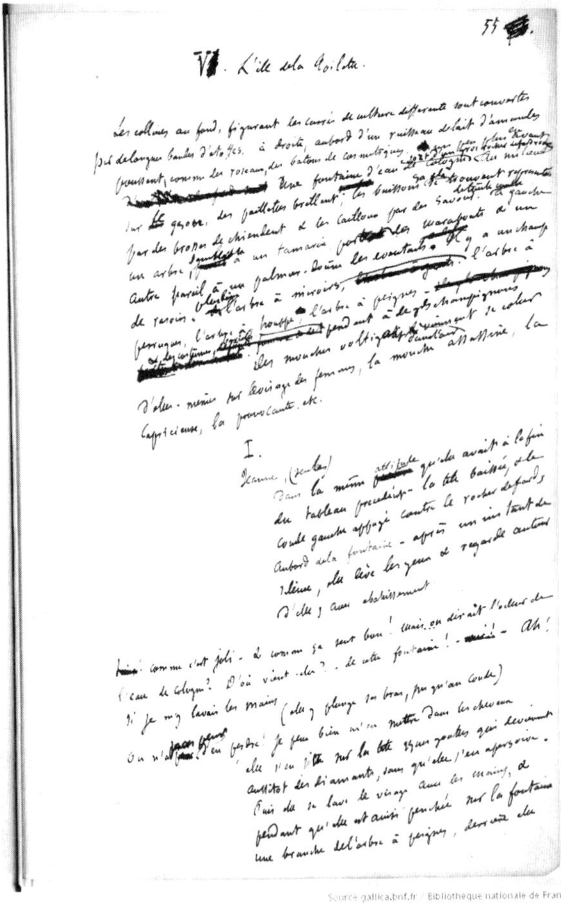

55頁　第Ⅴタブロー「身づくろいの島」冒頭。タブローの数字がⅥからⅤに変わっている。

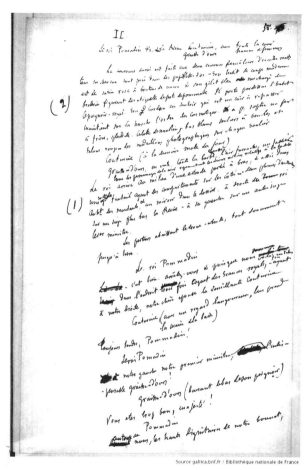

58頁　第Ⅴタブロー　第Ⅱ場の登場人物名が、BN草稿においては「クーチュラン王・クーチュリーヌ王妃」ではなく、「ポマダン王・クーチュリーヌ王妃」となっていた。

補遺

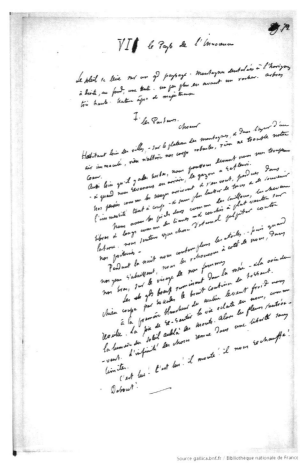

72頁　第VIタブロー「無垢の国」冒頭。『ラ・ヴィ・モデルヌ』版で、第5タブローに併合された部分。

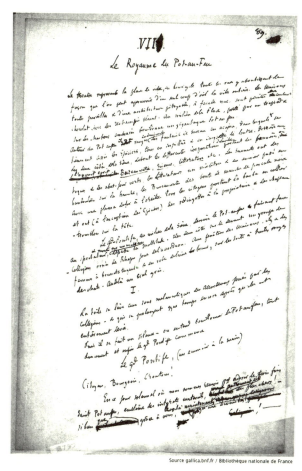

89頁　第VIIタブロー、『ラ・ヴィ・モデルヌ』版の第6タブロー「ポトフの王国」冒頭の半円形舞台の説明。

日本の読者に

ジャンヌ・ベム

　ギュスターヴ・フロベールは、つねに演劇に興味を抱いていた小説家である。彼の小説の多くの文章に浸透している「演劇性」に関して、これまで様々な研究が行われてきており、本書の訳者柏木加代子氏もまた長年にわたってその問題に取り組んでいる[1]。あまり知られていないが、小説家自身が戯曲を書いてもいる。全5巻のうち現在3巻が刊行されているプレイアド版フロベール全集の新版は、演劇のエクリチュールの試みを執筆年代別に編集している。日本人の読者が手にする柏木加代子訳『心の城』[2]は、1862年から1863年にかけて創作され、プレイアド版の第4巻に収められる予定だ。この作品はもちろん日本語に翻訳されてはいない。しかしフランスにおいても、じつはフロベールの作品の演劇的側面はほとんど知られていない。それに『心の城』は二流の演劇ジャンルとされる「夢幻劇」に属する。フロベールは夢幻劇を舞台で上演させることを熱望して、いろいろ努力したにもかかわらず、彼が生きている間には成功しなかった[3]。しかし少なくともそれを作品として出版する喜びは得ている。こうして『心の城』は、多くの挿絵をともなって、1880年の1月24日から5月8日にかけて、『ラ・ヴィ・モデルヌ』に連載された。胸揺さぶられることは、その最終号の刊行がフロベール臨終の日であったことである。

---

1) K. Kashiwagi, *La Théâtralité dans les deux « Éducation sentimentale »*, Tokyo, Éditions France Tosho, 1985 年参照。
2) この翻訳には『ラ・ヴィ・モデルヌ』連載の初刊（1880）を使用。
3) 彼はユーモラスにこの不必要な努力について語った。エミール・ベルジュラによる本書序文参照。『心の城』が舞台化されたのは最近のことで、パリ11区の「アトリエ・ピエール・ドボシュ」（1995年）とリヨン高等師範学校の「カントール劇場」（2011年）において上演された。

日本の読者に

　こうした事情を考えれば、フロベールのこのテクストを手にする読者は、驚いたり、失望さえするかも知れない。基本的に、演劇は読まれるためのものなのか、という問題がある。いくつものメディアが劇の上演に加わっていて、テクストは演し物全体を構成する1つの要素に過ぎない。フロベール自身、テクストしか与えることができないのを遺憾に思っていた。エミール・ベルジュラが「序文」で語っているように、フロベールは「夢幻劇は、グノーに音楽的な着想を与えるため、そしてすばらしい舞台装置をシセリに実現させるために、立案された！」と話したと言う。夢幻劇のジャンルは他の演し物より内容の乏しいテクストが適しているだけに、舞台装置の全体の統一ができなかったことはじつに惜しまれる。夢幻劇に必須なものは視覚である。すなわち「目の」[4]芸術なのだ。さらに『心の城』の読者にとって期待はずれとなる他の要因がある。夢幻劇は一連の厳密なコードにしたがうので、即興の劇作家としてのフロベールは、ある意味楽しんでそれらのコードを尊重したようだ。たしかに、彼の傍らには、2人の共同作者、劇場の支配人たちの期待をよく承知していた2人の友人がいた。だから、以下のようなかなりシンプルなあらすじが出来上がったのだ。純で、勇敢な若いヒーローが、「奪われた」人間たちの「心」を解放して、人間たちに返してやる。そして本物の愛が勝利を得ることになる。人間社会は金銭によって腐りきっている。サロンでは「悪」が、破廉恥なブルジョアたちの会話の中でむき出しにはびこる。とはいえ藁葺きの家では農民たちもまた劣らず貪欲だ。社会の「現実的(レアリスト)」な描出は、もう一方の世界、全く想像的なものと相対(あいたい)しており、それは観客の目の前で、善良な妖精と悪辣なグノームが魔法を行うことによって創造される。社会の風刺は、『ボヴァリー夫人』の作者として当然そうであるように陰鬱だが、妖精譚の不可思議と、きわめて保守的な道徳教義によってバランスがとれることが、あらかじめ予期されている。
　『心の城』をよりよく評価するには、すこし遡って、いくつかの問題提起

---

[4] クリステル・バイエ＝ポルト Christelle Bahier-Porte の書評：« Roxane Martin, *La Féerie romantique*, Champion, 2007 », *Féeries*, n°5, 2008, p. 165.

をしなければならない。フロベールの時代の、パリの演劇界において夢幻劇とは何だったのか？どうして小説家は夢幻劇を作ることに執着したのか？大衆演劇は彼にどんな魅力を発揮していたのか？『心の城』は、彼の野心的な2大作、書き終えたばかりの『サラムボー』と、書き始めようとしていた『感情教育』の間の単なる余談でしかなかったのか？いささか戸惑わせるこの文学作品は何か、そしてわれわれのフロベールについての知識に何をもたらすのか？

19世紀における夢幻劇とその起源

19世紀には、20世紀になって映画に行くように、人々は劇場によく行ったものだ。パリには多くの劇場があって、毎晩、あらゆる興味を満たしていた。戯曲が成功すると、作家はたちまち大金を稼ぐことができたが、劇場において興行の「失敗」は、成功よりもいっそう多かった。ここにフロベールにとって、付随的ではあるけれどなおざりにできない動機がある。つまり、芝居のために書くのは、彼にとって金もうけの仕事でもあった。夢幻劇の中で「ポトフの王国」を嘲弄していても、彼は書簡の中で手の切れるような札束がきたら拒まないだろうと認めている。おそらく、大衆的な娯楽の実現に乗りだし、傾向の似た一連の作品に近づくことに同意して、その方面でのすべてのチャンスに賭けようと彼は考えたのだ。

夢幻劇は、フロベールが同様に試みた他のジャンルであるパントマイムにそれほど遠いものではない。1847年から48年にかけて、彼は親友のルイ・ブイエとパントマイム『宮殿のピエロ』[5] (この作品も上演されることはなかった) を書き上げた。こうしたすべての大衆的な演し物—メロドラマ、ヴォードヴィル、夢幻劇、パントマイム—は、共通するところが多い。基本は常に善悪の二元論、善人対悪人だ。パントマイムは、絶対に言葉を使えないから、

---

5) 『宮殿のピエロ』の筋書きは、イヴァン・ルクレール Yvan Leclerc とギイ・サーニュ Guy Sagnes によって、Flaubert, *Œuvres complètes*, III, Bibliothèque de la Pléiade, Gallimard, 2013, pp. 1053-1058 に掲載。

日本の読者に

筋立てはとりわけ単純なものとなる。なぜなら、プロットは常に、役者たちの身体的言語と彼らの舞台上の動きによって、読まれなければならないからだ。他の演し物においては、卑近な言語と言葉遊びが重視されている。喜劇は笑劇や大衆劇とそれほど違わない。メロドラマは予期せぬ展開あるいは「どんでん返し」を好み、夢幻劇とパントマイムの魅力は、小道具や登場人物、舞台装置が、目の前でぱっと変化するところにある。観客は絶え間なく形を変える世界を見る。それは機械装置によって技術的に可能となったもので、劇場はそうした装置をどんどん備えつけていった。ヴォードヴィルと夢幻劇には軽い風刺歌謡が付き物で、パントマイムはバレエとサーカスに近い。

事実、これらのものはかつての宮廷の演劇から引き継いで、それが衰退した形なのだ。古典主義がバロック時代のヨーロッパの中心で発展したことを思い起こす必要がある。すべてマイナーな芸術はどこかバロック的である。宮廷の祝祭や儀式、建築や庭園の一部、内装、オペラやバレエ、そして、いくつかの文学様式など… ラ・フォンテーヌや彼の猥雑なコント集、あるいはフェヌロンの王子のために創作された冒険小説『テレマック』(1699) を考えてみよう。バロック様式の演劇の典型と言えば『町人貴族』(1670) だ。モリエールはそこで、笑劇（哲学教師は彼のライバルたちにひっぱたかれる）を含む、演劇のあらゆる形式を上演したが、舞踏や音楽による幕間の寸劇を伴った「喜劇―バレエ」、かの有名な「トルコ趣味」を作り上げた。フロベールは『宮殿のピエロ』でそれを思い出すことになる。モリエールは「彼のブルジョア」の愚直さを嘲笑し、パロディを使って不可思議なものとして扱う。それはすでに嘲弄への道を辿っているわけで、夢幻劇やパントマイムに再現されるのである。けれども他の作家たちは不可思議をきわめて真面目にとり扱う。シェイクスピアは『テンペスト』(1611) のなかで、魔法使いのプロスペロの力を彼の戯曲の本質的な要素のひとつにしている。「綺麗は道化、そして道化は綺麗」[6]と。3人の魔女たちが、不安な崩壊に見舞われる世界像に

---

[6] 2014年7月15日のフランス・キュルチュールの『ウィリアム・シェークスピア

向けて『マクベス』（1611）の幕を開く。バロック・オペラでは、しばしば不可思議の源泉は神話であり、観客は、訝しさのサスペンスを喜んで味わう。1712 年にロンドンで上演されたヘンデルの『テセオ』がある。新聞の広告には「ヘンデル氏作曲のオペラ『テセウス』は完璧に、すべての舞台装置、装飾、宙づりと機械仕掛けで上演される」[7]とある。『テセオ』のなかで、奇蹟を仕切るのは魔法使いのメデー。彼女は舞台を怪物で満ちた恐ろしい砂漠に変え、登場人物たちを眠りに陥らせ、さらには飛翔するドラゴンに曳かせた車に乗って逃げ去る前に、魔法の宮殿を出現させる。一方、ミネルバが本物の「dea ex machina（機械仕掛けで登場する女神）」として、裏天井から下りて来る。

　こうしたスペクタクルを作り出すには、ひと劇団丸ごと必要となる。モリエールの『プシシェ』はその何とすばらしい例だろう。この劇（喜劇か？悲劇か？バレエか？オペラか？）は、ルイ 14 世の前で 1671 年 1 月にパリで上演された。カーニヴァルが近づいていて、王の注文は堰を切ったようになり、モリエールは急がなければならなかった。作曲家（リュリ）や振り付け師、衣装係、舞台装飾＝装置家（イタリヤ人）に加えて、彼は台本の一部を共同制作者に下請けに出した。キノーがアリアの台詞を書き、コルネーユが台詞に韻をつけた。というのも、モリエールはそれらを散文で書く時間しかなかったからだ！

　フロベールが彼の『心の城』のために共同制作者と組んだのは、それほど驚くにはあたるまい。彼はいつも「4 つの手」で書くことを好んでいて、マキシム・デュ・カンとともにブルターニュ地方での旅行記、『野を越え、磯を越えて』（1847）を書いた。演劇のために書きたいと思った時、彼は専門の劇作家であるブイエの力量を利用しようとした。そのうえ戯曲の脚本には語り手はいない、したがって作家の観念は薄くなる。夢幻劇のような符号化

　　を探して』のインタビューの中で、アンドレ・マルコヴィエス André Markowicz はこの台詞《 Fair is foul, and foul is fair 》を、「明るいは黒、黒は明るい」と訳している。

7)　2014 年 7 月 4・5・6 日に行なった第 32 回ボーヌ Beaune のバロック・オペラ国際フェスティバルのプログラム p. 13 に引用。

213

されたジャンルの場合、是非にも個人の技量をそこにつけようと気遣うようなことはない。逆に、フロベールと彼が冒険に巻き込んだブイエとシャルル・ドスモア[8]の2人の友人は、1862年の1年間にわたって、一連の手本となる作品群に分け入り、その中には、よく知られたおとぎ話選集(『妖精の宝庫』)と、1806年と1862年の間にフランスの劇場で上演された27の夢幻劇のコレクションがあった。創作より模倣という形で、3人の作家たちはノートをとり、集って、意見を交わす。きわめて活動的なブイエは筋立ての草案を書いた[9]。この時点で、原稿はすでに一度はパリのある劇場にゆだねられたが、不首尾に終わった。そのことで彼らは別に落胆もせず、相変わらず3人で、1863年の6月から12月まで執筆を続けたのだ。

視覚過剰と言語過剰の折衷案としての夢幻劇

どうして『心の城』はその後、パリの演劇界から繰り返し拒絶されたのか？先に述べたとおり、フロベールの夢幻劇は型通りで、順応主義でもある。しかしまさにそのために、他のどんな夢幻劇と同様、受け入れられ、演じられるはずだった。それと比べて、フロベールとブイエの『宮殿のピエロ』を舞台にかけようとして失敗したことを説明するのはより簡単だ。このパント

---

8) フロベールが政治家で詩人、そして演劇愛好家シャルル・ドスモア伯爵 le comte Charles d'Osmoy (1827-1894) と出会ったのは、ブイエ Bouilhet を介してである。後になって、ブイエの死後、フロベールはパリで、彼の戯曲『アイセ嬢』 Mademoiselle Aïssé を遺作として上演する為に全エネルギーを使って(戯曲は実際オデオン座で1872年1月に上演されることになった)、演劇界に権力を行使していたドスモアに呼びかけることになる。

9) 3人共作の手書き草稿は残っている。自筆の原稿は国立図書館 (N.a.fr. 15810) に保管されている。したがって『心の城』を総括し、最終テクストに対して責任を負っているのは、フロベールだけである。ルアン市立図書館は、下書きの草稿 (ms. g 267 1-2) と準備段階を含む書類2件 (ms. g 339 と ms. g 340) を収蔵している。マーシャル C・オールズ Marshall C. Olds は、これら2件の書類上の筆跡照合を示している。時には、これらの帰属は推測の域でしかないが、いくつかの断片を確信をもって、これに帰することが可能である。*Au Pays des perroquets. Féerie théâtrale et narration chez Flaubert*, Atlanta/ Amsterdam, Éditons Rodopi, 2001年, pp. 193-199 参照。

マイムを作成しながら、2人の友人はあたかも規律を守らぬコレージュの生徒のように振る舞った。このジャンルが、無言を課すのを良いことに、彼らは欲動に手綱を解き放ち、慎みの枠を超えてしまった。パントマイムの進行につれて、ますますピエロは「ユビュ王のような」[10]暴君、すなわちグロテスクな人物となるサディスティックな専制君主のスケールに達する。ピエロは、青年フロベールと彼の友人たちが創造した神話的な操り人形「ギャルソン」のひとつの化身と言えよう。『宮殿のピエロ』の中には、一種の先駆的「ダダ」の才が見え、雑誌『文学』のために仕事をしていたフィリップ・ダジャンがピカビアの図画的な企てについて「刊行されなかった表紙（つまりアンドレ・ブルトンが差し止めたのだ！）はグロテスクや冒瀆、猥褻そして嘲弄を極端にまで押し進めるもの」[11]と書いたことを、この演劇企図に適応することができるだろう。もう1人突拍子もない画家が思い浮かぶ。マグリットだ。彼もまた短い「牝牛の時代」[12]に、ずいぶん先にまで行ってしまった。

演劇のために書かれた作品の中で、言語の部分と、造形と視覚による所産の部分とを統御する不安定な均衡について考えることにしよう。フロベールはこの問題に敏感であった。戯曲家として正当に認められておらず、知られてもいない彼は、少なくとも様々な実験を自由にできた。その実験の扇の幅をいっぱい開いて、一方の端には学習に適するパントマイムがある。なぜならそれは「筋書」における言葉の部分をすべて抑え込むからだ。しかしイヴァン・ルクレール[13]がいみじくも指摘するように、筋の言葉は消去される運命にある。言葉は舞台上の事件の展開を作り出すことしかせず、その事件に活躍の場を譲る。フロベールにとって —それを繰り返して言う必要があ

---

10) イヴァン・ルクレールの解説、Flaubert, *Œuvres complètes*, III, p. 1055.
11) フランシス・ピカビアのこの画像は1922年作。ブルトンが出版されなかった表紙を保管していたことは注目に値する。Ph. Dagen, « Picabia et Breton, le duo qui scandalisa la France », *Le Monde*, 2014年7月12日付け参照。
12) パリでの1947年から1948年の間。《ストロピア》 *Le Stropiat*（1947）のような絵画は、ルネ・マグリット René Magritte のいつもの仕上げにこった特徴はすでになく、シュールレアリストに至るまでショックを与えるのである。
13) 解説, *op. cit.*, p. 1055.

ろうか？── 言葉はそれが含むイメージを持っている。作家がおとぎ話や夢幻劇についての読書ノートをとる時には、こういった細かなことに引かれる。すなわち「ベッドは箪笥 commode に変わる。登場人物が＜私はもっと便利 commode なもの、全くもって便利 commode なものが欲しい＞と言ったのだから」[14]。

観客の目の前で、言葉を物質的現実に変容させるパントマイムに対するものとして、『聖アントワーヌの誘惑』[15]があろう。ここでは逆に、言葉だけが存在する。フロベールの『聖アントワーヌの誘惑』がどのジャンルに属するのか、誰も定義するのに成功していない。最も興味深い見解はイヴ・ヴァデのもので、それは「オラトリオ」[16]（とりわけコンサートにおいてのみ行われる演技を伴わないオペラについて使われる用語）だという。フロベールは『聖アントワーヌの誘惑』が劇場で上演され得るとは思ってもいず、彼が望んだすべて、それは作品を出版すること[17]だった。テクストは、脚本のト書に囲まれた会話として構成されている。舞台、もし舞台があるとすれば、ここでは純粋に精神的なもので、読者の想像の中にしか存在しない。その舞台の上には、人物はたった１人、砂漠の隠遁生活者である修道僧アントワーヌしかいない。というのも彼のもとを訪れる他のすべての人物たちは、いっそう二次的な度合、つまりアントワーヌの想像の中にしか存在しない。修道僧は、視覚的な幻覚症状、宗教上の言葉を使えば、「見神」、「誘惑」に囚われて、いろいろの声を聞く。想像の産物を包摂にすることによって、上演という物理

---

14) M. C. Olds はこれらのメモを入手した。*Au Pays des perroquets*, p. 205-209 参照（この引用は p. 207）。フロベールはこの詳細を奇妙にも「メタファー」と表題をつけた項目に整理している。極限においては、すべての単語はメタファー、つまり輸送機関である。すべての単語は、それが最初示していたと思われる意味とは別の意味の方に我々を連れて行く。

15) 初稿（1849）は、ジゼール・セジャンジェ Gisèle Séginger 監修で、Flaubert, *Œuvres complètes*, II, Bibliothèque de la Pléiade, Gallimard, 2013 に掲載。

16) Y. Vadé, « Prose des voix : l'oratorio littéraire », dans J.-N. Illouz et J. Neefs, éd., *Crise de prose*, Presses Universitaires de Vincennes, 2002, p. 103.

17) 1874 年の決定稿で成就した。

的諸条件から解放されたフロベールは、大きな詩的密度のあるテクストを書いて、読者に、言葉と文章の力だけで、奇想天外な心的見世物[18]を「見る」べきものとして、与えるのだ。

夢幻劇については、パントマイムとオラトリオの間、つまり純視覚と純言語への中間に位置づけられるだろう。『心の城』はフロベールの控え目な精神と、凡庸への隠された欲望をも示している。彼がこの計画を練り上げている時期は、『サラムボー』の最後の頁を執筆し、訂正しているところだった。じっさい、厳しい創作に没頭した数年間を経て、─おそらくやっとのことだったはずで、書簡が彼の疲労を語っている─彼は身を起す。カルタゴの小説においても同様に、彼は言葉の力だけで１つの世界、つまりほとんど足跡を残すことなく消え去った内在的な想像の世界を創造したばかりだった。フロベールの時代には、考古学の研究はほとんど進んでおらず、彼自身、彼の計画がよりどころとしていた指向的な「空虚」を恐れていた[19]。「本当の」カルタゴは姿を消したが、小説家によって想像された世界はその欲動の激しさと視覚的かつ造形的存在によって読者に印象づける。演劇性はフロベールの小説の中にまさに宿っていて、『サラムボー』はそれを証明するものだ。この小説は1863年からロシア語に翻訳され、若い作曲家ムソルグスキーの目に留まり、彼はすぐさまそのオペラ化に着手した[20]。それはフロベールの関知しないところで、もちろん彼の知らない間に行われた。しかしパリにお

---

18) 何十年か後なら、フロベールは『誘惑』のために、すでに準備されつつあった新しいメディア「映画」を使ったことだろう。彼にはフェリーニ Fellini、あるいはジェムズ・カメロン James Cameron あるいはテランス・マリック Terrence Malick のような素質があった。夢幻劇については、日本のアニメーションの大家の方を見なければならないだろう。

19) Yvan Leclerc et Gisèle Séginger, Notice de *Salammbô*, Flaubert, *Œuvres complètes*, III, p. 1208 参照。1862年から1863年にかけての年度は、小説の受容と、この「考古学─虚構」がかき立てる論争の年でもある。

20) ムソルグスキー（Moussorgski, 1839-1881）はこのオペラを『リビア人』*Le Libyen* と名付けただろう。1866年まで仕事をし、未完成のままで残したが、その部分稿を彼は『ボリス・ゴドゥノフ』*Boris Godounov* で再利用した。

いても、同じ 1863 年に、ブールヴァール演劇の 2 人の作家たちが『サラムボー』から、一種のパロディー的ミュージカル『フォランボー』を創作し、それはパレ・ロワイヤル劇場の素晴らしい夕べを演出した。

『聖アントワーヌの誘惑』と『サラムボー』のような主要な作品の中に包み込まれていたあらゆる想像上の活動を制御しつつ減速する時期にあったのだろう。極東に対する極めて強い興味、『幻想の図書館』[21]から出た東洋への際立った心理的抑制から自分を解き放そうとして、フロベールは、しばらく休んでいる間、バラ叢書[22]から出た、よりずっと煌めきの少ない不可思議に思いを凝らしていたのだろうか。何れにしても、夢幻劇は演劇を手の届く距離に近づける。詩＝オラトリオあるいは小説に対する夢幻劇の利点は、もしそれが受け入れられ、上演されれば、例の舞台装置を作動させることである。劇場には、機械の仕掛けがあって、それらは夢幻劇を待っている。視覚的な芸術家であるフロベールは、仕掛けと特別な効果を好んだ。夢幻劇を上演するときには、それらを活動させるために多くの譲歩をするつもりだった。

フロベールの譲歩

その譲歩は、「危険な森」と題された第 8 タブローのなかにひとつある。若い主人公の召使いであるドミニクは第 1 場の終わりに木に変身させられる。その出来事を起こさせるのは、長いト書で「彼は駆け出す、しかし彼の脚はすばやく樹皮の中に捉われ、その樹皮は身体に沿って上がってくる。彼の腕の高さに至って、樹皮は葉の茂った枝に広がる、頭はもとの状態」とある。特殊な効果で、観客の驚嘆は保証つきだ。ドミニクは今やプラムの木に変容する。続く場面はプラムとなったドミニクと、他のもの言う木々との間

---

21)『幻想の図書館』*La Bibliothèque fantastique* は、ミシェル・フーコー Michel Foucault が、1967 年 3 月（バローによって決定稿がオデオン座において上演された時）、les *Cahiers de la Compagnie Renaud-Barrault* の中に掲載した『聖アントワーヌの誘惑』についての彼の論考に与えたタイトルである。

22) 1856 年からアシエット社から出版された 6 歳から 12 歳の読者を想定した叢書。現在も続いている。（訳者注）

で交わされる問答だ。

そこで、準備段階の読書をしていた時のフロベールが書いたノートの抜粋と対比すると、いささか驚かされる。

足跡の消えた森。動く木々。すべての木々は人間の頭をしている、樫、ブナ、女たちによって表現される 20 本ほどの若い灌木。
［フロベールのメモ］下らぬ[23]。

1862 年の準備段階においてのこのような否定的な判断についてどう考えたらいいだろう？とりわけ 1863 年の急変についてどう考えよう？　その時、フロベールとブイエそしてドスモアが、森の場面を想像し、仕上げようとしていたのだ。

まったく同じように謎なのは、フロベールと、第 8 タブロー第 2 場に興を添えるシャンソンの関係である。『心の城』において、このシャンソンのタイトルは「木々の中のそよ風のコーラス」だった。これらの節の作者はブイエ自身であることが確認される。また、この詩の価値が疑われたことも知られている。フロベールは、彼のもう 1 人の友人マクシム・デュ・カンからこの問題について 1870 年以来注意を受けていた。この時期、ブイエは亡くなったところだった。彼を偲んで、デュ・カンとフロベールは、彼の詩集の死後出版を準備していた。その詩集は 1872 年 1 月に『最後の歌』のタイトルで刊行されることになる。フロベールが序文を書き、デュ・カンはブイエの草稿に目を通す。その時彼はフロベールに「(中略) 駄作で、妙にもったいぶっていると思われる 4 編を削除したい。1 番目は「鳥のジェルトリュード」、2 番目は「そよ風の歌」、3 番目は「蠅の歌」、4 番目は「最初の皺」」[24]と書いた。ここでもまた、正面きっての反論はまことに厳しい。1879 年秋

---

23) M. C. Olds, *Au Pays des perroquets*, p. 208 に引用、転写。
24) 1870 年 4 月 4 日付けの書簡，Flaubert, *Correspondance*, IV, éd. Jean Bruneau, Bibliothèque de la Pléiade, Gallimard, 1998, p. 1012 に転載。

になって、フロベールは『心の城』の雑誌への刊行を準備していた。ここで夢幻劇へのブイエの歌謡の挿入がきわめて重要となる。フロベールは、『ラ・ヴィ・モデルヌ』の版元ジョルジュ・シャルパンチエ宛てに（1879年10月28日に「『心の城』は何時でるのですか？『そよ風の歌』を忘れないように」と書き）、そして、エミール・ベルジュラにも同じことを念押ししている。さらにベルジュラは彼の「序文」で、「私の音楽的な場面はどうですか？」と作家が音楽に関して執拗に問うたと語っているが、彼はフロベールに（2人は存在しないことが分かっている上演作について話すふりをしているのだから、冗談として）作曲家グノーの協力を約束した。フロベールは「彼に『そよ風のコーラス』を推薦してくれたまえ、傑作だ！ブイエの作だよ」と友人の詩の肩をもつ発言をしている。

美術書

「けっして、私の生きている限り、私のものに挿絵は入れさせません。なぜならきわめて美しい文学描写がきわめて凡庸なデッサンで食い破られているからです」と、フロベールは1862年6月12日友人[25]宛てに書き、さらにその手紙の最後に「私は挿絵については頑として折れることはない」と釘をさしている。フロベールのすべての読者は、小説の挿絵版に課せられた禁止事項を知っている。したがって、われわれにとって『心の城』は、完全な方向転換であり、明らかな矛盾である。しかし実際は、そこには、ある意味、筋が通っている。まず夢幻劇は小説ではない、だから禁止事項は外される。また演劇は文学ではない。それはまた独自の全き芸術であると同時に、また例えば音楽とか、照明とか音響とかといった、さまざまな構成要素の中に文学を含む混合媒体の芸術である。3人の著者は最初から、このような見解で『心の城』を作ったし、彼らが作曲家や舞台装置家たちの「ために仕事をし

---

25) 文通相手は、友人ジュール・デュプラン Jules Duplan の兄弟で、公証人エルネスト・デュプラン Ernest Duplan である。フロベールはミシェル・レヴィと『サラムボー』の出版をめぐって紛争となり、公証人として彼が仲裁の役割を果たした。

たのだ」とフロベールははっきりとベルジュラに言っている。1879 年になっても、フロベールは彼の夢幻劇が上演されていないことをあきたらず思っているのだ！　作家と雑誌の編集者とのやり取りを読んでいると、フロベールにベルジュラが夢幻劇として上演できないその代わりに、冗談半分に自分の週刊誌の紙面を提供しようとした時、どのように彼がフロベールを説得したかが分かる。ベルジュラがグノーの音楽をフロベールに約束するのはすで見たところだ！「だから、これがあなたの舞台装置なんです。シャトレ劇場やポルト＝サン＝マルタン劇場の舞台装置と同じ、それ以上でも以下でもありません」と、彼がフロベールに最高の舞台装置家に話を持ちかけることを約束するのは、より現実的なやり方と言える。約束は現実的なものだ。なぜなら舞台装置の下絵はグラフィック・アートであり、挿絵入り週刊誌の紙面で、版画によって再現され得る。そこにはフロベールの裡にある視覚芸術家の心を鎮める何かがある。19 世紀は挿絵入り定期刊行物の初期の黄金時代であった[26]。1879 年には、『ラ・ヴィ・モデルヌ』がジョルジュ・シャルパンチエによって創刊されたところだった。彼は、フロベール、ゾラと自然主義作家たちの版元であり、印象派と前衛芸術の理解者であった。しかし彼の雑誌は大胆だという評判にあたらない。節度を守ったままでいたのだ。『ラ・ヴィ・モデルヌ』で、シャルパンチエは、不快感を与えずに[27]、楽しませようと欲したブルジョア層の幅広い多くの読者を対象とする。そこで『心の城』の挿絵のスタイルに見られるある種の折衷主義が出てくる。フロベール自身の姪で、周知のとおりデッサンや絵を描いていたコマンヴィル夫

---

26) 挿絵入り印刷の流行は、木版画の復活によって、イギリスで始まった。フランスにおいては『イリュストラシオン』*L'Illustration* が 1848 年から時事を写すイメージを専門として活用、『ル・モンド・イリュストレ』*Le Monde illustré* は 1857 年から写真を専門とした。写真の画像は木版画に彫られるために描き直された。ジャン＝ピエール・バコ Jean-Pierre Bacot, *La presse illustrée du XIXe siècle : une histoire oubliée*, Presses Universitaires de Limoges, 2005 参照。

27) ジョルジュ・シャルパンティエ Georges Charpentier については、ヴィルジニ・セルピュイ Virginie Serrepuy の *Éditeur de romans, roman d'un éditeur* – theses. enc. sorbonne.fr/ 2005/ serrepuy 参照。

日本の読者に

　人の貢献は別にしても、頁いっぱいに再現された舞台装置のロマン主義的で伝統的な特徴と、夢幻劇の登場人物たちのポートレートの、適度に戯画的な側面に気が付くだろう。版画の協力者が幾人いようとも、はっきりと様式が統一されていて、それは、『心の城』の連続する配本を重ねるにつれて目に見えるようになる。

　日本の読者は、1冊の書物に集められたすべての頁を収めた本物の美術書を見出す幸運に恵まれた。『心の城』は、ルイス・キャロルの『不思議の国のアリス』がジョン・テニエル伯爵の版画なしでは考えれないのと同じように、『ラ・ヴィ・モデルヌ』の共同制作者たちの版画から、もはや切り離されることはない。

（ラ・サール大学名誉教授）

Pour le Lecteur japonais

Gustave Flaubert est un romancier qui s'est toujours intéressé au théâtre. Des recherches ont été menées sur la « théâtralité » qui imprègne nombre de passages dans ses romans – recherches auxquelles Kayoko Kashiwagi elle-même contribue depuis longtemps[1]. Ce qu'on sait moins, c'est que le romancier a aussi écrit pour le théâtre. La nouvelle édition des *Œuvres complètes* de Flaubert dans la Pléiade, dont trois volumes sur cinq sont maintenant parus, publie dans l'ordre chronologique ses tentatives d'écriture dramatique. Le *Château des Cœurs*, que le public japonais découvre ici dans la traduction de Kayoko Kashiwagi[2], a été composé en 1862-1863 : il fera partie du tome IV des *Œuvres complètes*. C'est évidemment un inédit en japonais. Mais même en France, le versant théâtral de l'œuvre de Flaubert est peu connu. À cela s'ajoute que *Le Château des Cœurs* relève d'un genre théâtral mineur : la « féerie ». Flaubert espérait beaucoup faire jouer sa féerie sur une scène, mais malgré ses efforts, il n'y réussit pas de son vivant[3]. Il eut cependant le plaisir d'en publier au moins le texte. C'est ainsi que *Le Château des Cœurs*, accompagné de nombreuses illustrations, parut en feuilleton dans *La Vie Moderne*, entre le 24 janvier et le 8 mai 1880. Détail émouvant, la dernière livraison était datée du jour de la mort de Flaubert.

Ce cadre posé, il reste que le lecteur pourrait être surpris et même déçu en découvrant ce texte de Flaubert. À la base, il y a cette question : le théâtre est-il fait pour être lu ? Plusieurs médias sont associés dans une représentation théâtrale, et le texte n'est qu' une des composantes d'un spectacle global. Flaubert lui-même regrette de ne pouvoir donner que le texte. Comme le rapporte Émile Bergerat dans son Introduction, l'écrivain lui a dit que « la féerie avait été taillée de façon à offrir des situations

---

1) Voir K. Kashiwagi, *La Théâtralité dans les deux « Éducation sentimentale »*, Tokyo, Éditions France Tosho, 1985.

2) K. Kashiwagi utilise pour sa traduction le texte de la première publication (1880).

3) Il a raconté ces efforts inutiles avec humour : voir ici même, l'Introduction d'Émile Bergerat. Ce n'est que récemment que *Le Château des Cœurs* a été porté à la scène : en 1995 à l'Atelier Pierre Debauche, Paris 11ᵉ ; en 2011 au Théâtre Kantor, Ecole Normale Supérieure de Lyon.

musicales à un Gounod et des motifs de décors admirables à un Cicéri ». Être privé de l'ensemble de la scénographie est d'autant plus regrettable que le genre de la féerie s'accommode d'un texte plus pauvre que les autres spectacles. L'essentiel de la féerie est dans le visuel: c'est un art « oculaire »[4]. Il pourrait y avoir un autre motif de déception pour le lecteur du *Château des Cœurs*: la féerie obéit à un ensemble de codes stricts, et Flaubert, dramaturge improvisé, semble les avoir respectés avec une certaine complaisance. Il est vrai qu'il s'était entouré de deux collaborateurs, deux amis qui connaissaient bien les attentes des directeurs de théâtre. De là le côté assez simpliste du canevas: un jeune héros pur et vaillant doit aller délivrer et rapporter les « cœurs » des hommes, qui ont été « volés », et l'amour sincère doit triompher. Le monde des hommes est pourri par l'argent. Dans les salons, le Mal s'étale sans fard dans les discours des bourgeois cyniques. Mais dans la chaumière, les paysans ne sont pas moins rapaces. Cette évocation « réaliste » de la société a pour vis-à-vis un autre monde, purement imaginaire celui-là, qui est créé au fur et à mesure sous les yeux des spectateurs par les opérations magiques de bonnes fées et de méchants gnomes. La satire sociale est noire, comme il se doit chez l'auteur de *Madame Bovary*, mais il est prévu qu'elle sera rachetée par un merveilleux de conte de fées et par une leçon morale des plus conformistes. Pour mieux apprécier *Le Château des Cœurs*, il faut prendre du recul et poser quelques questions. Qu'est-ce que c'était que la féerie, sur les théâtres parisiens, du temps de Flaubert? Pourquoi le romancier avait-il tenu à composer une féerie? Quelle séduction le théâtre populaire pouvait-il exercer sur lui? Est-ce que *Le Château des Cœurs* n'a été qu'une simple parenthèse entre deux grands romans ambitieux, *Salammbô* qu'il venait de terminer, et *L'Éducation sentimentale* qu'il s'apprêtait à commencer à écrire? Qu'est-ce donc que cet objet littéraire un peu déconcertant et qu'apporte-t-il à notre connaissance de Flaubert?

---

4) Christelle Bahier-Porte, compte rendu de « Roxane Martin, *La Féerie romantique*, Champion, 2007 », *Féeries*, n°5, 2008, p. 165.

La féerie au XIXe siècle et ses origines

Au XIXe siècle, on allait au théâtre un peu comme on irait plus tard, au XXe siècle, au cinéma. Il y avait une multitude de théâtres à Paris, et tous les soirs il y en avait pour tous les goûts. Quand la pièce avait du succès, l'auteur pouvait gagner rapidement une somme d'argent conséquente, mais au théâtre les « fours » étaient plus nombreux que les succès. Nous avons là, concernant Flaubert, une motivation accessoire mais non négligeable : écrire pour le théâtre pouvait être pour lui un travail alimentaire. S'il se moque dans sa féerie du « Royaume du Pot-au-Feu », il reconnaît dans ses lettres qu'il ne refuserait pas une arrivée d'argent frais. Il pense peut-être mettre toutes les chances de son côté en se lançant dans la réalisation de divertissements populaires et en consentant à se rapprocher d'une production sérielle.

La féerie n'est pas loin de la pantomime, un autre genre auquel Flaubert s'est aussi essayé. En 1847-1848, il a composé avec son ami intime Louis Bouilhet la pantomime *Pierrot au sérail*[5] (qu'il n'a pas non plus réussi faire jouer). Tous ces spectacles populaires – le mélodrame, le vaudeville, la féerie, la pantomime – ont beaucoup en commun. Le principe est toujours manichéen, ce sont les bons contre les méchants. La pantomime, étant strictement privée de parole, a une intrigue particulièrement rudimentaire, car l'action doit rester constamment lisible à travers le langage corporel des mimes et leurs jeux de scène. Dans les autres spectacles, sont privilégiés le langage familier et les jeux de mots. Le comique n'est jamais loin de la farce et du théâtre de foire. Le mélodrame aime les retournements inattendus ou « coups de théâtre », le charme de la féerie et de la pantomime repose sur les transformations à vue des accessoires, des personnages et des décors. Le spectateur regarde un monde en perpétuelle métamorphose, ce qui est rendu techniquement possible grâce aux machines, dont les théâtres sont de plus en plus équipés. Le vaudeville et la féerie comportent des couplets chantés, tandis que la pantomime est proche du ballet et du cirque.

En fait nous avons là des formes déchues héritées de l'ancien théâtre de cour.

---

[5] L'argument de *Pierrot au sérail* a été publié par Yvan Leclerc et Guy Sagnes dans Flaubert, *Œuvres complètes*, III, Bibliothèque de la Pléiade, Gallimard, 2013.

Il faut se souvenir que le classicisme s'est développé au sein d'une Europe baroque. Était baroque par quelque côté tout ce qui relevait des arts mineurs : les fêtes de cour et les cérémonies, une partie de l'architecture et des jardins, la décoration intérieure, les opéras et les ballets, et même certaines formes littéraires... Pensons à La Fontaine et à ses contes libertins, ou encore au *Télémaque* (1699) de Fénelon, un roman d'aventures composé pour un enfant royal. Un exemple de pièce de théâtre baroque ? *Le Bourgeois gentilhomme* (1670). Molière y joue sur tous les registres, y compris la farce (le Maître de philosophie se fait tabasser par ses rivaux), et il compose une « comédie-ballet » avec des intermèdes dansés et chantés, les fameuses « turqueries », dont Flaubert se souviendra dans sa pantomime *Pierrot au sérail*. Molière raille la crédulité de son Bourgeois et traite le merveilleux de façon parodique : on est déjà sur la voie de la dérision, qu'on retrouvera dans la féerie et dans la pantomime. Mais d'autres auteurs prennent le merveilleux très au sérieux. Shakespeare, dans *The Tempest* (1611), fait des pouvoirs du magicien Prospero une des données essentielles de sa pièce. « Fair is foul, and foul is fair »[6] : les trois sorcières ouvrent *Macbeth* (1611) sur la vision d'un monde sujet à des renversements inquiétants. Dans les opéras baroques, c'est souvent la mythologie qui est à la source du merveilleux, et les spectateurs pratiquent volontiers la suspension d'incrédulité. Voici *Teseo*, un opéra que Haendel donne à Londres en 1712. Une gazette annonce : « L'opéra de *Theseus* composé par Mr Haendel sera représenté dans sa perfection, c'est-à-dire avec tous les décors, ornements, vols et machines. »[7] Dans *Teseo*, c'est la magicienne Médée qui préside aux prodiges. Elle change la scène en un désert affreux plein de monstres, elle plonge des protagonistes dans le sommeil, puis elle fait surgir un palais enchanté, avant de s'enfuir sur un char tiré par des dragons volants, tandis que Minerve descend des cintres, en véritable *dea ex machina*.

Pour produire ce genre de spectacle, il faut toute une équipe. Quel meilleur exemple que celui de la *Psyché* de Molière ? Cette pièce (comédie ?

---

6) André Markowicz traduit : « Le clair est noir, et le noir est clair ». Interview dans l'émission *Looking for William Shakespeare*, France Culture, 15 juillet 2014.

7) Cité dans le Programme du 32ᵉ Festival international d'opéra baroque de Beaune, 4-5-6 juillet 2014, p. 13.

tragédie ? ballet ? opéra ?) fut donnée à Paris devant Louis XIV en janvier 1671. Le Carnaval approchait, la commande royale était pressante, et Molière dut faire vite. En plus du compositeur pour la musique (Lully), du chorégraphe, du costumier et du décorateur-machiniste (un Italien), il sous-traita à des collaborateurs une partie du travail sur le livret. Quinault rédigea les paroles des airs chantés et Corneille versifia les dialogues, car Molière n'avait eu que le temps de les rédiger en prose !

Il n'apparaît plus aussi étonnant que Flaubert ait pris des collaborateurs pour son *Château des Cœurs*. Il avait toujours aimé écrire « à quatre mains » et il l'avait fait avec Maxime Du Camp pour *Par les champs et par les grèves* (1847), le récit de leur voyage en Bretagne. Quand il voulait écrire pour le théâtre, il profitait de la compétence de Bouilhet qui était un dramaturge professionnel. D'ailleurs, il n'y a pas de narrateur dans un texte de théâtre, et ainsi la notion d'auteur se dilue. Quand on a affaire à un genre aussi codifié que la féerie, on ne va pas s'embarrasser d'essayer à tout prix d'y mettre sa patte personnelle. Au contraire, Flaubert et les deux amis qu'il embarque dans l'aventure, Bouilhet et Charles d'Osmoy[8], se pénètrent longuement au cours de l'année 1862 de toute une série de modèles, dont un célèbre recueil de contes de fées (*Le Cabinet des fées*) et une collection de vingt-sept féeries données sur les théâtres français entre 1806 et 1862. Les trois auteurs, qui sont plus dans l'imitation que dans l'invention, prennent des notes, se rencontrent, échangent. Bouilhet très actif ébauche le plan de l'intrigue[9]. À

---

[8] C'est par Bouilhet que Flaubert a rencontré le comte Charles d'Osmoy (1827-1894), homme politique, poète et passionné de théâtre. Plus tard, après la mort de Bouilhet, quand Flaubert, à Paris, mettra toute son énergie à faire jouer de façon posthume une pièce de son ami, *Mademoiselle Aïssé* (elle sera effectivement donnée à l'Odéon en janvier 1872), il fera appel à l'autorité exercée par d'Osmoy sur le milieu des théâtres.

[9] Il reste des traces manuscrites de cette composition à trois. Le manuscrit autographe est conservé à la Bibliothèque nationale (N.a.fr. 15810). Donc c'est Flaubert seul qui a fait la synthèse et qui est responsable du texte final du *Château des Cœurs*. La Bibliothèque municipale de Rouen possède un manuscrit de brouillons (ms. g 267 1-2) et deux dossiers contenant des états préparatoires (ms. g 339 et ms. g 340). Marshall C. Olds a proposé des identifications d'écriture sur les feuillets de ces deux dossiers. Parfois ces attributions ne sont qu'hypothétiques, mais il est possible d'attribuer avec certitude certains segments à tel ou tel. Voir *Au Pays des perroquets. Féerie théâtrale et narration chez Flaubert*, Atlanta/

ce stade, le projet est déjà soumis une première fois à un théâtre parisien, sans succès. Cela ne les décourage pas, et la rédaction, toujours à trois, se fait entre juin et décembre 1863.

La féerie comme moyen terme entre l'excès de visuel et l'excès de verbal

Pourquoi ce *Château des Cœurs* a-t-il par la suite essuyé des refus répétés de la part des théâtres parisiens? J'ai évoqué ce que la féerie de Flaubert présentait de conforme et même de conformiste: mais justement pour cette raison, elle aurait dû être acceptée et jouée comme n'importe quelle autre féerie. Par comparaison, il est plus facile d'expliquer l'échec de Flaubert et de Bouilhet à placer au théâtre *Pierrot au sérail*. C'est qu'en composant cette pantomime, les deux amis s'étaient laissés aller à une véritable expérience de potaches. À l'abri du mutisme imposé à ce genre, ils avaient lâché la bride aux pulsions et dépassé les bornes de la décence. Plus la pantomime avance, plus Pierrot prend les proportions d'un tyran « ubuesque »[10], d'un despote sadien qui tourne au personnage grotesque. Pierrot est une possible incarnation du « Garçon », ce pantin mythique inventé par Flaubert adolescent et ses amis. Il y a une sorte de génie « dada » avant la lettre dans ce *Pierrot au sérail*, et l'on pourrait appliquer à ce projet théâtral ce que Philippe Dagen écrit des projets graphiques de Picabia quand celui-ci travaillait pour la revue *Littérature*: « Les couvertures non publiées [*donc censurées par André Breton!*] poussent le grotesque, le sacrilège, l'obscène et le dérisoire jusqu'à l'extrême. »[11] Un autre peintre de l'incongru vient à l'esprit: Magritte, qui lui aussi est allé très loin pendant sa courte période « vache »[12].
On peut réfléchir à l'équilibre instable qui régit, dans les œuvres écrites pour

---

Amsterdam, Éditons Rodopi, 2001, p. 193-199.
10) Y. Leclerc dans sa Notice, dans Flaubert, *Œuvres complètes*, III, p. 1055.
11) Ce travail graphique de Francis Picabia date de 1922. Il est à noter que Breton avait gardé les couvertures non publiées. Voir Ph. Dagen, « Picabia et Breton, le duo qui scandalisa la France », *Le Monde*, 12 juillet 2014.
12) C'était à Paris en 1947-1948. Des tableaux comme « Le Stropiat » (1947) n'ont plus le caractère léché habituel à René Magritte, ils choquent jusqu'aux surréalistes.

le théâtre, la part du verbal et la part de la réalisation plastique et visuelle. Flaubert est sensible à cette question. En tant que dramaturge non légitime, non reconnu, il a au moins la liberté de faire des expérimentations – tout un éventail d'expérimentations. À une extrémité, il y aurait la pantomime qui est un cas d'école car elle concentre toute la part du verbal dans « l'argument ». Mais comme le remarque très justement Yvan Leclerc[13], les mots de l'argument sont voués à l'effacement. Ils laissent la place aux événements scéniques qu'ils n'ont fait que programmer. Pour Flaubert – faut-il le rappeler? – le mot est gros de l'image qu'il contient. Quand l'écrivain prend des notes de lecture sur les contes de fées et les féeries, il est attiré par ce genre de détail: « Le lit se change en commode parce que le personnage a dit 'J'en voudrais un plus commode, tout à fait commode'»[14]. À l'opposé de la pantomime qui permet de métamorphoser les mots en réalités matérielles sous les yeux des spectateurs, il y aurait *La Tentation de saint Antoine*[15]. Ici au contraire, seuls les mots existent. Personne n'a réussi à définir le genre dont relève cette *Tentation* de Flaubert. La proposition la plus intéressante vient d'Yves Vadé : ce serait un « oratorio »[16] (c'est le terme utilisé entre autres pour un opéra qui est donné seulement en concert). Flaubert n'imaginait pas que sa *Tentation* puisse être jouée au théâtre, tout ce qu'il voulait, c'était l'imprimer[17]. Le texte se présente comme un dialogue encadré par des indications scéniques. La scène, si scène il y a, est ici purement mentale, elle n'existe que dans l'imagination du lecteur. Sur cette « scène », il n'y a qu'un seul personnage : l'ermite Antoine, un solitaire dans le désert. Car tous les autres personnages qui viennent le visiter n'existent

---

13) Dans sa Notice, *op. cit.*, p. 1055.
14) M. C. Olds a eu accès à ces notes. Voir *Au Pays des perroquets*, p. 205-209, ici p. 207. Flaubert range ce détail dans une rubrique qu'il intitule bizarrement « Métaphores ». À la limite, tout mot est une métaphore, c'est-à-dire un transport: tout mot peut nous transporter vers un autre sens que celui qu'il semble désigner d'abord.
15) La première version (1849) est publiée par Gisèle Séginger dans Flaubert, *Œuvres complètes*, II, Bibliothèque de la Pléiade, Gallimard, 2013.
16) Y. Vadé, « Prose des voix: l'oratorio littéraire », dans J.-N. Illouz et J. Neefs, éd., *Crise de prose*, Presses Universitaires de Vincennes, 2002, p. 103.
17) Ce qu'il a réussi à faire avec la troisième version en 1874.

qu'à un degré encore moindre : dans l'imagination d'Antoine. L'ermite est sujet à des hallucinations visuelles, qu'en langage religieux on appelle des « visions », des « tentations », et il entend des voix. Jouant sur cet emboîtement des imaginaires et libéré des conditions matérielles d'une représentation, Flaubert écrit un texte d'une grande densité poétique, donnant à « voir » au lecteur, par la seule force des mots et des phrases, un spectacle mental fabuleux[18].

Quant à la féerie, elle se situerait entre la pantomime et l'oratorio, à mi-chemin du pur visuel et du pur verbal. *Le Château des Cœurs* témoigne chez Flaubert d'un esprit de modération, et même d'un obscur désir de médiocrité. Quand il élabore ce projet, il est en train d'écrire et de corriger les dernières pages de *Salammbô*. En fait, il émerge – difficilement sans doute, ses lettres parlent de sa fatigue – de plusieurs années d'une intense créativité. Dans le roman carthaginois aussi, il vient de créer un monde par la seule force des mots : un monde intrinsèquement imaginaire, puisque disparu sans presque laisser de traces. Du temps de Flaubert, les recherches archéologiques étaient peu avancées et lui-même s'effrayait du « vide » référentiel auquel s'appuyait son projet[19]. La « vraie » Carthage se dérobe, mais le monde imaginé par le romancier impressionne le lecteur par sa violence pulsionnelle et par sa présence visuelle et plastique. La théâtralité habite vraiment les romans de Flaubert, *Salammbô* le confirme : le roman fut traduit en russe dès 1863 et tomba sous les yeux du jeune compositeur Moussorgski qui entreprit aussitôt d'en tirer un opéra[20]. Ceci se passait loin de Flaubert et à son insu, évidemment. Mais à Paris même, toujours en 1863, deux auteurs du théâtre de boulevard tirèrent de *Salammbô* une sorte de

---

18) Quelques décennies plus tard, Flaubert aurait utilisé pour *La Tentation* le nouveau média qui se préparait déjà : le cinéma. Il y avait en lui l'étoffe d'un Fellini, ou d'un James Cameron, ou d'un Terrence Malick... Pour la féerie, il faudrait voir du côté des maîtres de l'animation japonaise...

19) Voir Yvan Leclerc et Gisèle Séginger, Notice de *Salammbô*, Flaubert, *Œuvres complètes*, III, p. 1208. L'année 1862-1863 est aussi celle de la réception du roman et des controverses que suscite cette « archéologie-fiction ».

20) Il aurait intitulé cet opéra *Le Libyen*. Il y travailla jusqu'en 1866 et le laissa inachevé, mais il en réutilisa des fragments dans *Boris Godounov*.

musical parodique, *Folammbô*, qui fit les beaux soirs du Théâtre du Palais Royal.

On sent que le moment est à la décélération contrôlée de toute cette activité imaginaire qui s'était emballée dans des œuvres majeures telles que *La Tentation de saint Antoine* et *Salammbô*. Essayant de se déconditionner de son goût excessif pour un Orient extrême, un Orient sorti d'une « Bibliothèque fantastique »[21], Flaubert ne se replierait-il pas, le temps de faire une pause, sur le merveilleux beaucoup moins flamboyant sorti de la Bibliothèque rose ? En tout cas, la féerie met l'accès au théâtre à portée de la main. Et l'avantage qu'elle a sur le poème-oratorio ou sur le roman, c'est que, pour peu qu'elle soit acceptée et jouée, elle met en mouvement les fameuses machines. Dans les théâtres, les machines sont là, elles attendent les féeries. Artiste visuel, Flaubert aime les machines et les effets spéciaux. Le temps d'une féerie, il est prêt à bien des concessions pour les activer.

Les concessions de Flaubert

En voici une, dans le 8ᵉ tableau, intitulé *La Forêt périlleuse*. Dominique, le domestique du jeune héros, est métamorphosé en arbre à la fin de la scène I, et c'est une longue indication scénique qui fait advenir l'événement : « *Il s'élance mais ses jambes se trouvent vivement prises dans l'écorce qui monte le long de son corps. Parvenue à la hauteur des bras, l'écorce se déploie en branches chargées de feuilles, la tête reste intacte.* » Effet spécial, émerveillement garanti. Dominique est maintenant changé en prunier. La scène qui suit est un dialogue entre Dominique-prunier et d'autres arbres parlants.

On est donc un peu étonné quand on place en regard cet extrait des notes prises par Flaubert quand il faisait ses lectures préparatoires :

> La forêt des pas perdus. Les arbres animés. Tous les arbres ont des têtes humaines, un chêne, un hêtre, une vingtaine de jeunes arbustes

---

[21] « La Bibliothèque fantastique » est le titre que Michel Foucault donna à son article sur *La Tentation de saint Antoine* publié dans les *Cahiers de la Compagnie Renaud-Barrault* en mars 1967 (quand la troisième version fut montée par Barrault et Béjart à l'Odéon).

représentées par des femmes.
[*note de Flaubert*] nul[22]

Que penser d'un tel jugement dépréciatif dans la phase préparatoire de 1862 ? Que penser surtout de la volte-face de 1863, quand Flaubert, Bouilhet et d'Osmoy imaginent et finalisent les scènes dans la forêt ?
Tout aussi énigmatique est le rapport de Flaubert à la chanson qui agrémente la scène II du 8ᵉ tableau. Dans *Le Château des Cœurs*, cette chanson a pour titre : « Chœur des brises dans les arbres ». On a identifié l'auteur de ces couplets, qui est Bouilhet lui-même. On sait aussi que la qualité de ce poème avait été mise en doute. Flaubert avait été alerté sur le problème par son autre ami, Maxime Du Camp, dès 1870. À cette époque Bouilhet venait de mourir. En mémoire de lui, Du Camp et Flaubert préparaient une édition posthume de sa poésie. Ce recueil allait paraître en janvier 1872 sous le titre *Dernières chansons*. Tandis que Flaubert travaillait à une Préface, Du Camp passait à travers les manuscrits de Bouilhet. Il écrivait alors à Flaubert : « [⋯] je supprimerais quatre pièces que je trouve mauvaises et singulièrement prétentieuses : 1° L'oiseau Gertrude ; 2° Chanson des brises ; 3° Chanson des mouches ; 4° Première ride. »[23] Là encore, la volte-face est frappante. Nous sommes maintenant à l'automne de 1879 et Flaubert prépare la publication du *Château des Cœurs* dans la revue. Et voici que l'insertion des couplets de Bouilhet dans la féerie devient très importante. Flaubert s'adresse à la fois au propriétaire de *La Vie Moderne*, Georges Charpentier (il lui écrit le 28 octobre 1879 : « Quand paraît *Le Château des Cœurs* ? ne pas oublier *La Chanson des Brises* ») et à Émile Bergerat, qui rapporte dans son Introduction les propos insistants de l'écrivain : « Et mes situations musicales ? » demande Flaubert à Bergerat. Celui-ci lui promet (par plaisanterie, puisqu'ils font semblant de parler d'une représentation dont ils savent qu'elle n'existe pas) le concours du compositeur Gounod. Et Flaubert renchérit : « Recommandez-lui le *chœur des Brises*, une merveille ! Elle est de Bouilhet. »

---

22) Cité et transcrit par M. C. Olds, *Au Pays des perroquets*, p. 208.
23) Lettre du 4 avril 1870, reproduite dans Flaubert, *Correspondance,* IV, éd. Jean Bruneau, Bibliothèque de la Pléiade, Gallimard, 1998, p. 1012.

Un livre d'art

« Jamais, moi vivant, on ne m'illustrera, parce que la plus belle description littéraire est dévorée par le plus piètre dessin », écrit Flaubert à un ami[24] le 12 juin 1862, et à la fin de la lettre il enfonce le clou: « Je suis inflexible quant aux illustrations ». Tous les lecteurs de Flaubert connaissent cet interdit jeté sur l'édition illustrée des romans. Nous avons donc avec *Le Château des Cœurs* un retournement complet et un apparent paradoxe. En fait, il y a là une certaine logique. D'abord la féerie n'est pas un roman, ce qui lève l'interdit. D'autre part, le théâtre n'est pas la littérature. C'est un art à part entière, mais un art multimédias qui inclut la littérature parmi diverses composantes, au même titre que la musique par exemple, ou les éclairages, ou le son. Les trois auteurs ont dès le départ composé *Le Château des Cœurs* dans une telle perspective, et Flaubert dit explicitement à Bergerat qu'ils ont « travaillé pour » le compositeur ou les décorateurs. En 1879 encore, Flaubert ne se console pas qu'on n'ait pas joué sa féerie! En lisant ces échanges entre l'auteur et le directeur de la revue, on observe comment Bergerat a conquis Flaubert quand il lui a plaisamment proposé les pages de son journal comme un substitut pour la scène de théâtre dont la féerie a été privée. On l'a déjà vu lui promettre la musique de Gounod! C'est de manière plus réaliste qu'il peut lui promettre de faire appel aux meilleurs décorateurs de théâtre: « Donc voilà vos décors, tels que vous les auriez eus au Châtelet ou à la Porte-Saint-Martin, ni plus ni moins ». La promesse est réaliste car une maquette de décor relève des arts graphiques et peut ainsi être reproduite par la gravure dans les pages d'un journal illustré. Il y a de quoi apaiser l'artiste visuel en Flaubert. Le XIXe siècle a été l'âge d'or des débuts de la presse illustrée[25]. En 1879, *La Vie Moderne* vient tout juste d'être fondée

---

24) Son correspondant est le frère de son ami Jules Duplan, le notaire Ernest Duplan. Flaubert était en affaires avec Michel Lévy pour la publication de *Salammbô*, et le notaire lui servait d'intermédiaire.

25) La vogue de la presse illustrée a commencé en Angleterre, avec le renouveau de la gravure sur bois. En France, *L'Illustration* se spécialise à partir de 1848 dans les images d'actualité, et *Le Monde illustré* utilise dès 1857 la photographie: les images photographiques sont redessinées pour être gravées sur bois. Voir Jean-Pierre Bacot, *La presse illustrée du XIXe*

par Georges Charpentier. Il est l'éditeur de Flaubert, de Zola et des naturalistes, l'ami des impressionnistes et des avant-gardes. Mais sa revue ne correspond pas à cette réputation d'audace – nous restons dans la modération. Avec *La Vie Moderne* Charpentier vise un large public bourgeois qu'il veut divertir sans le choquer[26]. D'où un certain éclectisme, qu'on retrouve dans le style des illustrations du *Château des Cœurs*. Même si l'on met à part la contribution de Mme Commanville, la propre nièce de Flaubert qui, comme on le sait, pratiquait le dessin et la peinture, on sera sensible au caractère romantique et traditionnel des décors de scène reproduits en pleine page, ainsi qu'au côté modérément caricatural des portraits des protagonistes de la féerie. Quoique les contributeurs des gravures soient plusieurs, il y a une unité de style évidente qui apparaît au fil des livraisons successives du *Château des Cœurs*.

Les lecteurs japonais ont la chance de retrouver toutes ces pages regroupées dans un livre, qui devient ainsi un véritable livre d'art. *Le Château des Cœurs* ne peut plus être séparé des gravures des collaborateurs de *La Vie Moderne*, au même titre que le livre de Lewis Carroll, *Alice in Wonderland*, ne se conçoit pas sans les illustrations de Sir John Tenniel.

Jeanne Bem

Jeanne BEM
Université de la Sarre

---

siècle : une histoire oubliée, Presses Universitaires de Limoges, 2005.

26) Voir la thèse de Virginie Serrepuy sur *Georges Charpentier. Éditeur de romans, roman d'un éditeur* – theses.enc.sorbonne.fr/ 2005/ serrepuy

訳者解説

　『心の城』は、ギュスターヴ・フロベールが、ルイ・ブイエとシャルル・ドスモアとの共著で創作した、タブロー形式[1]（「幕」による構成とは趣の異なる、全体を絵画的に数「タブロー（景）」に分割する演劇）の夢幻劇である。夢幻劇 Féerie とは、fée つまり妖精や魔法使いが登場する大掛かりな舞台装置をもち、観客を夢幻の境地に誘い込む。『心の城』の執筆計画についての最初の記述が見られるのは、ブイエからフロベール宛ての1861年11月16日付け書簡[2]で、1863年6月付けではシナリオの草案[3]を練っていることから、7月頃に制作に入ったと考えられる。共同執筆中には、ポルト＝サン＝マルタン劇場の支配人であったマルク・フルニエに草稿を見せて上演を示唆したが、8月28日付けのブイエから書簡では、「彼（フルニエ）は夢幻劇に辟易している。あまりに愛しすぎたからだ。すべての極端な人間のように、彼はそれらを、今の所、忌み嫌っている」[4]と記され、『心の城』の上演運動は執筆当初から始まっていたことが分かる。

　ほぼ2カ月後、フロベールは、アメリー・ボスケ宛ての1863年10月26日[5]付けの書簡に、「今日、『心の城』をどうにかこうにか終えました」と告げ、12月5日付けで「昨日の朝、私は完全に夢幻劇を書き終えた（中略）私

---

1) Cf. G. Séginger, *Flaubert une éthique de l'art pur*, SEDES, 2000, p. 163：「現実を調和のとれたタブローに変えることは、苦痛を乗り越えさせ、叙情的な表現を避けさせることができる、救いの苦行である」。
2) *Corr.*, tome III, p. 933（Autographe Lovenjoul, C, ffos 419-420）.
3) 1863年6月14日？付け書簡．*Corr.,* tome III, p. 959（Autographe Lovenjoul, C, ffos 545-548）.
4) *Corr.,* tome III, p. 965（Autographe Lovenjoul, C, ffos 580-581）.
5) アメリー・ボスケ Amélie Bosquet 宛て書簡，*Corr.,* tome III, p. 354. Cf. Marshall C. Olds 'Le Château des cœurs et la féerie de Flaubert', in *Bulletin des Amis de Flaubert et de Maupassant*-1995, 3, pp. 15-23.

訳者解説

たちの結末は今や最高」[6]と書いている。この時期、フロベールは、生涯をかけた大作『聖アントワーヌの誘惑』（第2稿、1856）を脱稿し、代表作『ボヴァリー夫人』（1857）に続いて、歴史小説『サラムボー』（1862）の刊行直後で、『感情教育』（1869）の最初のシナリオに着手し、未完で終わることになる『ブヴァールとペキュシェ』の案を練っていた。

脱稿したばかりの『心の城』について、フロベールは、

> 舞台にかからないかもしれない夢幻劇で、そのことを心配しています。（中略）ただ、その豪華で幅広い劇形式に、世間の注意を促したいのです。というのもこの形式は、これまでは、きわめて陳腐な筋立てのみに使われていたからなのです[7]。

と説明し、その斬新な劇形式について、「私にとってこの作品は文学批評の問題を提起したもので、それ以外のなにものでもない」と記している。

風刺画家のアシル・ルモ（Achille Lemot, 1846-1909）が、右手に虫眼鏡、左手に人体から取り出したばかりのメスの刺さった「心臓」を掲げた「『ボヴァリー夫人』を解剖中のフロベール」*Flaubert disséquant Madame Bovary* を、週刊誌『ラ・パロディ』*La Parodie*（1869年12月5日-12日号）に掲載している。ルモの写実主義への非難が読み取れる挿絵であるが、「心臓の切除」という発想は、ルアン市立病院の外科部長であった父アシル＝クレオファス・フロベール（Achille=Cléophas Flaubert, 1784-1846）と暮らした病院生活を髣髴させ、外科医の息子であるフロベールが、医師がメスを握るようにペンを執って創作に取り組んだ姿が窺える。1869年は

---

6) カロリーヌ宛て書簡, *Corr.*, tome III, p. 361.
7) ルロワイエ・ド・シャントピー嬢 Leroyer de Chantepie 宛て1863年10月23日付け書簡, *Corr.*, tome III, p. 352.

共作者ブイエが亡くなった年で、いみじくもベルジュラの序文にもあるように、フロベールが積極的に『心の城』の上演を冀(こいねが)って奔走した年でもある。

『心の城』の草稿（フランス国立図書館 NAF 15810）は、すべてフロベールの手によって書かれており、ジャポニスムの流布にも大きな影響を与えた週刊文芸誌、『ラ・ヴィ・モデルヌ』に、1880年1月24日から死去する同年5月8日まで連載された。

本書の訳文と掲載挿絵のすべては、『ラ・ヴィ・モデルヌ』(1880) 連載版『心の城』に依拠している。連載中の4月18日の書簡には、「今朝、イギリス人作曲家、リー氏からストランドの劇場での『心の城』上演のための作曲をしたいという申し出を受け取った。私はここ数日中に可否を伝えると（まさにどっちつかずの）返事をした。哀れな夢幻劇はやっと上演されるのか？〈ポトフ〉の場面を舞台で見ることができるのだろうか？」[8]と書かれ、死の直前まで『心の城』の上演を期待していたことがわかる。ストランドの劇場とは1806年に創設されたロンドンにあるアデルフィ劇場（Adelphi Theater）のことで、上演作品の主要種目は、喜劇とミュージカルであった。

1. 『心の城』の時代背景 —オリエンタリスムとジャポニスム—

1863年の『心の城』草稿完成時のフロベール文学の底流として考えなければならないのは、『サラムボー』において、華麗にその影響力を示した「オリエンタリスム」だろう。

ヨーロッパの視線から見た当時の「オリエント」は、ナポレオンの遠征に端を発し、エジプト、シリヤを越えて、ユーラシア大陸の東端まで、旧大陸の東へ東へと拡大し、オリエンタリスムはドラクロワ（Eugène Delacroix, 1798-1863）などのロマン派（文学・絵画）の人々を中心に流行した。1799年のナポレオンのエジプト遠征の際、ナイル河口のロゼッタで発見されたロゼッタ・ストーンの、ジャン＝フランソワ・シャンポリオン（Jean-François

---

[8] カロリーヌ宛て 1880 年 4 月 18 日付け書簡，*Corr.*, V, p. 884.

Champollion, 1790-1832) によるヒエログリフの解読 (1822) などによって、エジプトへの関心が俄かに高まり、アルジェリア征服（1830年にフランスが進出し、1847年に全アルジェリアを支配した）や、クリミヤ戦争 (1853-56) によって、近東への関心が、フロベールたちの世代に大きな影響を及ぼしていた。

フロベールがオリエントに関する資料の読破を試みたのは、マクシム・デュ・カン（Maxime Du Camp, 1822-1894）を伴ったオリエント旅行以前に遡る1845年の9月から46年の10月にかけての約1年間であるという[9]。当時の愛人で女流作家ルイーズ・コレ（Louise Colet, 1810-1876）宛てに、「中国で生活したい」[10] と記す。また1846年9月16日付けのコレージュ時代の友であるエマニュエル・ヴァス（Emmanuel Vasse de Saint-Ouen）宛ての手紙には、日本を含む東洋の絵画的な側面、色、詩、音などに対する大きな関心と日本への興味を示していた。

> 私は15分間だけ少しオリエントの仕事をする。科学的な目的ではなく、全く風変わりな目的だ。私は色彩を、詩を、音のあるもの、暖かいもの、美しいものを探す。私が読んだのは仏教に関するビュルヌフ[11]の大著（中略）と何冊かの本、それだけだ。もしアラブ人、インド人、ペルシャ人、マレー人、日本人あるいは他の人種によってつくられた多少滑稽な

---

9) Jean Bruneau, *Le Conte Oriental de Flaubert,* Denoël, 1973, p. 69.
10) *Corr.*, tome I, p. 275. フロベールの極東へのあこがれを見る上で注目したいのは、『ブヴァールとペキュシェ』が、フロベールの急逝によって中断されたとき、ほぼ完成された最終章第10章の断片的な草稿に、「ブヴァールは人類の未来を美しく見ている。現代の人間は進歩の途上である。ヨーロッパはアジアによって再生されるだろう。歴史的な法則は文明がオリエントから西洋へ行くのだから、── 中国の役割、── 2つの人間性は遂に解け合うだろう」（*Bouvard et Pécuchet*, CHH, tome V, p. 273）と記されていることである。1859年11月24日付けのジュール・サンドーJules Sardeau 夫人宛て書簡（*Corr.*, tome III, p. 58）によると、この時すでに、もし老母が悲しまなければ、フロベールはグロ男爵の中国旅行に是が非でも加わろうと思っていたというが、晩年、極東への関心をひときわ強く持ったようだ。
11) Eugène Burnouf（1801-1852）, *Introduction à l'histoire du bouddhisme indien*（1845）.

詩や、ヴォードヴィルの何編かを見つけたら送ってほしい。オリエントの宗教、あるいは哲学について何か良い仕事（雑誌か本）があったら教えてほしい[12]。

ナポレオンの輝かしい遠征の「落し子」としてのフロベールが、若い頃から世界的な視野で創作を考えていたことを示唆する文面と言えよう。すでに15歳の時に書いた初期作品『激怒と無力』（1836）において、生きながら埋葬される主人公オムラン氏の夢想の中で、オリエントが執拗に描かれている。

> オムラン氏はずっと眠っていた。ぐっすりと重苦しい眠りに。彼は夢みていた。それは幻想的で美しく、愛と陶酔で煽情的なまぼろしであった。彼はオリエントの夢を見ていた！オリエント！焼けつく太陽、青い空、黄金の尖塔、石のパゴダ。オリエント！すべての愛と薫香の詩そのもの、オリエント！香水、エメラルド、花、そして金の林檎のある庭をもつ、オリエント！妖精、砂の上のキャラバン隊、オリエント！ハレムと新鮮な悦楽の棲み家、オリエント[13]。

昏睡状態の幻覚に最もふさわしいヴィジョンがオリエント。『心の城』において、ポールとジャンヌが体験する場面のすべてがここにある。6年後の『11月』（1842）の主人公は、愛する女の死に落胆するあまり、スーダン、インド、新大陸、中国などを旅行する夢想に耽る。さらにフロベールの初期の代表作『初稿感情教育』（1845）の末尾では、主人公の1人ジュールはすべてを精算し、オリエントへと旅立つ。ジゼール・セジャンジェによれば、

---

[12] *Corr.*, tome I, p. 344.
[13] *Rage et Impuissance, Œuvres complètes*, I, Bibliothèque de la Pléiade, Gallimard, 2001, p. 179.

訳者解説

　　　ジュールの旅立ちは象徴的である。オリエントへ旅立つこと、それはと
　　　りわけ行動に移し始めること、終わりのないエクリチュールに必要な飛
　　　躍であって、それは死によってしか終わらないだろうし、いかなる作品
　　　もそれを止めることはできないだろう[14]。

実人生の曲がり角で、オリエントは早くからフロベールを魅了していた。
ジュールはオリエントの「調子の多彩さ、線と形の多様、それらのディテー
ルの相違、全体の調和を探究」[15]し、相反し、対比する異なったものの真の
調和に魅了される。セジャンジェの言うように、

　　　小説の最後に彼はオリエントに発つ。芸術家の象徴的祖国であるオリエ
　　　ントは、フロベールにとって倫理的、審美的価値が化したものだ。ブル
　　　ジョアに特徴的な限界線の観念から免れた、そのコントラストゆえに、
　　　オリエントは基本的にアンチ・ブルジョアである。ブルジョアは、分類
　　　し、区別し、結論づけることしか知らない[16]。

ジュールの人生は暗かったが、「内面は魔法的な明るさと享楽的なきらめき
で輝いていた。それは太陽が満ち足りたオリエントの空の愛」[17]であった。
フロベール初期作品の主人公たちはオリエントによって蘇生する。フロベー
ルにとってオリエントの不協和音は、ヨーロッパの協和音であるブルジョア
思想から回避する術であって、オリエントはブルジョア社会との対比で評価
される。『心の城』において、愛し合う2人、ポールとジャンヌがお互いの
運命を確認するのもインド・ムーア風の宮殿（第7タブロー、第10場）である。
　こうしてオリエンタリスムの影響はフロベールの大作にも大きな痕跡を残

---

14) Gisèle Séginger, *op. cit.*, p. 34.
15) *La première Education sentimentale, Œuvres complètes* I, p. 1033.
16) Gisèle Séginger, *op. cit.*, p. 43.
17) *La première Education sentimentale, op. cit.*, p.1072.

している。青春期に、エジプト、ベールート、エルサレムなど、1849 年から 51 年にかけて訪れたイスラム諸国で、見聞したオリエントの奴隷たちの風俗は、フロベールにとって文明の立ち遅れを裏づける証拠とみなされる一方で、同時に忘れがたい体験をもたらすことになる。やがて『ボヴァリー夫人』で転落の一途をたどる主人公エマのイメージ[18]の中に、さらに『ヘロディアス』で大きな役割を果たすサロメのダンスに、エジプト、ナイルの河畔エネスで見た美しき妓女クシュウク＝ハネム Kuchiuk-Hanem の面影が描かれる。1869 年の『感情教育』は、めかし込んでトルコ女の家に忍び込んだフレデリックとデロリエの青春の日の回想で幕を閉じる。

「いちばんよかったのはあの頃だな！」とフレデリックが言った。
「そう、そうだろうな。あの頃がいちばんよかった！」とデロリエが言った。[19]

ジャン・ブリュノーが記すとおり、

フロベールにとってオリエントは時を経るにつれて祖国のようになった。だからこの無限で永遠のオリエントは、彼の作品にとても重要な位置を占めるようになる。フロベールはオリエントに「その真中で途方に暮れる何か広大で無慈悲なもの」を予感する。フロベール作品の思想のひとつの鍵がオリエントにある[20]。

「オリエントで逆に私が好むものは、知られざる偉大さと、ちぐはぐなもの

---

18) 恋人レオンの心の中で、エマのイメージは《水浴のオダリスク》と重なる。フロベールの記憶に新しい 1855 年のパリ万国博覧会で 1 室全部が展示展示に使われたアングルの《オダリスク》などの複製流布が流布した。*Madame Bovary, Œuvres complètes*, III, p. 384.
19) *L'Education sentimentale*, CHH, tome III, p. 399.
20) Jean Bruneau *op. cit.*, pp. 79-80.

訳者解説

調和」[21]であると、ルイーズ・コレに書くフロベールにとって、オリエントは不統一な魅力のある美の新しい理想郷だった。未完の大作『ブヴァールとペキュシェ』続編の『紋切り型事典』において集大成しようとした、19世紀西洋文化の基盤となった「紋切り型」、つまり固定概念に凝り固まったブルジョアたちのお決まりの悪習を打破するために、フロベールの主人公たちは、オリエントへ、さらには極東へと思いを馳せる。

　こうした制作環境のなか、晩年のフロベールは『心の城』を舞台にのせようと奔走するが、1870年から80年にかけて、オペラ座を中心とするパリでの劇場演目の中で、印象派を中心とするジャポニスムの影響が絵画のみならず演劇界にも及んで、日本をテーマとした奇想天外な戯曲が人気を博していた（巻末フロベール年表参照）。「ジャポニスム」とは、フィリップ・ビュルティ[22]が、『文学と芸術のルネッサンス』[23]（1872年5月18日号）の中で命名したもので、当時、芸術家たちのインスピレーションの新たな源流となった「浮世絵」をきっかけとする日本趣味の影響を意味する。フランスの植民地政策とともに文壇に旋風を巻き起こしたオリエンタリスムが、さらに、東方・極東にその影響力の輪を広げ、ジャポニスムが19世紀後半のフランスに大きな影響を与えるのである。実際、フロベールが『サラムボー』と『心の城』の上演を目指して奔走していた最中、1879年1月17日、オペラ座では、東洋の巫女、サラムボーの面影を髣髴とさせる、江戸の娘を主人公とした、日本趣味の演し物『イエッダ』[24]が喝采を博していた。

　ドーデ夫人の逸話によれば、アバンギャルドな文芸週刊誌『ラ・ヴィ・モデルヌ』の出版元で、印象派の画家たち[25]を支援し、日本美術を礼賛した

---

21) ルイーズ・コレ宛て1853年3月27日付け書簡，*Corr.*, tome II, p. 283.
22) Philippe Burty（1830-1890）、フロベールの友人で、美術批評家。『三つの物語』の表紙を描く（ジョルジュ・シャルパンチエ宛て1877年4月20日付け書簡，*Corr.*, tome V, p. 222参照）、カロリーヌの絵画にも興味を示した。
23) *Renaissance littéraire et artistique*, Libr. de l'Eau-forte（Paris）, 1872-1874.
24) 『イエッダ』に関しては、拙論「フロベールの演劇活動と『イエッダ』―19世紀末フランスの舞台に観る日本趣味―」『シュンポシオン』、朝日出版社、2006年、305-314頁を参照。

シャルパンチエのサロンにおいて、彼女がゴンクール（Edmond de Goncourt, 1822-1896）に初めて会った 1874 年 3 月 15 日の夜、シャルパンチエはフランスではじめての試みである、日本女性を主人公とした『美しのサイナラ』（1 幕詩劇）で客をもてなしたという。『美しのサイナラ』は、エミール・ガレの中国オペラの台本を書いたことで知られる、高踏詩人エルネスト・デルヴィリ（Ernest d'Hervilly, 1838-1911）の作品で、1876 年 11 月 22 日[26]、オデオン座で上演され、1879 年 5 月 8 日付け『ラ・ヴィ・モデルヌ』には、レガメによる挿絵「美しのサイナラ」が掲載された。1893 年 12 月 10 日には、コメディ・フランセーズのレパートリーに加えられた『美しのサイナラ』の成功はジャポニスムの勝利の記録とされた[27]。

当時の演劇（演し物と観客）の動向に敏感だったフロベールは、東洋趣味が散見する『心の城』を舞台に掛けるよう、1870 年 2 月中旬にポルト＝サン＝マルタン座の館長ラファエル・フェリックスに持ちかけ、1878 年ゲテ座のカミーユ・ヴェンシェンクとも交渉した。また出版についてもカチュール・マンデスに掲載を依頼し、1875 年 12 月 20 日付け『ラ・レプブリック・デ・レットル』に、「グノーム」（第 2 タブロー第 2 場）を、1876 年 3 月 20 日付けに「ポトフの王国」（第 6 タブロー）を掲載した[28]。しかし、1878 年 11 月 27 日付けゾラ宛の書簡には、『ル・モニトゥール』の編集長ダローズが「私の夢幻劇を、危険だと思って、受け入れない」[29]として、「独創的な企て」である哀れな戯曲が、新聞にさえも全編掲載することが叶わないと嘆いた。

---

25) シャルパンティエはマネの友人として知られ、ルノワールは《シャルパンティエ夫人と子供たち》（1878, Métropolitan Museum of Art, New York）を残している。
26) W. L. シュワルツ著・北原道彦訳『近代フランス文学にあらわれた日本と中国』東京大学出版会、1971 年、126〜130 頁。馬渕明子によれば、初演は 12 月 10 日（「舞台の上の日本（1）—1870 年代パリ—」『日本女子大学紀要』第 12 号、2001 年、174 頁）である。
27) W. L. シュワルツ、前掲書、126 頁。
28) Yvan Leclarc, « Notes et variantes No 1 de la page 79 », Corr., tome V, p. 1147.
29) Corr., tome V, p. 467.

訳者解説

こうして、すべての劇場、出版社から拒まれた[30]『心の城』の刊行をやっと可能にしたのは、『ラ・ヴィ・モデルヌ』の編集を委ねられていたエミール・ベルジュラである[31]。そして当初はフロベールもその連載に納得して喜び、モーパッサンに、「各タブローに1枚、当該タブロー舞台装置を表示する、12のイラストレーション[32]のある、挿絵入り版本を始める」[33]と書き送り、そしてラポルトに「シャルパンティエが、来月、『ラ・ヴィ・モデルヌ』誌上に『心の城』を舞台装飾家によるデッサンをつけて刊行する。民衆を驚かせる壁の張紙、宣伝など」[34]と報告した。しかし、フロベールの理解とは異なって、『心の城』は、ベルジュラが提案したオペラ座などパリ主要劇場の装飾家たちによる舞台装置のイラストレーションに留まらず、本文中にも、多くの挿絵を付して出版された。

フロベールが、オリエンタリスムの影響から、極東へと興味の対象を変化させた背景には、フロベールにオリエントでの滞在延長を勧めた画家シャルル・グレールやレオン・ボナ[35]の存在がある。グレールとの親交からは、ク

---

30) アラン・ライット Alan Raitt, *Flaubert et le théâtre*, Peter Long, 1998, p. 111.
31) Emile Bergerat, *Souvenirs d'un enfant de Paris,* t. II, E. Fasquelle, 1911-1913, pp. 148-150.
32)「私は9月にまた試みてみよう。それから、この試みが不首尾に終わることだろうから(私はほぼ確信している)私たちはそれを〈挿絵ととも〉に刊行する!!! 12タブローあるから、舞台装置に12の挿絵を入れることができる。」マルグリット・シャルパンチエ Marguerite Charpentier 宛て1879年6月26日付け書簡, *Corr.*, tome V, p. 670. しかし実際には、BNの草稿は11タブローで、『ラ・ヴィ・モデルヌ』連載は10タブローで構成されている。
33) モーパッサン Guy de Maupassant 宛て1879年6月17日付け書簡, *Corr.*, tome V, p. 672.
34) エドモン・ラポルト Edmond Laporte 宛て1879年9月16日付け書簡, *Corr.*, tome V, p. 706.
35) フロベールは、アングルの弟子で1843年からボザール教授であった Charles Gleyre (1806-1874) と、オリエント旅行中、リオンで知り合い、エジプトでの長逗留を決めた。フロベールはグレールに著書『ボヴァリー夫人』を献じている。ボザールでロマン主義・新古典主義の画家コニエに師事した Léon Bonnat (1833-1922) はカロリーヌの才能を高く評価した。

ロード・モネを筆頭に彼の弟子たちの印象派画家、ルノワールやバジルたちとの関連でジャポニスムの影響が窺える。また、姪カロリーヌの師として晩年のフロベールが選んだボナの弟子たちには、ジョルジュ・ブラック(キュビスム、1882-1963)やラウル・デュフィ(アカデミックな作風に反発、ゴッホ、マチスに魅せられた後、フォービスム、1877-1953)など、20世紀の美術を牽引した芸術家たちがいる。つまり、フロベールは、グレールから印象派に共感し、ボナとともに20世紀フランス前衛芸術に先鞭をつけた1人なのだ[36]。

その社会的な背景としては、1851年に開催された第1回ロンドン以降の万国博覧会が、日本を西欧に紹介する絶好の機会となって、1860年代のはじめから、パリとロンドンでは日本美術品の専門美術商が存在し、日本が、幕府、薩摩藩、佐賀藩として初参加した1867年のパリ万国博覧会[37]では、政府の政策にそって工芸品が出品され、フランスでの日本に対する興味が徐々に高まっていったことがある。

フロベールの著作に日本が記されるのは『初稿感情教育』の末尾、主人公がブラジルから日本に旅する一節と、『感情教育』のアルヌー家の競売品に中国と日本の陶器があげられるにすぎない。しかし1878年のパリ万国博覧会の年はジャポニスムが流行し始めた頃で、フロベールもこうした日本趣味に無関心ではいなかったようだ。日本文化がパリの知識人の注目の的となった1878年のパリ万国博覧会を2度見学し、諸国民通りの日本館ではなく、トロカデロの光景を未来のバビロニアを夢みさせるほど素晴らしいと述べる。チュニジアとモロッコの民族館の向いの、トロカデロに展示された「素朴な木造りの建物で、竹の垣に囲まれた庭の中にある」茶室に見る日本独特

---

[36] グレールとボナを中心とした、フロベールと19世紀美術の動向に関しては、拙稿「フロベールとボザール教授ボナ」『日仏文学・美術の交流』思文閣出版、2014、86-110頁に詳しい。
[37] 1851年に世界初の世界万博がロンドンで開催。日本が参加したのは1867年であったが1862年のロンドン万博でオールコック(Sir John Rutherford Alcock, 1809-97)の持ち帰った600点以上の品を中心に「日本の部」が設けられた。1860年代に極東、日本美術店が林忠正、ビングによって開店した。

の建築様式に注目し、「詳細については、最も面白かったのは日本の兎小屋であった。この文明の大きな器の中にあるすべてを知るには、毎日4時間3カ月間必要だろう。私には時間がない。自分の仕事をしよう」[38]と書く。

実際ジャポニスムは「19世紀後半の西欧での美術流行と、芸術家たちが日本の名のよって展開した美学上・技法上の革新」[39]で、オリエンタリスムとは大きな隔たりがあった。シャルル・グレールなどの画家は実際にオリエントに旅し、4年間滞在し見聞を広めたりしている。しかし日本趣味の人々のほとんどは日本に旅したこともなく、おそらくは特異なものらしい日本美術についても実は何も知らず、ただパリの骨董商を渉猟し、日本を旅した者の話に耳を傾けて満足するにすぎなかった。つまりジャポニスムは、夢幻劇 Féerie に最適な主題を呈していたと言える。『心の城』の中に鏤められた、インド、中国、日本といった東洋のイメージは、晩年のフロベールにとっては西洋の伝統文明から新しい時代、ヴィジョンを開拓するための1つの挑戦であった。

2. 『心の城』の構成 ── 5対のタブロー

『心の城』(全10タブロー) は、妖精の女王が、悪魔グノーム (地中の宝を守る地の精で、醜い小人) に奪い取られ、「心の城」に集められている人間たちの心 (心臓) を解き放つために、妖精の女王が愛し合う2人ポールとジャンヌ、特にポールに白羽の矢をたて、人間に愛する力を取り戻させる使命を与える物語である。梗概を以下に記せば、

---

[38] ロジェ・デ・ジュネット Roger des Genettes 夫人宛て1878年5月27日付け書簡, *Corr.*, tome V, p. 385. 日本に言及した最初の叫びは「ああ！インドと日本にいきたいなあ」(ルイーズ・コレ宛て1852年5月8日付け書簡, *Corr.*, tome II, p. 88)。フロベールは1878年7月29日付けの皇女マチルド Princesse Mathilde 宛て書簡 (*Corr.*, tome V, p. 411) で日本料理への嗜好に言及している。

[39] 稲賀繁美『絵画の東方 オリエンタリスムからジャポニスムへ』名古屋大学出版会、1999年、59頁。

ポールとその従僕ドミニクの前に妖精と悪魔グノームの双方が現れる。妖精はフロリアン[40]の優しい田園風景を醸し出し、居酒屋に現れるグノームは、メフィストファレス[41]に類しよう。ポールは銀行家クロケールの屋敷の豪奢な舞踏会に招かれる。みすぼらしい部屋に戻ったポールは、未来に希望を抱けないまま、妖精の暗黙の命に従って、彼を慕っているドミニクの妹ジャンヌを残し、ドミニクと2人で「心の城」を見いだすべく旅立つ。ジャンヌはポールを魅惑しようとして、「身づくろいの島」に迷い込み、グノームの勧めにしたがってエレガントなパリジェンヌに変身するが、ポールは彼女を嫌って逃亡する。ポールとドミニクはグノームに囚われるものの、ジャンヌの犠牲的な愛情で一旦救われる。しかし、森に迷い込んだドミニクはプラムの木となり、ポールはグノームの城に拉致され、大理石の彫像に変容させられる。妖精の助けで再び人間の姿に戻った主従2人は、人間たちに奪われた心を返すためにパリ近郊のクロケール邸へ向かい、多く人々に心（心臓）を返すが、唯一亡父の知人であったブルジョア、ルトゥルヌーに心を戻すことが出来ず、ジャンヌを追ってポールも昇天する。

　フロベールは女主人公ジャンヌの人物像について、つぎのように述べる。

　　僕もまたある種のインドの摩耶[42]、幻想の女をを考えた。それは、男の

---

40) Florian（Jean-Pierre Claris de, 1775-1794）寓話作家。フロベールはジュネット夫人宛ての1879年10月8日付け書簡で南仏人が集まるフロリアンの記念祭に言及し、「とんだ茶番劇だ」（*Corr.*, tome V, p. 721）と書いている。
41) Méphistophélès はツルゲーネフがモーパッサンにつけた渾名でもある（エドモン・ラポルト宛て1877年3月29日付け書簡，*Corr.*, tome V, p. 210）。『ファウスト』（*Faust*）は、シャルル・グノーが作曲した全5幕のオペラ。リリック座において1859年3月19日に初演、好評を得た。トロンシュフォール François-René Tranchefort, *L'Opéra*, Éditions du Seuil, 1983, p. 226（ISBN 2-02-006574-6）。
42) 釈迦の聖母である「インドの摩耶」に関して、フロベールが「理想家でペシミスト、いやむしろ仏教徒である」（ロジェ・デ・ジュネット夫人宛て1879年6月13日付け書簡，*Corr.*, tome V, p. 659）と記して愛読していたショーペンハウアー

愛を逃れなければならない女神で、千々の姿に身を隠す。若い男は、世界と自然を横切って絶えず彼女を追う。「指定された」期限まで彼は彼女が分からないままに何度か出会う。─と言うのも、そこが揺れ動く主題の難しさなのだ。インクがないからといって止めてはならない。僕はその揺れ動く塲が最初から十分設定されているようにしたい。恋人たちを興味深い存在にするためには、彼らの愛が妨害されなければならない。それは異論の余地などない。彼らはお互いを求めて奔走しなければならないのだ[43]。

仏陀の「叡智は私のものだ。私は仏陀になった」[44]の仏陀を敷衍したジャンヌ像をフロベールは考えていたのだろうか。円熟期のフロベールが『聖アントワーヌの誘惑』の最終稿を脱稿した1872年頃のフランスは、インドシナ半島に侵出し、カンボジアやベトナムの植民地の獲得に邁進していた。フロベールの極東への関心という観点で興味深いのは、3度推敲された中で、初稿（1849）と第2稿（1856）には登場しなかった「仏教」「仏陀」が決定稿（第3稿）に突然登場することだ。

オリエンタリズムから極東への関心は最晩年に連載された『心の城』の世界で、どのように展開するのか。

（Arthur Schopenhauer 1788-1860）は、インドの文献が西洋で知られ始めたこの時期、表現意思としての自らの概念を描くために「摩耶のヴェール」をとりあげた。「摩耶とは、まさに我々を取り巻くこの感覚的な世界の象徴のようなもので、真の魔法の喚起、はかない名残で、それ自体は全く存在しない目の錯覚や夢幻に似ている、人間の意識を包括する幻想のヴェールなのである」*Le monde comme volonté et comme représentation*（Die Welt als Wille und Vorstellung, 1818/ 1819, vol. 2 1844）,. T. 2 / par Arthur Schopenhauer; trad. en français par A. Burdeau, F. Alcan（Paris）, 6e édition, 1913, p. 8.

43）ルイ・ブイエ宛て1863年6月26日付け書簡, *Corr.*, tome III, p. 336.
44）この台詞はルドンの版画、『聖アントワーヌの誘惑』第12図 « Je devins le Bouddha »、1896、リトググラフィー、32×22によって図像化された。

全10タブローの要旨

全タブローの構成は、以下のようになる。[45]

第1タブロー＜森の空地、夜中＞
第2タブロー＜パリ近郊の居酒屋、明け方＞
第3タブロー＜銀行家クロケールの屋敷、舞踏会＞
第4タブロー＜みすぼらしい部屋、日の出＞
第5（V et VI）タブローサブタイトル：「身づくろいの島」
第6（VII）タブロー：「ポトフの王国」
第7（VIII）タブロー：「ピパンポエ国」
第8（IX）タブロー：「危険な森」
第9（X）タブロー：「大饗宴」
第10（XI）タブロー：「村の祭り」

前半の部分はト書の書き出し＜　＞を表示した。サブタイトル「　」が付いた、後半の第5から第10までのタブローは幻想的な舞台設定となっている。

---

[45] *Le Château des Cœurs*, in *Flaubert Œuvres complètes 2*, l'Intégrale, 1979, pp. 325-363.
  1er tableau : <u>*Une clairière dans les bois.*</u>（pp. 325-328）
  2e : <u>*Un cabaret aux environs de Paris. Il fait petit jour.*</u>（pp. 328-330）
  3e : <u>*Chez le banquierKlœkher (...) pour les derniers préparatifs d'un bal.*</u>（pp. 330-337）
  4e : *Une chambre d'aspect misérable. (...) Le jour commence à paraître par les vitres sans rideaux.* (pp. 337-340)
  5e : L'ILE DE LA TOILETTE（pp. 340-345）
  6e : <u>LE ROYAUME DU POT-AU-FEU</u>（pp. 345-350）
  7e : LES ÉTATS DE PIPEMPOHE（pp. 350-355）
  8e : LA FORET PERILLEUSE（pp. 355-357）
  9e : LE GRAND BANQUET（pp. 357-360）
  10e : <u>LA FETE DU PAYS</u>（pp. 360-363）
  （アンダーラインのタブローは、1863年の脱稿直後の草稿におけるフロベールの単独創作）

訳者解説

　ルアン市立図書館が 1991 年 6 月 7 日のホテル・ドルオーでの競売で入手した『心の城』の草稿（Ms g 340)[46]によると、決定稿とされている 10 タブローのうち、明らかにフロベールの単独で創作されたタブローは、1、2、3、6、10 の 5 タブローである。フランス国立図書館が保存する原本では、『心の城』中央を飾る第 5 タブロー「身づくろいの島」は、第 V タブロー｜身づくろいの島」と、本来作品の中央部分であった第 VI タブロー「無垢の国」[47]の二つに分けられ、ローマ数字表記の全 11 タブローで構成されていた。第 VI タブローはフロベール自身の作品ながら最終的には割愛された。このタブローでは「インドで亡くなったイギリスの少佐の未亡人」や「少佐の記念モニュメント建造」など、フランス大遠征時代の名残が見られるとともに、ヨーロッパ古典文明の象徴である「羊飼い」がこのタブローのメインテーマとなっている。フロベールが 1870 年のはじめ、あえてこのタブローを削除した[48]ことについては、諸々の理由が考えられるが、西洋文明の伝統的存在「羊飼い」を織り込んだタブローを取り除くことで、西洋文化からの乖離を示唆しているのではないか。のちに「シュールレアリスム」という語を発明することになる詩人ギヨーム・アポリネール（1880-918）の『アルコー

---

46) フランス国立図書館が所蔵するフロベールの手による原本（決定稿）の他に、ジャック・ヴィヨン Jacques Villon 新ルアン図書館には、2 種の重要な関係資料が保存されている。1) 1991 年 6 月 7 日のホテル・ドルオーでの競売で入手した『心の城』制作に関するシックル大佐 Colonel Sickles のコレクション（Ms g 340）の所有していた共同執筆初期の資料と、2) 1992 年 11 月 10 日に入手した、ドクター・ベルナール・ジャン Dr. Bernard Jean の所有していた共同執筆初期の資料（Msg 339）がある。草稿の閲覧を快諾して頂いた司書クレール・バスカン Claire Basquin 氏にお礼を申し上げたい。
47)「無垢の国」Le Pays de l'innocence は、草稿とオネット版に転記（CHH, tome 7, pp. 577-589）のテクストを基盤にした拙訳を本書補遺として 186-202 頁に掲載。
48)「それ（草稿）はポルト＝サン＝マルタン劇場の新しい支配人ラファエル・フェリックスのもとに置かれた。彼は演出があまりに高価すぎると思った。フロベールは彼の忠告から着想を得て、タブローを一つ削除した。この割愛の後、彼はゲテ座の座長デュメーヌの後継者オフェンバッハに話を持ちかけた。それは 1870 年のはじめであった…」« Notice du Théâtre de Flaubert », in CHH, tome VII, p. 28.

ル』(1913)の冒頭を飾る詩「ゾーン」に、「ついに君はこの古い世界に倦きてしまった　羊飼いの娘　エッフェル塔よ　羊の群れみたいな橋が　今朝メーメーと鳴きたて　きみはギリシャローマの古代に生きすぎた」[49]とある。新たな20世紀の誕生を称えたアポリネールでさえ、ヨーロッパ文明の象徴である「羊飼い」を語らずにはいられなかったのだ。フロベールは『心の城』の草稿から敢えて古いヨーロッパ文明の象徴である「羊飼い」を削除した。

　ブイエは「君は人間喜劇をつくることと、遠く隔った抽象的な超自然を望んでいる。(中略)正当で、特に面白い場面をつくることができるのは、喜劇と真面目さを兼ね備えるしかない」[50]とフロベールに書き送ったが、確かに、タブローすべてを見れば、『心の城』は、削除された第VIタブロー「無垢の国」を中心に、前半は「現実のフランス社会」を反映し、サブタイトルがついた後半が当時容易に旅することもできなかった「幻想の東洋」に基盤がおかれた構成になっている。つまり、現実と幻想の場面が錯綜しながら、第VIタブローを支点としてほぼ2つに折り重なる。

　『心の城』全10タブローをサブタイトルなどを手懸かりに照らし合すと、以下のように、第5、第6タブローを軸としてほぼ対になって左右相称に構成されていることが確認できる。

①第1タブロー（森）　　　　　　　第8タブロー（危険な森）
②第2タブロー（グノーム）　　　　第9タブロー（グノーム）
③第3タブロー（クロケール邸）　　第10タブロー（クロケール邸）
④第4タブロー（貧しい部屋）　　　第7タブロー（ピパンポエ）
⑤第5タブロー（身づくろいの島）　第6タブロー（ポトフの王国）

左右に並置された各列①から⑤のタブローについて、共通あるい相反する点を検討し、『心の城』を辿って見よう。

---

49)「ゾーン」『アポリネール全集I』（飯島耕一訳）、青土社、1979、57頁。
50) ブイエ宛て1863年6月19日付け書簡, *Corr.*, tome III, p. 960.

1）森

　森が舞台となっているタブローは、第 1 タブローと第 8 タブローである。第 1 タブローは、ト書「森の空き地」で始まるファンタスティックな光景だ。

> シーソーで遊びましょう。夏の夜の露に濡れた木々のつるにぶら下がって。青い湖の水面を走ろうよ、トンボたち[51]の背中にしがみついて。太陽の方に昇りましょう、貯蔵室の窓を通す埃舞う光線の中を！さあ！楽しむのよ！前進！バラの花びらたちは、ひらひらと！波たちは、囁くの！お月さま、昇って！（p. 17）[52]

　トンボ（La libellule）は、ここではお嬢さん（les demoiselles）と書かれるが、エドモン・ド・ゴンクールの『ある芸術家の家』 *La Maison d'un artiste* によると、「リベリュルあるいはドゥモアゼル、日本ではトビトカゲと呼ばれるのは、しばしば装飾に用いられる、ほとんど伝説的な昆虫である」[53]。つまり『心の城』には、妖精と悪魔の対立というモーツアルトの『魔笛』 *La*

---

51) フィリップ・ビュルティの『蜻蛉集』書評に、「ジュディット・ゴーチエ Judith Gautier 夫人が選んだタイトルは、彼女が蛍«la demoiselle»を詩歌で称えたというのではなく、日本人たちが蛍を小さな籠の中に収集するように、大日本帝国の有名な 100 首ほどの古典詩を集めたということを意味する」（Philippe Burty, «Poèmes de la libellule», *La République Française*, 22 mai 1885）と書かれている。フロベールは、画家を目指した姪のカロリーヌのこともあって、1875 年頃からビュルティと親しく、カロリーヌの裸婦が、「審美眼のある気難しいゴンクール、ビュルティ、エレディア（キューバ生まれの詩人、José Maria de, 1842-1905）を感動させた」（カロリーヌ宛て 1879 年 6 月 8 日付け書簡、*Corr.*, tome V, p. 655）と記載している。

52) 『心の城』の引用文は、フロベール単独の推敲による週刊誌 *La Vie moderne* の 1880 年 1 月 24 日号から 5 月 8 日号までに連載されたテクスト（ブイエは既に他界、ドスモアは当時政治家となって連載には関与していない）に準拠して訳した。引用文には本書の頁数を付記し、いちいち脚註をつける煩を避けた。

53) Edmond de Goncourt, *La Maison d'un artiste*, tome II, G. Charpentier, 1881. 本書で参照した復刻版の頁数は以下のとおり：éd. L'Echelle de Jacob, Dijon MMIII, 2003, p. 335.

Flûte enchantée（1791年ウイーンで初演）冒頭のト書、「豪華な日本の狩の衣装を着た」[54]主人公タミーノさながらの日本の伝説的なイメージが組み入れられている。本来ポールの現実生活に立脚した第1タブローではあるが、第3場では、ポールも召使いドミニクに「僕の楽しみのためにインドとオリエントのあたりまで一緒にうろつきまわった時の話はもうしないで！」(p. 21)と、旅の熱い思い出を回想し、読者を東方へと誘う。

　サブタイトル「危険な森」とある第8タブローは、ドミニックとポールが森で遭遇する妖しくも不思議な場面。第2場でドミニクはプラムの木に変容する[55]。『変身物語』といえば、中世文学やシェクスピアにも影響を与えた古代ローマの詩人オウィディウスによるラテン文学の名作があり、ナルシスが水仙に変容したりする。しかし、イギリス初代駐日全権大使ラザフォード・オールコック卿によると、西洋の人が「超自然について調べるに連れて、西洋人の頭では考えの付かない木や空気の精と言ったものに出合う」[56]とあり、その一例として卿は『北斎漫画』から採った「山姥」の挿絵を自著に「木の精」として転載している。身体の一部が変容する「木の精」は、日本芸術独自のものとして当時考えられていたもので、ドミニクの身体の一部が木（枝）に変容することは、人間が自然と同化する東洋思想の移入なしでは考えにくい。

---

54) モーツアルト『魔笛』荒井秀直訳、オペラ対訳ライブラリー、音楽之友社、2007年、p. 10.
55) ゴンクールは日本の絵画について、「私の持っているこのシリーズのアルバムには、頭にバラ色の明るさで光輪をつけ、身体は物悲しい木のしだれた枝の形をした、1人の女が柳の葉を通して現れるのは、幽霊を呼び起こすために、描き手の鉛筆が最も軽やかに想像しうるすべてである」(*La Maison d'un artiste* tome I, op. cit., p. 208) と記している。
56) ラザフォード・オールコック卿「日本における超自然現象と神話の芸術的表現」『日本の美術と工芸』（井谷善恵訳）、小学館スクウェア、2003年、119頁。

訳者解説

挿絵としては、「人間の木」と「日本刀[57]を手にした上半身裸の男」が描かれる。刀を持った男と刀をまさに抜こうとしている男、まさに日本刀を持った武士のデッサンが2点挿入されている。フロベールが生前読んだゴンクールの「日本のアルバム」に書かれた『忠臣蔵』の武士たちの影響であろうか。『心の城』連載中の『ラ・ヴィ・モデルヌ』の「ジャポニスム」の項目には、以下のように記されている。

> 18世紀末頃、演じている役者を描いたイメージ[58]が際限なく繰り返され、同時にこの仰々しいデッサン形式が現れたのは確かである。道化のように真っ2つに割けた武士たち、剱を振りかざす武士たち、大河のように溢れる布地、何とも分からない緊迫した、大仰な、演劇を感じさせる演出効果[59]。

第4場で大理石の彫像（この場合は全身が変容）にさせられようとするポールの叫び「いいや、まだだ、この剱がある限り…」（p. 154）を図版化した誇張画は、日本の侍が刀を抜く姿そのものだ。

同じ「森」がテーマの第1タブローとは異次元の、台詞を基に創造された第8タブローの一連の日本趣味挿絵の呪縛は、読者に当時の世相を印象つけるとともに、『心の城』の文脈から離れて、時代の風潮に準じた安易なジャポニスムが独り歩きしているようで、図版の通俗性から、読者はフロベールの怒りを分かち合うことができる。

57）「中途半端なテンポ故に、猛り狂った王たちが、紅あるいは緑の顔で、龍に跨って、火の粉を吐き、剱をかざし、猛烈な戦いに挑む沢山のイメージが日常的に生産され、一般の人々に売られている」'La peinture, un art populaire en panne d'invention. Propos sur la perspective chez les artistes japonais', *Le Voyage au Japon*, Robert Laffont, 2001, p. 814.

58）歌舞伎芝居の「招き看板」のこと。

59）*La Vie moderne*, 26 juin 1879, p. 178.

2) グノーム

　夢幻劇には欠かせない悪魔、グノームが存在を主張するタブローは、第2タブローと第9タブローである。エミール・ゾラ[60]によればフロベールが『心の城』で舞台化したかったタブローは、「居酒屋」(第2タブロー) と「ポトフ」(第6タブロー) の2箇所[61]であった。

　第2タブローにおけるグノーム王の登場は、フロベールも愛読したゲーテの戯曲『ファウスト』[62]を想起させ、ファウストと契約し、魂と交換に魔法の力でファウストの欲望を満たし、最期に破滅させてしまうという中世の通俗的なメフィストフェレス像を彷彿とさせる。また、名の知れぬブルジョアが変身する「早変わり」は、モーリス・バルデッシュが指摘するように、ポセイドンの従者であらゆるものに姿を変えることができ、予言を行うギリ

---

[60] 「彼(フロベール)がクリュニィ劇場で上演させたい『弱きもの』を私たちに読んだ。思想は見事で、素晴らしい場面があったが、全般の組立が私たちにはとても弱く見えた。そして困り果てた私たちの沈黙を前に彼は理解し、戯曲を止めた。私はその日彼がまだ大切だった幻想を失ったとは確信していない。というのも『候補者』の練習の間、彼は、観客が理解するならば、舞台化したい、彼が抱いている戯曲の5つ、6つの主題を私たちに話した。彼は決して再びそれについて話さなかった。彼は演劇を諦めたのだ。唯一彼が抱き続けたのは、ルイ・ブイエとドスモアとの共作で、『ラ・ヴィ・モデルヌ』が最近掲載した夢幻劇『心の城』への想いであった。彼は常日頃、死ぬ前にキャバレーとポトフ王国のタブローを舞台で見たいと言っていた。彼はそれらを見ることはなかったが、友人たちはそれで良いのだと思っている」Emile Zola, *Les Romanciers naturalistes*, in *Œuvres complètes d'Emile ZOLA*, tome XI, Cercle du Livre Précieux et de la Guilde du Livre, 1881, p. 146.

[61] 「多分『心の城』が挿絵と共に、新年に掲載されるだろう。私には舞台装置をそれに与えるのは不可能なのだから。「キャバレー」と「ポトフ王国」のタブローを舞台で観れないこと、それは私の文学的悲しみ(悲しみだろうか)の1つだ」ロジェ・ド・ジュネット夫人宛 1879年7月15日付け書簡. *Corr.*, tome V, p. 678.

[62] Goethe (1749-1832), *Faust I* (1808) et *II* (1832, posthume) のジェラール・ド・ネルヴァル (Gérard de Nerval, 1808-55) による仏訳は1828年。ルイーズ・コレ宛ての1852年10月1日－2日付けの書簡によると、「私は一昨日、ベッドの中で、『ファウスト』を再読した。何と並外れた傑作だ！これこそ高く昇る、暗澹たるもの！場面での何と言う魂の切なさ！」(*Corr.*, tome II, p. 166).

訳者解説

シャ神話の海神プロテウス[63]かと見紛うほどだ。

しかし舞台を注視してみれば、ダンディなスタイルで登場した見知らぬ人に、「炎をあげるパンチ」が光を与える。エメ・アンベールが『ル・ジャポン・イリュストレ』(1870) で指摘するように、日本の芝居では悪魔的存在には閃光が伴うこと[64]から考えれば、この人物がグノームであって、その描写にジャポニスムの影響が窺われる。また第2タブロー末尾の場面では、召使いの女（妖精）と見知らぬ男（グノーム）、各々の登場と退場は、プロテウスの変身というよりは、むしろ舞台効果を狙った歌舞伎の技法で、黒子の介添えによる舞台上で衣装を変える「早変り」を適応したものだ。

> ポールの傍にいた見知らぬ男は、右側に立って、期待を込めた身振りで、一歩後ずさりするが、たちまち、男の正面、ドミニクの後ろにいた給仕の女が妖精に変わり、見知らぬ男の方に威圧的に腕を伸ばすと、その男はグノームに変身する。(pp. 39-40)

19世紀パリ近郊のとある居酒屋でのこの出来事は、「近代奇術の変革者」と呼ばれ、フロックコートを着用し、明るい照明を使用したことなどで、それまでのマジックに対する「黒魔術的な」イメージを払拭した、実在の人物ロベール＝ウーダン[65]の手品を髣髴とさせる場である。ちなみにこの革命的な

---

63) Maurice Bardèche, CHH, tome VII, p. 23.
64) Aimé Humbert, 'La Sibaïa, Théâtre National du Japon', *Le Japon illustré*, Hachette, 1870, pp. 217-229.
65) ジャン・ウジェーヌ・ロベール＝ウーダン (Jean Eugène Robert-Houdin, 1805-1871) は、時計職人としていくつかの精巧な自動人形を作成したが、40歳のとき、かねてから憧れていたマジシャンへ転身。1845年パリでデビュー、プロデビュー後は、数々のオリジナルマジックで人気を博した。ウーダンは、「マジシャンとは魔法使いを演じる役者である」(松田道弘 『マジック大全』 東京堂出版、2003年、158頁) という名言を残した。フロベールのカロリーヌ宛て1869年7月15日付け書簡 (*Corr.*, tome IV, p. 65) に言及されているように、彼はフランス政府によって、アラブの魔法使いの影響に抗するために、アルジェリアに派遣された。

演出形態は、たちまち世界中へと広がり、フロックコートにシルクハットは「マジシャンの代名詞」となった。

　一方の第 9 タブロー「大饗宴」の舞台は、人間の心臓で飾られた幻想の宮殿で、冒頭の舞台装置は、

> 巨大な食堂。教会の中のように、きわめて長いロープで吊り下げられたランプが輝いている。両側には、間隔を置いて、コリント様式の柱頭を持った鉄の円柱があり、それらは太い鎖でつながれ、真っ赤な心臓がぶら下げられている。舞台奥は、舞台幅いっぱいに黒い段のある階段がギャラリーの方へ上っていて、そこにも同じ円柱の列が並ぶ。しかしその円柱には、鎖もなく心臓もない。柱頭にはアメシストのパルメットが施され、各円柱の間から夜が見える。(p. 158)

「コリント様式の柱頭」の特徴であるラッパ形の植物装飾は、エジプト、アッシリアやオリエントのほかの地方に出現した装飾で、既に存在していた様式を洗練して豊かにしたこれらの特徴が、ギリシャ人によって受け継がれ、新しい建築様式を促した。つまりこの城の描写はオリエンタリズムを示唆するものである。さらに、「パルメット」は、古代エジプト・アッシリアを起源とするシュロの葉を扇形に開いたような植物文様。「アメシスト」は、紫水晶の一種で、半透明に透き通っていて、その色調は微量の鉄分による。「鉄の円柱」も然り、『心の城』に描かれる「鉄」の記述が、19 世紀末近代フランスの「石の時代からエッフェル塔（1889 年）に象徴される鉄の時代」への発展を反映する。
　さらに「ヨーロッパ、アジア、アフリカ、アメリカの四大陸」の実情を鳥瞰するフロベールの国際的な世界観が窺える。グノーム王は人間性に対しての勝利を宣言する。

訳者解説

> 四大陸のそれぞれからわれわれに届けられてくるのだ。トンブクトゥからのものとパリからのもの。黒人の心臓と公爵夫人の心臓だ！中国の大きな城壁の下で、阿片を飲んでぴくぴく動いていた心臓やら、また商店の売り台の奥でずいぶん長く置かれて、もう少し腐りかけているロンドンの心臓もある！　(p. 159)

マリ共和国中部の町トンブクトゥは、サハラ砂漠を越えたアフリカ内陸の黒人と北アフリカからやってくる商人が出会う交易拠点で、間接的にはヨーロッパから来る商人とも交渉があったので、「トンブクトゥ」は、「異国」や「遠い土地」の比喩として使われるようにもなった。「万里の長城と阿片」とロンドンについては、1840 から 42 年、麻薬のアヘンの貿易をめぐって起きた中国（当時の清国）とイギリスによるアヘン戦争[66]がある。人間の心を集めて生息するグノームは、あたかも、阿片によってブルジョアを陶酔させているようで、精神的死を意味する阿片中毒から人間を救うためには、グノームから心を奪い返さなければならない。

　さらに、グノームたちの錯乱状態とその残忍性「ふん、感傷か！うんざりだ。切ってしまえ！」(p. 160) は、ブルジョア社会を痛烈に批判した、アルフレッド・ジャリー（1873-1907）の不条理な『ユビュ王』（1896）に先行する。ポールは古代ピグマリオン[67]神話を思わせる、ジャンヌの愛によって、白大理石の彫像から人間の姿に戻る。

> ポール（ジャンヌを左腕に抱えて、剣を抜く）：お前たちの負けだ、哀れな者ども！　(pp. 161-162)

---

66) 18 世紀後半には産業革命を経たイギリスで紅茶を飲む習慣が庶民に広がり、中国から大量に茶を購入し、貿易赤字となった。このためイギリスはアヘンを植民地だったインドでつくらせ、中国に密輸して、貿易の不均衡を解消しようとした。

67) Pygmalion は、ギリシャ神話のキプロス島の王。自作の象牙の女人像に恋し、愛の神アフロディテによって生命を与えられたその像を妻とした。

このシーンは、「大きな雷光が舞台奥の空に筋をつける。雷が鳴って」、そして「ランプが消え、吊された心臓は燃えるように輝き始め」、光と音が交わる大がかりな舞台装置が、第 2 場のポールの自責する場面を導入する。

> ポール：おお！もうそんな言葉使いはおよし！頭を上げるんだ！これまでにも苦しかった僕を救ってくれて、そして今、僕を自由にしてくれる君、僕の命の恩人、これまでそうとは知られずにいた可哀想な恋人！それなのに僕は他の女性を探していたなんて！ああ！何と僕は、これまで恩知らずだったのか、未来にたいして物が見えなかったのだろう！（p. 162）

ジャンヌとの愛を確認した後、ポールは、ジャンヌに導かれて、幸福を象徴する「花が愛のように、永遠に変わらず、並み外れて大きい、真っ青な国[68]」（p. 164）に旅立つことになるが、その前に、ポールは人間の心を再び解放するために心臓を携えてブルジョア社会に戻る。

3）クロケール邸

『心の城』で典型的なブルジョア生活を描いているのが、第 3 タブローと第 10 タブローの舞台であるクロケール邸だ。

クロケールについて、フロベールは当初ダヴァリ Davary[69]と命名したが、これは『ボヴァリー夫人』の凡庸な保健士 Bovary と、『感情教育』の大資本家 Dambreuse と関連づけたような名前だ。アルフレッド・ド・シィジィ Alfred de Cisy は、『感情教育』にも登場する貴族で、主人公フレデリック・

---

[68] 象徴主義の詩人、劇作家、随筆家であった、モーリス・メーテルランク（Maurice Maeterlinck, 1862-1949）はベルギーの、フランス語を話す裕福なフラマン人カトリック教徒の家庭に生まれた。死と生命の意味を主題とした戯曲『青い鳥』*L'Oiseau bleu*（1908）を書き、興行は世間の好評を博した。フロベールの「青い国」がその基盤となった可能性も否めない（cf. Marshall C. Olds, *op. cit.*, p. 27）。

[69] *Ibid.*, Note 12, p. 32.

モローとアルヌー夫人をめぐって決闘することになる（第Ⅱ部第4章）。さらに、オネジム Onésime は 1874 年唯一上演されたフロベールの戯曲『候補者』の登場人物名でもある。こうした安易な命名から、小説には崇高な芸術を解する資質のある読者を求めたフロベールが、夢幻劇『心の城』の観客については、一般のブルジョア階級を想定し、しかも舞踏会を通して有産階級を揶揄していることがわかる。ポールにとって決定的な災いをもたらすことになる人物ルトゥルヌー Letourneux[70]、つまり文字通りの「腐敗した人物」も登場する。

　ポールの姓（ド・ダンヴィリエ）に貴族の身分を示す小辞が付いていること、彼の年齢（25 歳）、さらに 5 年間に渡った北アフリカ、中国まで研修旅行などの個人情報が観客に紹介される。クロケール夫人とポールの会話は、ブルジョアの娯楽としての「イタリヤ座」の桟敷席や絵画に及ぶ。

> あなたは絵を描かれるようだから、今度はあなたの旅のアルバムをもって来ないといけませんよ。(p. 52)

クロケール夫人は自分の拙い「水彩画」をポールが馬鹿にしないようにと注意するが、「水彩画」はエジプトや中国絵画に端を発するブルジョア社会に浸透した文化の一端である。当時流行していた中国あるいは日本趣味が窺える。フロベールは、完成したばかりの『心の城』をゴンクールに聞かせる[71]が、彼の「日本のアルバム」[72]の出版にも興味を示した。ゴンクールは 1861 年に日本のデッサン[73]（ちりめん本）をはじめて購入して以来日本美術の研

---

70) Letourneux は、動詞 tourner に名詞語尾 -eux（-eur の変形）がついたもので、成句、*Ça me tourne sur le cœur.* は「それには吐き気がする」の意。

71) Edmond et Jules de Goncourt, *Journal*, tome I, p. 1347（30 octobre 1863）.

72) 『ある芸術家の家』のことで、パリ 16 区オトイユにあるモンモランシー大通り 53 番地の自邸の、東洋風書斎を記述している。Edmond de Goncourt, 'Escalier（Les Albums japonais)', *La Maison d'un Artiste*, tome I, pp. 192-237.

73) 「私は先日＜ポルト・シノワーズ＞で、布に似た、羊毛の柔らかさと柔軟性に富んだ紙に印刷された日本のデッサンを買った。」Cf. *Journal, Mémoires de la vie*

究に勤しんだことで知られる。1867年に刊行されたゴンクールの『マネット・サロモン』に日本画と絡めた描写がある。主人公コリオリ・ド・ナーズが灰色の空のパリのわびしさ(現実)からの逃避行である華麗な絵本(夢幻)に見入る見事な夢現の世界が描かれている。

> 食器戸棚から、色とりどりの押型で、金を点刻あるいは畝模様を施した表紙の、絹糸とじアルバムを一掴み取り出した。(中略)ぱらぱらめくりながら、緋色、群青、エメラルド・グリーンの色とりどり、多彩で、輝く東洋の絵の具を散らした象牙のパレットのような、これらのページを見つめていた。彼にとって、妖精の国の一日、影がなく光のみの一日が、これらの日本画のアルバムから明けていった。(中略)他のアルバムはコリオリに花束でいっぱいの大鳥篭、洋紅色の果物をつつく金の鳥を披露する、と、日本のこうした夢幻のなかで、現実の光が、パリの冬の陽ざしが、アトリエにもたらされたランプの灯影が射し込んだ[74]。

ポールが夫人から求められた「アルバム」は、『感情教育』冒頭、主人公フレデリックが登場する際の描写、「髪の長い、アルバムを小脇に抱えた18歳の青年が船の舵の傍らで、じっとしていた」[75]にも記され、青年の船出のイメージを映し出す。清廉潔白なポールへの誘惑は、光の幻影によって巧みになされるが、ポールの口から、フロベールの標語「ブルジョアへの嫌悪と芸術への愛」を想起させる、画家オネジムへの台詞「ブルジョアを憎みながら

---

 littéraire, Robert Laffont/ coll. Bouquins, 1989, tome I, 8 juin 1861, pp. 706-707.「日本の芸術品は、ヴィヴィアンヌ通りにあった、ブイエットの＜ポルト・シノワーズ＞では1826年から、ドセルの＜ランピール・セレスト＞においては1856年以前に、そしてサン・マルク通りのウッセの＜セレスト・アンピール＞においても時おり売られた」クレール・メラ＝ヴォル Claire Meyrat-Vol 'Une vision littéraire du Japon: L'« écriture-exposition » des Goncourt et de Zola', *Regards et discours européens sur le Japon et l'Inde au XIX siècle*, PULIM, 2000, p. 123, note 8.

74) Edmond et Jules de Goncourt, *Manette Salomon,* Flammarion & Fasquelle, pp. 188-190.
75) *L'Education sentimentale*, CHH, tome III, p. 47.

訳者解説

偉大な芸術への愛を高くかかげているんだね？」(p. 55) が吐かれ、ポールのルトゥルヌーやクロケール夫妻に対する毅然とした態度が示され、彼の美徳をたたえる妖精の賛歌、再生のイメージと光の祭典で第3タブローは閉幕する。

> 招待客が退散した後、シャンデリアと枝付燭台と大燭台が、バラ色、緑、青の光を発してより強く燃え始める。地面に落ちたブーケがひとりでに起き上がり、花台に戻っていく。しおれた花は花開き、あちこちにある家具はしかるべき位置に戻る。舞台の両袖の女像柱は動き出して前進する。それらはポールの美徳を喜ぶ妖精たち自身である。(p. 66)

燭台の炎が、すべての色を表すことができる光の三原色（赤・緑・青）を放ち、落下したブーケや家具が、ひとりでに、起き上がり、しかるべき位置に戻される。さらに動き出して前進する両袖の女像柱、そうしたすべては、コクトーの『美女と野獣』（1946）のさまざまな映像技法[76]を先取りした描写である。

夢幻劇のフィナーレを飾る第10タブローの舞台は、クロケール邸の庭園である。ポールとドミニクはブルジョアに戻す心臓を携えて登場する。ブルジョアたちの1人、コロンベルは「商店街の中央の広場に、なにかとても風変わりで、奇妙で、とても面白いものがあるよ！ 私は香具師（やし）をたくさん見てきたが、あんなのは1人もいなかった。1スーで心を売るって言うんだ！」(p. 173) と驚く。第3場で「長い白髪に白い髭、身体を完全に包み込む黒いビロードのゆったりしたガウンを着たポール」(p. 174) に従うドミニクは、フロベールの東洋への憧れである中国服を身につけている。ポールとドミニ

---

[76] フロベールと映画の技法に関して、モーリス・バルデシュによれば、「『心の城』は本来映画の分野の属している。実際、フロベールは演劇ではなく、映画が天職だった。素晴らしい視覚的創造主であったが手段を欠いていた」CHH, tome VII, p. 21.

クは幻想の国ピパンポエから来たと告げる。大団円第4場は、最後の心臓を持ち主ルトゥルヌーに返すことが出来ずに絶望したポールが、玉座に鎮座するジャンヌに向かって、「走りながら階段をよじ登る。彼が上っている間、彼の衣服が消え、フィナーレの衣装である、真っ白の長いコートに変わる」(p. 184)。ポールの衣装は、歌舞伎での、1人の役者が同一場面で素早く姿をかえる「早変り」の演出さながらに変容し、「〈黒い〉ビロードの大きな服」から「〈真っ白〉で長いコート」に変わる。

第3タブローと第10タブロー、双方ともポールたち仲間の勝利を讃える場だが、第3タブローは現実に即した臨場感があり、道化ドミニクが重要な役を演じる第10タブローは、ブルジョアたちの更生が、「心臓（心）を人々に返す」行為でパロディー化される幻想の舞台である。

4) 貧しい部屋とピパンポエ国
　第4タブローと第7タブローでは舞台環境がまったく正反対に設定されている。第4タブローでは、貧困のどん底にあるドミニク（第1場）とポール（第3場）、そしてジャンヌ（第6場）、各自が『心の城』での立ち位置を確認し、真情を吐露する。
　ドミニクは、靴型の長靴一足を見つけ、寒さを凌ぐために「ああ！長靴！（靴型から長靴を引き出す）　駄目ってことはない。（それを火中に投げ入れながら）やれやれ！」と自暴自棄な様子。一方、気持ちは「すべての財産とともに自殺したオリエントの王たちのように」まっすぐながら、同じ思いのポールの前に、

　　　（暖炉は少しずつ高くなり、そして拡がる。その炎の中央に、ポールが夢見ていたまさにその姿が示される。上部の縁がたえず上昇し、フリーズのなかにほぼ消える。そして荒々しい建築様式の真黒の城が、真っ赤に染まった銃眼とともに見える）お城だ！いったいどこのだろう？　見たことがない。（城は消える。手にしている手紙が光り輝く。ポールはそれを読む）(p. 72)

訳者解説

暖炉の炎から、作品後半のクライマックスを飾る「蜃気楼（城の幻影）」が「幻」の姿を現す。そして妖精からの光り輝く手紙が披露される。

一方の第7タブローのサブタイトル「ピパンポエ国」は、フロベールの作り出した幻想的な名称である。舞台は、『聖アントワーヌの誘惑』の「シバの女王の誘惑」の場にふさわしい想定で、『心の城』が執筆された1860年代のフランスを席巻したオリエンタリズムを髣髴させるインド・イスラム様式の屋敷は、象眼や黄金の竹細工のストールなど東洋的な要素がごちゃ混ぜに使われた1878年のパリ万博に出展した日本館をも想起させる。

> 巨人は、階段を上がらずに、腕を伸ばして、ギャラリー中央の外側のアーケードを閉ざしている金色の竹でできた日よけを、一気に上まで上げる。オリエントの街、ミナレット、ドームが見える。(p. 131)

このタブローで注意すべき挿絵は、漢字を模した巻物を開いている高官だ。1880年代にはすでに日本の「カケモノ」「スリモノ」がパリに多く出回っていたが、『ラ・ヴィ・モデルヌ』版の挿絵で、いくつかの長い紙帯を抱えている人物は外務書記である。

> 緑の服の上に、毛皮で縁取りされたコートを着て、アストラカンの縁なし帽を被り、インク壺を黒いベルトに、左手には、指の間にいくつかの巻物[77]をもった高官が登場する。(p. 129)

フロベールが憤慨する程に内容とかけ離れた「巻物をかかえた人物像」は、画家のジャポニスム風潮を反映し、日本の「掛け物」kakémonoと類似している。しかしこれも出版元であるシャルパンチエに負うもので、フロベール

---

77)「長い紙テープ」つまり東洋絵画（巻物）、「インク壺」、「墨」を示唆することから当時のジャポニスム流行を反映した墨絵の巻物。

の意向から外れた図版である。
　また以下の唐突な台詞、

　　崇高な女王陛下の命に従い、われわれは、昨日、陛下が絹製品市場に白
　　い象に乗ってお出かけになった時、すぐにひれ伏さなかった 12 人のろ
　　くでなしたちを、細かく刻んだところです。(p. 128)

から先ず、ダビッドの《アルプス越え》(1800) の絵画に描かれた白い毛並みの馬に跨がる、ナポレオンが姿が思い起こされる。実際に騎乗していたのは山道のためのロバだったとされる説のあることから考えれば、「白い象」は、エジプト遠征のナポレオンの風刺とも取れる。また「12 人のろくでなし」はキリスト教の 12 人の使徒迫害を示唆し、勝利への道が閉ざされたことにもなる。第 3 場のポールとドミニクの処刑の行列はカルタゴを舞台にした『サラムボー』終焉のマトーの死刑を連想させる。第 5 場では、まさにオリエンタリズムの世界が展開し、ジャンヌは、『ヘロディアス』の「ヘロデ王」、『聖アントワーヌの誘惑』の「シバの女王」のように、自らの富や領地を与えることを条件にポールを引き留めようとする。

　　そしてあなたに私の港、船員たち、艦隊、すべての海と、これから発見
　　される島と国をあげましょう。(p. 135)

　女性の美の表現として、フロベール文学が好んで描写した「手」について、『心の城』の構成上、第 4、第 7 タブローのグループのジャンヌに注目すると、第 4 タブローで、人知れずポールの世話をしていたジャンヌは、偶然ポールの在宅中に家事手伝いに訪れ、ポールは感謝を込めて彼女の「可愛い小さな手」(第 4 タブロー第 4 場) を愛でる。第 7 タブローで、ポールに見放されてすべてを悟ったジャンヌがモノローグで懐かしむ「彼がその唇に近づけた私の手」(第 7 タブロー第 6 場) には、彼女の悔恨の情が、第 4 タブローでの幸せだった思い出に照応して描かれる。

訳者解説

　第10場では、ポールはジャンヌに「あなたを見れば見るほど、私に遠い思い出が蘇り、あなたの顔がもう1つの… 若い娘の顔になっていく」(p.143) と告白する。ジャンヌはポールに真実を告げるために死を選び、その自己犠牲によって彼女は妖精の女王に救済される。

　これまで検討してきたすべてのタブローには、試練はあっても、概ね楽観的な終焉が見込まれることが分かる。マリ＝ジャンヌ・デュリィは次のように論じている。

> インドには出発できずに、彼は妖精のいる林間の空地、ピパンポエ国、そしてグノームたちが人間たちから奪い取った心臓を保管している巣窟に向かって出発した。(中略) 作品のすべてが「幻滅」と名付け得る著作で、この上演できない失敗作は唯一勝利に輝く幻想に取り組んだ作品である[78]。

　現実にインドと日本への旅を断念した[79]フロベールにとって、幻想の国ピパンポエ、そして「心の城」への旅立ちはブルジョア社会の呪縛からの逃避で、救済への期待だった。

5) ブルジョア社会

　最後に『心の城』の中枢に位置する、第5タブロー:「身づくろいの島」[80]と第6タブロー:「ポトフの王国」を見てみよう。

　第5タブローは、当初ジャンヌを教育しブルジョア社会に適合させるためのタブローとして想定されていた。このタブローの挿絵は、ジャポニスムの影響が顕著で、日本的なイメージの舞台装置に作り上げられ、日本の扇子や

---

78) Marie-Jeanne Durry, *Flaubert et ses projets inédits,* Nizet, 1950, p. 56.
79) ルイーズ・コレ宛て1852年5月8日付け書簡, *Corr.,* tome II, p. 88.
80) BN 草稿 (NAF 15810) では「l'Ile de la Toilette 身づくろいの島」であるが、Catalogue Bibliothèque du Colonel Daniel Sickles: Trésor de la littérature française, IX. 7 juin 1991, #3624 では「Le pays de la Toilette 身づくろいの国」となっていた。

櫛といった女性の身づくろいの道具までが細かく描かれ、特に櫛は『芸術の日本』にも取り上げられた日本伝統文化の代表的な工芸品で、中国通のブイエの構築したイメージに、スコット[81]がジャポニスムの影響を加えた挿絵となった。

> 左手、ギョリュウのような木がマラブーをつけて、そして棕櫚のようなもう1本の木が、扇子を差し出している。カミソリの畑がある。より遠くには、鏡の木、鬘の木、飾り房の木、櫛の木があり、そして色とりどりの衣装が、大きなキノコにぶら下がっている。(p. 79)

キノコには「帽子掛け」や「宝石箱にネックレスをかけるひっかけ」の意もある。フロベールが高くそのイメージを評価したシェクスピアの『マクベス』[82]の「動く森」さながら、魔法にかけられたようにジャンヌは周囲のすべてのオブジェがゆっくりと動くのを眺める。

　第2場で、太鼓とフルートとチャイニーズパビリアンの大きな音に導かれた、クーチュラン王に扮する悪魔グノームと王妃の登場が、アンベールも指摘した日本劇の特色である「雷」(p. 82) によって告げられる。BNの草稿（NAF 15810 本書補遺205頁）には、「クーチュラン」(couturin 縫い合わせる人) は「ポマダン」(Pomadin めかし込む人) と命名されていた。つまり見かけが大事な役割を果たすタブローである。

　第3場でクーチュランの前に、第一帝政の夜会正装であった「帝政風の

---

81) スコットは、『ラ・ヴィ・モデルヌ』のジャポニスム関連挿絵のほかにも、女性の衣装を論じたマルグリット・ダンクール Marguritte d'Aincourt 著 'Etudes sur le Costume féminin', *L'Art de la Femme*, Ed. Rouveyre et G. Blond, p. 7-8 の日本の部屋着を着たパリジェンヌのデッサンなどを描いている。

82) ルイ・ブイエ宛て1856年8月31日付け書簡. *Corr.*, tome II, p. 628. フロベールは姪カロリーヌの英語教師ジュリエット・ハーバート Juliet Herbert と『マクベス』を読み、「イメージが思想をむさぼり食っている！何たる教養人！メタファーの濫用！少なくとも2つ3つのメタファーを持っていない1行そして1文字はない」と称賛した。

訳者解説

緑の手袋」[83]をはじめ、「麒麟のような髪型、チュニックの上に黄色いショール」（p.86）姿、つまり第一帝政のアンピール様式、「キリン」に象徴されるエジプト文化とシャルル10世の王政復古、それに古代ローマを想起させるチュニックを纏って、ジャンヌが登場する。『心の城』の共著者ドスモアの父が、1791年までシャルル10世の近衛隊であったことから、「キリンのような髪型」については、オスマン帝国のエジプト大守、ムハンマド＝アリー（Muhammad=Ali, 1769-1849）からシャルル10世（1757-1836）に贈られたキリンの影響が考えられる。1827年春、パリに到着したキリンは、それから3年間、首都の主要なアトラクションの1つとなり、死後は剥製化された。このキリンから、多くのイラストやキリン風のファッションが生まれ、フロベールも愛読したシャルル・ノディエ（Charles Nodier, 1780-1844）の『キリンの覚書』[84]が書かれ、グランヴィル（Grandville, 1803-1847）がその装飾図版を制作している。

またオリエンタリスムの観点から、「緑」は自然と関連づけられて、イスラムの伝統的色彩として考えられる。ジャンヌは「緑色の流行おくれな人間」の格好で登場し、「緑の手袋を捨てる」ことによって最新のモードの世界に入ることになる。

第5タブローは、すでに言及したように、西洋文化の原点である羊飼いがテーマとなっていたBN草稿第VIタブロー「無垢の国」と一体化された。『ラ・ヴィ・モデルヌ』に掲載された決定稿においては、「無垢の国」の部分を削除して、舞台背景に、新聞の社会面の記事など、時勢の多彩な雑報を挿入することで、第5タブローはより現実に則したものとなった。

ここで歌舞伎の回り舞台を思わせる、舞台装置の明転が行われ、田園的な

---

[83] 第一帝政の夜会正装として「緑の手袋」に関しては、カプフィグ（Jean-Baptiste-Honoré-Raymond Capefigue, 1801-1872）著 *L'Europe pendant le consulat et l'empire de Napoléon*, Société Belge de Librairie, 1841, p. 181 に詳しい。浮世絵はじめ、日本美術に描かれた緑に関しては、Claire Meyrat-Vol, *op. cit.*, pp. 123-124 に詳しい。

[84] « Tablettes de la girafe du Jardin des plantes » dans *Scènes de la vie privée et publique des animaux*, tome II, Pierre-Jules Hetzel, 1842.

バレエが組み入れられて、百貨店の場に移るが、『ボヴァリー夫人』で描かれた 19 世紀フランス社会の持つ「田舎 — パリ」の二律背反が明確に描写される。

> バレエ
> クーチュランの合図で、廷臣たちは右袖から左袖から押し寄せる。衣装を着たキノコの方に向かう者、他の者は舞台奥の布地の方へ、マラブーの方へ向かう者、櫛の木の方へ向かう者など。そして彼らはジャンヌに急いで着物を着せ、化粧する。その間に舞台奥と両袖が変化し、上から下まで、婦人たちの相手をする店員でいっぱいの、巨大な流行品店の売場になる。（pp. 88-89）

第二帝政期にパリで建設されたデパート、「オ・ボン・マルシェ」（1838 創設、1869 年改築、1989 年に「ル・ボン・マルシェ」に店名を変更）や、「ル・プランタン」（1865 年 5 月 11 日開店）など、新しい鉄とガラスの建物を彷彿させる「巨大な流行品店の売場」には、所狭しと大量の魅惑的な商品が並べられた。1880 年 2 月、『心の城』連載中のフロベールは、『ナナ』についての批評[85]をゾラに寄せたが、ゾラは、その時、パリで生まれつつある近代的な百貨店についての小説『オ・ボヌール・デ・ダム』 *Au Bonheur des Dames*（1883 年）の出版を予告していた。それは、主人公オクターヴが経営する百貨店「オ・ボヌール・デ・ダム」が周囲の小規模な商店を破滅させながら発展してゆく物語で、当時の世相を反映するものだった。フロベールは、第 5 タブローでさまざまな近代的商法によって婦人客を食い物にし、容赦ない価格競争によって近隣の老舗商店を押し潰しながら発展していく、当時の消費社会の象徴であるデパートの場面を設定することで近代産業を揶揄するのだ。

フロベールが単独で創作し、上演を望んだ第 6 タブローは、ブルジョアを

---

85) 15 février 1880, *Corr.*, tome V, pp. 833-834.

訳者解説

象徴するラタトゥイユ[86]（ごった煮）を想起させる「ポトフーの王国」の場で、スコットの描く「半円形の町の広場を表している」舞台装置は、画面中央に大きな壺が飾られ、その周辺を半円形に家屋が並んだ幻想的な空間である。「6時の夕食」、「8時の就寝時間」など時間の記述があるが、これらは、フロベールも愛読したエドガー・ポー[87]の「オランダの村に夜、同時に鳴り響く振り子の音」に似て、ブルジョアたちの紋切り型の生活リズムを表している。フロベールが第6タブローの舞台化を切望した理由は、ポトフに集約される空疎なブルジョアたちの日常の告発にある。

「半円形の舞台」設定は西洋伝統の競技場を連想させると共に、日本の「回り舞台」を想起させる。またフロベールの作品で唯一劇場上演された『候補者』(1874) 第3幕冒頭のト書「舞台中央の小さな壇は椅子でいっぱいである」[88]を重ね合わせて考えると、『心の城』の「半円形の舞台」もまた、のちのアンチ・テアトルの代表作家イヨネスコ（Eugène Ionesco, 1912-1994）の不条理をテーマとした『椅子』Les Chaises – Farce tragique (1952) の舞台装置[89]

---

86) ハッサン＝エル・ヌーティ Hassan-El Nouty, *Théâtre et pré-cinéma*, Nizet, pp. 68-69. ゴーチエが賞賛したジラルダン夫人（Delphine Gay, Mme Emile de Girardin, 1804-1855）作『クレオパトラ』をフロベールが「ラタトイユ」と形容したことはよく知られている（cf. 1847年11月付けフロベールからルイーズ・コレ宛て書簡, *Corr.*, tome I, p. 486）。拙著 *La Théâtralité dans les deux "Education sentimentale"*, France-Tosho, Tokyo, 1985, p. 22 参照。

87) Cf. Charles Baudelaire, «*Edgar Allan Poe, sa vie et ses ouvrages*»（『ルヴュ・ド・パリ』1852年の3月号 pp. 138-156、4月号 pp. 90-110. に掲載）。フロベールはルイーズ・コレへの書簡（*Corr.*, tome II, p. 83）でポーに言及。なお鐘の音に関しては、『ファウスト』に呈した賛辞にも「鐘の音の場面における何という魂の切なさ！」(*Corr.*, tome II, p. 166) と記される。

88) *Le Candidat, comédie en quatre actes par Gustave Flaubert représentée sur le théâtre du Vaudeville, Les 11, 12, 13, et 14 mars 1874*, Charpentier et Cie, Editeurs, 1874, p. 101.

89)「1952年4月22日、ランクリ劇場 Théâtre Lancry で初演。シルヴァン・ドム Sylvain Dhomme の演出で、舞台装置はジャック・ノエル Jacques Noël による。舞台奥が補強された半円形の壁。舞台は簡素である。舞台鼻（プロセニアム）、右手には3つの扉、脚立を前においた窓、それからもう1つの扉があり、舞台奥には両開きの大きな貴賓扉、観客にはほとんど見えない、向かい合った2つの扉がその扉を

を予告する斬新な演出である。

> 舞台は、半円形の町の広場。町全体を一瞥できるように、すべての通りはそこまで続いている。みな同様の、装飾のないファサードの哀れなたたずまいの家々には、鉛白が塗られて、チョコレート色に彩色されている。広場の中央には、三脚で支えられて、燃え上がる炭火の上に、巨大なポトフが沸騰している。(p. 103)

　ブルジョア生活を象徴するポトフの広場に集束する、「すべての通り」のイメージは、東方遠征から帰還したナポレオンを讃える 12 の大通りが発する凱旋門を想起させる。凱旋門は、古代ローマの凱旋門に範を取ったもので、新古典主義の代表作の 1 つであるが、その建設は、1805 年のアウステルリッツの戦いに勝利した記念に翌年 1806 年、ナポレオン・ボナパルトの命によって始まり、1836 年、ルイ・フィリップの復古王政時代に完成した。ナポレオンはフロベールが生まれた 1821 年に死去しているので、彼がこの門をくぐったのは 1840 年にアンヴァリッドに改葬された時である。1852 年にルイ゠ナポレオンがナポレオン 3 世として皇帝に即位した時、オスマン男爵は 1853 年にパリ市を含むセーヌ県知事に任命され、パリ改造計画に着手した。「オスマン化」の恩恵を受けインフラの整備が進んだパリ中心部と、パリ周辺部の居住環境に差が開き、徐々に富裕層が中心部に居住し、貧困層は周辺部に追いやられた。この「オスマン化」の進展と平行して開店したのが、第 5 タブローで見た、中心部富裕層の婦人などを購買層としたオ・プランタンなどのデパートで、貴婦人たちが買い物を楽しむ習慣が形成される。第 6 タブローの舞台装置は、こうした 19 世紀フランスのブルジョア生活を象徴的に表現した幻想空間である。

囲んでいる。左手は、右手と同じ構図で、扉も窓の位置も左右対称であるが、黒板と壇がおかれている」Eugène Ionesco, *Les Chaises– Farce tragique*（1952）, in *Théâtre* I, préface de Jacques Lemarchand, Gallimard, 1967, p. 130.

訳者解説

　第6タブロー冒頭、背後の舞台袖にいるブルジョア詩人たちが腰にぶら下げている「ミルリトン」は、両端に玉葱の皮・薄紙などを張った「葦の横笛」で、「食」との関連で見てみると、フロベール自身の思い出が凝縮されているルアン特産品であったアーモンド入りクリームを詰めた「小さなタルト」の名称である。「玉葱の皮」から、自ずと『紋切り型辞典』の中で唯一「夢幻劇」が記載されている「時計」の項目で、「夢幻劇の登場人物がチョッキのポケットから時計を取り出したら、それは玉葱にきまっている」[90]とあることに気づく。大型時計のことを当時「玉葱」と言ったのだ。先に注目した「6時の夕食、8時の就寝時間」など時の表記は、「大型時計」の存在と合致して、平坦で規則正しいブルジョア生活の雰囲気を醸し出す。ミルリトンを使った表現として「de mirliton　俗っぽい、へたな」があることから、フロベールのブルジョア風刺が読み取れる。こうして、舞台にもたらされたオブジェが、小説さながらに、本来の意味（原義）と比喩的意味（転義）を呈示していることが判かる。

　両袖前景の、制帽を被った中学生（コレジアン）たちのアコーデオンの音色[91]は、拍子をとったり、気分を出すために奏でる歌舞伎あるいは文楽の下座の囃子、あるいはレガメが語る浄瑠璃（義太夫）[92]を思い起こさせる。

　　　両袖の前景で、中学生（コレジアン）のグループが、ケピをかぶって、アコーディオンを奏している。

　　　（中略）

---

90) フロベールも愛読した、1862年4月19日のシャトレ座のこけら落としの興行として、ウジェニー皇后臨席のもとに、上演された『ロトマゴ　*Rothomago*』に「玉葱」に関しての1節がある（Marshall C. Olds, *op. cit.*, p. 34 参照）。
91)「役者に混じった、僧服を着たオーケストラが、ルイ14世の時代の君主がコメディー・フランセーズの彼らの席にいるような具合に、舞台の左手にじっとしている」Edmond de Goncourt, *La Maison d'un artiste*, tome I, op. cit., p. 200.
92)「舞台脇の格子のはめられた桟敷では、義太夫がしゃがんでいる。この男はギター（三味線）を奏でて、涙ながらの、拍子のとれた調子で話す」フェリックス・レガメ Félix Régamey, *Le Voyage au Japon*, p. 779.

中学生(コレジアン)たちが演奏するアコーディオンの憂鬱な音色で幕が上がる。幕が完全に上がってからも、その音はしばらく続く。(pp. 104-105)

東洋趣味を意識的に使うことにより、フロベールはブルジョアたちの生活を、現実から乖離したものとして揶揄する。

　地道に続けなさい、それが諸君を、休息に、富に、敬意に導いてくれる！
　(p. 105)

フロベールの愛読するヴォルテール（1694-1778）の楽観的な視点に立った哲学小説『カンディド』[93]（1759）の師パングロスが、苦境の折のカンディドを諭す常套句である。つまり、空理空論にふけるより、自分の仕事に精を出すこと。理想の女性像についても、モリエールが『女の学校』で揶揄した、いわば『女大学』風の女子への訓教、あるいは『ル・ジャポン・イリュストレ』[94]が描いたエマ・ボヴァリーの生き方とは対極の、日本の演劇に登場する貞淑な女性のプロトタイプ（手本）が描かれる。

　女性にとって最も美しい姿勢、女の理想的な構え、敢えてこう表現すれば、少しばかり跪いて、手には穴杓子、毛糸の靴下を左腕に、クピドに背を向けて、そしてポトフの湯気に頭を煙らせることを忘れないこと！
　(p. 109)

---

93) フロベールは、若い頃からヴォルテールを愛読し、ジュール・デュプラン Jules Duplan 宛て1857年5月20日頃の手紙には「『カンディド』をいくつかある夢幻劇のタブローに分割しようと考えていますか？」(Corr., tome II, p. 721) と書き送り、さらに1859年11月付のアメリー・ボスケ宛ての書簡で『カンディド』の締めくくりの言葉「自分の庭を耕さなければなりません」(Corr., tome III, p. 61) を引用している。

94) Le Japon illustré, p. 224.

訳者解説

「ポトフの王国」は、第3場冒頭のグノーム王の台詞、「悪の精神が勝利を収める相手は凡庸な連中だ!」(pp. 111-112) というブルジョア社会の揶揄に集約できる。ポールはそこで、ジャンヌが着せたブルジョアの象徴である顎髭、耐え難いシルクハットを脱ぎ捨て、「心の城」を征服することを自覚し、断言する。

> おまえたちの奴隷の心、円錐形の頭、グロテスクな衣装、醜い調度品、卑劣な仕事、食人種の凶暴さなんて… (p. 120)

フロベールが嫌ったブルジョアの象徴であるシルクハットは、第二帝政の崩壊の結果成立した第三共和制下の「中産階級市民の礼服と組み合わされた革命後から流行った長い円筒形」[95] の礼装用帽子で、つまり中身が空っぽである。命に逆らったポールはブルジョアたちによって投獄されてしまう。一方、「世界のエレガンスとそのくだらなさ」、そして「忌まわしい行列に対するブルジョアの素朴さ」に辟易したジャンヌは、異郷の「宮殿」と「玉座」を悪魔に要求する。

> ダイヤモンドの階段のある玄武岩の宮殿が欲しい、より高いところから、埃の中でひれ伏す、私の意のままになる民族すべての頭をあの方が見下せるように、あの方を私のすぐ傍の金の玉座に座らせることよ!(p. 123)

『聖アントワーヌの誘惑』(第5章末尾、CHH, IV, p. 150) に登場する、シバの女王の「ダイヤモンドの国」を想起させるジャンヌの「宮殿願望」を肯った王は、『聖アントワーヌの誘惑』で「聖アントワーヌを宇宙へと、その角に投げかけて、さらっていく」悪魔さながら、グロテスクな姿を見せると、綿製の帽子の房が炎(閃光=悪魔)を上げ、ジャンヌと共に消え去る。

---

95) 立仙順朗『マラルメ ― 書物と山高帽』水声社、2005年、288-289頁。

「ポトフ」の終焉は、ブルジョア社会を象徴する以下のような幻想的な舞台への変転である。

> たちまちポトフは、取っ手が2つの翼に変化して、天に舞い上がり、上の方に着いて、ひっくり返る。眠りに陥った都市を覆うように、ポトフの側面がどんどん拡大していく間に、光輝く野菜、にんじん、かぶら、ポロネギが、容器の窪みから漏れて、星座のように黒い穹窿(きゅうりゅう)にぶら下がっている。(p. 124)

あたかも2つの翼をもつキューピッドと化しての昇天、この神秘的な「野菜の群の、点々と輝く黒い穹窿」は、『聖ジュリアン伝』の結末、「両腕にジュリアンを抱きしめている人は、頭と足が小屋の両側の壁に届くほど、大きく、大きくなった。屋根は飛ばされ、天が開けた。——そして、ジュリアンは、彼を天に連れ行く、我が主イエス・キリストと相向かって、蒼穹へと昇った」[96]の、ジュリアンとキリストの昇天を思わせる幻想的な舞台装置である。またフロベールも愛読し評価したゾラの『パリの胃袋』(1873)を想起させる情景でもある。「胃袋」は心情の完全な不在を示す。人間の過去と人間味を推し量ることができるのは肉体の状態で、ブルジョアたちにとって、脂ぎっているのは恵まれた誠実な人間であり、痩せているのは、断罪すべき赤貧の人で、いかなる共感も覚えることはない。

神秘的な天空の動きは、もはや舞台装置というよりは、20世紀の不条理演劇に先行する場面で、取手が翼に変容したポトフが昇天し、中身の野菜は星座のように、黒い円天井にぶら下がって、街に覆いかぶさる。そんな中、ポールとドミニクは街から逃亡する。フロベールが、舞台装置家として、『心の城』第6タブローの上演に執着したのは、「ブルジョア社会の悲惨」を、幻想的な舞台装置で演出したかったからに違いない。

第5、6タブローに見たこうした斬新な舞台装置は、まさに19世紀の世相

---

96) *Saint Julien l'Hospitalier*, CHH, tome III, p. 249.

訳者解説

を反映したアバン・ギャルドな演劇の先駆けと言える。

『心の城』の構成に関して、前半は主に歴史的事件や社会風潮を反映し風刺した「現実生活」に則した舞台装置で、後半は主にオリエンタリズムやジャポニズムなどを巧みに取り入れた「幻想空間」で、全10タブローが第5、第6タブローを軸として、前後、相照らして組立てられた2部作になっていることを確認した。しかし現実と夢想が背中合わせになっている訳ではない。『心の城』執筆当時に構想中であった『感情教育』のなかで、アルヌー夫人への思いを断ち切れないフレデリックが、ポルト＝サン＝マルタン劇場で暇つぶしに「古風な夢幻劇」を鑑賞する場面（第1部、第5章）に、「舞台は北京の奴隷市場で、鈴や銅鑼(どら)や前開きの長いドレスやとがった帽子、それに駄洒落が入りまじっている」[97]とあるように、現実と夢想の混交はフロベール全作品の特徴である。

こうしてテーマの繰り返しによって構成された『心の城』には、作品全般、あるいは前半と後半に、星を鏤めたような特徴的なモチーフが反復される。

3. 繰り返し

本文中に見られる繰り返しには、物語の展開に纏(まつ)わる登場人物たちの真似る行為、「コピー（模倣）」と、同じ文言（数字）をしつこく繰り返す「反復」がある。

1）コピー

第2タブロー（第3場）で、見知らぬ男（悪魔）が、予言者として、「あなたの作品は、限りなくコピーされ、ヨーロッパを覆うことになります。あなたは時代の脳裏に焼きつけられるわけです。巨匠、栄光、ほぼ宗教同然となる。あなたの凡庸さが思うままに威をふるって、人類すべてを馬鹿と化すわ

---

97) *L'Education semrimentale*, CHH., tome III, p. 118.

けです。それは自然界にまでも及ぶことになりますな」(p. 35) と、「紋切り型」を繰り返しコピーし続ける近代社会のシステムを読み解く。2人の筆耕〔コピスト〕を主人公とする『ブヴァールとペキュシェ』(1880) の小説の結論とされる草案は、「昔のようにコピーしよう」という言葉で締めくくられていた。この文言は小説続編（第2部）として刊行されるはずであった『紋切り型辞典』への「橋渡し」で、すべてが一貫して「コピーではないか」という、19世紀フランス文壇が抱えていた問題を提起している。

　第5タブローでは具体的な行為として、ジャンヌの行儀作法のモデルとして登場し、たちまち元の箱の中に閉じこめられる人形たち（ネジで動く機械人形）は、ロンドン万博以降、産業革命を経て鉄の時代に推移する近代機械文明の象徴で、フロベールの『聖アントワーヌの誘惑』創作のきっかけとなったルアンのサン゠ロマン定期市の人形芝居のマリオネット（操り人形）とは違って、ネジで作動する。

　サルトルは、『家の馬鹿息子』の中で、幼い頃のフロベールの「役を演じたい」願望を分析し、フロベールの創作におけるマリオネットの重要性について、「人間が舞台で演じるときには、彼らは操り人形になっていて、何らかの存在論的な実体を命のない物体から借りているのだと。少なくとも彼に関して言えば、もの言わぬ木片の尊厳を獲得するために芝居をすることを好むだろう」[98]と書いている。

　ジャンヌは、行儀作法として「命のない物体であるマネキン」[99]の動作を模倣〔コピー〕するようにクチューランに命じられ、ポールに気に入られるように真似る。

　　（マネキンの男女はねじを巻かれている間、優しい動作を交わし、それは徐々に

98）Jean-Paul Sartre, *L'Idiot de la Famille*, tome I, Gallimard, 1971, p. 775.
99）『ブヴァールとペキュシェ』の医学を扱った章中で、主人公たちが解剖のためにマネキンを入手するが、結局騒ぎの元となっただけで2人にとってこの実験は徒労に終わる。*Bouvard et Pécuchet*, CHH, V, pp. 82-84.

訳者解説

表現力を増していく）いや！それじゃない！ワルツだ！ワルツだ！（男女はワルツを踊り始める、そして、彼らが踊っている間、ジャンヌはできるかぎり彼らの動きのすべてを繰り返す）(p. 95)

しかし嫌悪を見せるポールの意外な反応で、その虚しさを自覚、ポールにとっての女性の理想像が「シンプルなブルジョアの女性」(p. 101) だと悟る。

創作から刊行にかけて長い歳月を要した『心の城』においては、田舎娘ジャンヌに作法を教授する「自動人形」が象徴するように、大げさに騒ぎたい狭猾なブルジョアたちは、フロベールの単なる無邪気な代弁者にすぎない、木偶の棒たち、傀儡(かいらい)であって、『心の城』前半最後のタブロー（第5）に駆り出されるゼンマイで作動する「からくり人形」[100]は、現実の空間から幻想空間へと観客を誘導する役割を果たしている。そこで注目したいのが、19世紀後半のブルジョア社会のサロンを華麗に演出していたジャポニスムの影響である。

からくり人形はフランスでも古くから存在したが、日本では江戸時代から世界の先端的な技術で知られ、早くから広く海外にも紹介された職人技であった。草稿では、当初、彼らが収納されるのは、心地よい「小さな巣」（MS69）となっていたのが「箱の中」に修正されたことにも日本独特の「箱入りからくり人形」の影響を見ることができる。アンドレ・ルクー（André Lequeux, 1852-1902）は、『芸術の日本』の中の「日本の演劇論」の項で、「日本のドラマは可能な限り真実に忠実なイメージであるので、しばしば、そして時には、場面全体が単なるパントマイムで展開する」と記し、さらにフランスのパントマイム役者は卑俗な操り人形にすぎないと述べた上で、日本の演劇技法としてのパントマイムを「私たちは日本のドラマ芸術をこう定義する。約束事である本当らしくない事を超越したパントマイムであって、人間

---

100) 立川昭二「1773年頃のジャケ＝ドロスの筆記人形」『甦るからくり』NTT出版、1994年、96-98頁。

は現実の生活で話しているように話すのだ」と評した[101]。『心の城』第5タブローでマネキンの男女が行う動作はまさにブルジョアを風刺した「パントマイムのパロディー（反復）」である。

2）数字の反復

『心の城』全編にわたって、ト書や台詞で際立って反復されるのが、異なる文脈のもとに書きこまれた数字の3と12で、それぞれの数字が舞台装置の一端に組み入れられて空間を形成し、夢幻劇の時代考証の道しるべ役を果たしている。

数字の3が頻繁に出てくるのは先ず大雑把に見て、構成の上で、フランス古典劇の「三単一の法則」（行動・場所・時間の3つの一致）を思わせて効果的であるが、夢幻劇である『心の城』に関してはそのジャンルからして他の戯曲のような約束事の範疇に収まらないことのアイロニーである。タブローについても、第3タブローは「クロケール邸」、つまり、フロベールが揶揄して止まなかったブルジョアの実情を描いた場面で、双方とも、フロベールにとって強調したいマイナスの要因（古典劇とブルジョア）である。

細目については、聖書から引用された言い回し「3たび聖なる」をはじめ、ジャンヌがポール宅を訪れる「3度目のノック」、大理石のポールが救いを

---

[101]「日本においては、場面すべてが、役者たちがちょとした言葉しか交わさないで続けられる。独白場面は滅多に見られないが、常に完全に正当である。私たちのところとは違う。そうした時、介入してくるのが。見えないコーラスの役割である。それは朗唱、むしろ戯曲を単調に朗読する。観客の目前で繰り広げられるパントマイムを物語る。その表現豊かな声は状況のイントネーションをとる。その声は恐ろしくなったり、調和したりする。それは大抵はおごそかで、時には完全に歌うような調子である。人生を表現するこの演出が、日本の役者たちを世界中のパントマイム役者の第一人者としているのだ。この芸術において、彼らは驚くべき完成度に到達し、そのお陰で、日本におけるドラマは、言葉を知らない外国人にとってさえも興味深いのである」André Lequeux 'Le Théâtre japonais' in *Le Japon artistique*, tome II, Librairie centrale des Beaux-Arts, Paris, 1888-91, pp. 158-160. ルクーは、1885年から90年まで日本（横浜）に滞在した。

求めて「3度の繰り返し叫ぶジャンヌの名」、「3倍も聖なるポトフ」、クーチュラン王のいる「3倍もおしゃれ」な場所、ジャンヌの「3倍も聖らかな姿」など「3」が作品全体に頻繁に繰り返される。

ではなぜ「3」が何度も反復されるのか？

フロベールの時代の文芸思潮の観点から注目したいのは、姪カロリーヌにリリック座での観劇を勧めたモーツアルトの『魔笛』[102]で、18世紀初頭、ロンドンで組織された国際的支援団体であるフリーメーソンのさまざまなシンボルや教義に基づく歌詞や設定が用いられていることが特徴で、とりわけ各所に、世界の統合と平衡を保証する三位一体（エジプト神話の幽界の王 Osiris, 妻 Isis, 子 Horus）の調和を象徴する「3」を繰り返し使っているのが目立つオペラである。

『心の城』の「木に変容した」食いしんぼうなドミニクの台詞（第9タブロー、第4場）や鳥が飛び立つ場面などは、『魔笛』の鳥刺しのパパゲーノを思わせる。

> ドミニク（泣きながら）：あぁご主人！　やっと見つけましたよ。それで、涙が、幹に、この身体に沿って雨のように流れていくんです。あなたを腕に抱き締めることは出来ません。枝は切られても切られても、また生えてくるんです。あなたをどれほど抱き締めたかったか！　いまいましい食い意地め、みんなこいつのせいだ！（顎を下げて、彼は自分の肩の上のプラムを食べ、そして泣き始める）ああ！神さま、神さま！
> ポールとジャンヌ（一緒に）：彼にお慈悲を、親切な妖精の女王！
> 女王（ポールに）：あなたが彼を愛しているなら、叶えましょう！
> （ただちに2つの枝が消える。ドミニクには腕がある。震えている彼の髪の動きで、頭から巣が落ち、卵がいくつか地面でつぶれ、鳥が1羽飛び立つ）(p. 165)

---

102) カロリーヌ宛て1865年3月10日付け書簡. *Corr.*, tome III, p. 427.

語源はドイツ語の鸚鵡 papagei からで、多色の羽根で覆われた衣装のパパゲーノは、ドミニク同様に、恋人を求めて旅する主人公に伴う道化だが、ドミニクのように身体の一部が枝に変容することはない。しかしオペラがフロベールの夢幻劇のルーツの1つであったことを想像させる場面だ。

フリーメーソンについては、『ブヴァールとペキュシエ』（第9章宗教の項目）に仏陀に関する論争の場面[103]があり、「キリスト教以前に、現世の事物の空しさ認めている」仏教に、ジュフロワ神父は、「フリーメーソンにあと押しされた旅行者のうそ」と反論し、勢いにまかせたペキュシエは「自分は仏教徒になる」と宣言する。

工業都市ルアンでは、七月王制時、フリーメーソンの基礎的組織単位としてのロッジと呼ぶ集会を6つ形成していて、ブルジョアたちや権力者が、彼らにとって危険な存在であった貧しい工員に対して、好感を抱いて応援したことで会員が著しく増加したという。フロベールの知人の弁護士で、市の有力者の1人、人民総務長官フレデリック・デシャン[104]（Frédéric Deschamps、1809-1875）がその増加に寄与した。ルアンのフリーメーソンは二月革命（1848年2月の市民革命が七月王制を倒し第二共和制を樹立）を暖かく迎え、デシャンの活動に協力した。ちなみにフロベールが、ルイ・ブイエの記念碑をルアンに建てる（1880年3月着工）ために「（ブイエの半身像で飾られた）泉の件」[105]で相談を持ちかけていたのはデシャンに対してであった。

ルアンのフリーメーソンに由来する数字「3」の繰り返しにフロベールの「故郷忘じ難し」を読み取ることができる。

物語後半（第6、7、8、9タブロー）ではとりわけ、数字の「12」が顕著に

---

103) *Bouvard et Pécucher*, CHH, tome V, pp. 243-244.
104) 戯曲『ノルマンディのボヘミヤン』（ルアンのテアトル＝フランセで1859年7月9日公演）を書いた共和主義者。ルアンのフリーメーソンについては、本池立「工業都市ルアンのフリーメーソンと二月革命」『史學雑誌』91（9）史學會、1436-1464頁と1509-1510頁、1982年9月20日号に詳しい。
105) カロリーヌ宛て1872年3月28日付け書簡, *Corr.*, tome IV, pp. 502-503.

訳者解説

現れる。キリストに選ばれた12人の使徒を示唆していよう。しかしフランス社会の変動や、さらには世界の動向に敏感であったフロベールは、ナポレオン・ボナパルトによる遠征の功績やオスマンによるパリ改造計画を無視できなかっただろう。第6タブローでポトフに至る大通りに凱旋門のイメージが重なり、第7タブローの幻想の国ピパンポエで、非礼な行動ゆえの処刑される「12人のろくでなし」はキリスト教文化の否定とグノームの支配を具現化し、第8タブロー第3場では「心の城」の12の窓が開き、それら各々のバルコニーにグノームたちがいる。

> 大爆笑が起こり、群衆の音が鳴り響く。城のすべての窓とすべての扉が、荒々しく開く。12の窓がある。その各々にグノームがあらわれる。中央のバルコニーには、頭に王冠を載せ、手には杖を持った王がいる。各々の扉から1人のグノーム（近衛兵あるいは従僕）が駆け出す。笑いながら、叫びながら、少し距離をおいて、ポールの周囲を飛びまわる。すべての木々は大きくざわめいてお辞儀する。驚いたポールは城の正面で立ったままじっとしている。(p. 154)

グノームの城という幻想空間に、開かれた12の窓は、近代的都市パリを俯瞰する凱旋門から放射状に広がる12の大通りを想起させ、グノーム姿の「台頭するブルジョア」の勝利を祝福するかに見える。第9タブローで口上を述べる「12人のグノーム」たちは凱旋するブルジョアたちの勝利を表している。

しかし、ここで注意を要するのは、作者フロベールの姿勢だ。フロベール初期の作品『激怒と無力』の臨終の場面を見てみよう。医者のオムラン氏は、アヘンの丸薬を飲んで深い眠りについたのだが、診察に駆けつけた12人の医者のうちただ1人だけが「この死体は眠りこけているだけだ」[106]と主張したが、結局「死者」として眠ったまま葬られる。葬られたオムラン氏の歯は

---

106) *Rage et Impuissance*, op. cit., p. 178.

「キリストに負けたときの悪魔の歯のように、がたがた鳴っていた」[107]。12人がキリスト教の使徒だとすれば、裏切り者のユダが、オムラン氏の救世主だったかもしれないと言うアイロニーである。こうしたフロベール独特のアイロニーを集積したのが、晩年のフロベールが構想を練っていた『紋切り型事典』だ。たとえば、草稿の「イヴト」[108]の項には、「イヴトを見て死ね」とある、これは諺「ナポリ見て死ね」をもじって、魅惑の異国ナポリと陳腐そのものである田舎町イヴトを等価にし、双方を皮肉くる。

『心の城』の織りなす世界の基盤は、数字3が喚起する、キリスト教、フリーメーソンといった19世紀フランスの社会の諸現象である。そして、とりわけ作品の後半部に設定されている、数字12が鏤められた幻想の舞台装置は、前半に描かれた「現実のパロディ」によってフロベール独特のアイロニーを巧妙に演出するのだ。

『ラ・ヴィ・モデルヌ』連載は実際のところ10タブロー構成となったが、フロベールが12の数字に執着していたことは、シャルパンチエ夫人やエドモン・ラボルト宛ての書簡に書かれているように『心の城』を12タブロー[109]で構成しようとしていたこと、12人の著名なオペラ座の装飾家に舞台装置を依頼することを約束したことにも窺える。フロベールは、凱旋門に集束する大通りが示唆するように、演劇界に凱旋することを『心の城』の構成に託したのだろうか。

4. フロベールと挿絵

フロベールの諸作品には挿絵が入っていない。なぜ挿絵は否定されるのか。1862年6月12日のエルネスト・デュプラン宛ての書簡で彼はこう言っ

---

107) *Ibid.*, p. 182.
108) アンヌ・エルシュベール゠ピエロ Anne Herschberg-Pierrot, *Le Dictionnaire des Idées reçues de Flaubert,* Presses universitaires de Lille, 1988, pp. 111-113.
109) マルグリット・シャルパンチエ宛て1879年6月26日付け書簡（*Corr.*, tome V, p. 670)、エドモン・ラボルト宛て1879年7月3日付け書簡（*Corr.*, tome V, p. 674）で主張している。

ている。

> けっして、私の生きている限り、私のものに挿絵は入れさせません。なぜならもっとも美しい文学描写がもっとも凡庸なデッサンで食われているからです。1つのタイプが鉛筆で固定される瞬間から、その人間は普遍的な性格を失ってしまします。その普遍的性格、それは「私はそれを見た」あるいは「そうらしい」と読者に言わせる周知の無数のオブジェとの符合なのです。描かれた女はある女に似ている、ただそれだけのことです。思考はその時点から閉じられ、完璧となり、すべての文章は無用となります。けれども文章で書かれた1人の女は千人もの女を夢みさせます。つまりこれは審美的な問題で、私はあらゆる種類の挿絵をはっきりと拒否します[110]。

文学者フロベールにとって、造形芸術（デッサン・挿絵・肖像画など）は、凡庸きわまりない創造物だった。絵画が想起させるのは外観のみで、文章は人物の内面まで浸透する、フロベールの小説家としての自負を表現する言葉で、『心の城』のヒロイン、ジャンヌも、ポールに本当の姿をあらわにするまで様々な姿で登場する。

　フロベールは、『サラムボー』の出版元ミシェル・レヴィとの契約にも挿絵を禁じている。

> 彼（フロベール）は一挙に2万5千から3万フランを求め、（歴史小説にとっては販売促進のためのセールスポイントである）挿絵と、芸術家の完全なる自律を守るために出版者に対する草稿の素読さえも拒む。すべてが、あたかも、芸術を欺いているという印象を持たないために、要求した金額にもかかわらず身売りしないという気持ちを持つために、フロ

---

[110] 1862年6月12日付け書簡, Corr., tome III, pp. 221-222.

ベールが、ほとんど受け入れがたい条件を課したかのようである[111]。

そんなフロベールが『心の城』の連載に、オペラ座装飾作家による舞台装置の12枚の図版の挿入をベルジュラに容認する。実際はすでに言及したように、10タブロー構成の夢幻劇となり、10枚の舞台装置[112]が図版化された。

フロベールが容認した全10タブローおのおのの舞台装置は、
 1)『心の城』：第1タブローの舞台装置：「妖精たちの湖」ジャン＝ルイ・シェレ[113]作（p. 15）

 Le Château des Cœurs –Décor du 1e tableau: *Le Lac des Fées,* par Chéret
 2)『心の城』：第2タブローの舞台装置：「キャバレー」ジャン＝エミール・ダラン[114]作（p. 29）

 Le Château des Cœurs – Décor du 2e tableau: *Le Cabaret*, par Daran
 3)『心の城』：第3タブローの舞台装置：「舞踏会」フィリップ・シャプロン[115]作（p. 41）

 Le Château des Cœurs – Décor du 3e tableau: *Le Bal*, par Chaperon
 4)『心の城』：第4タブロー第3場の舞台装置：「屋根裏部屋の暖炉」アンリ・スコット作（p. 67）

 Le Château des Cœurs – Décor du 4e tableau, scène III: *La Cheminée de la Mansarde*, par H. Scott.
 5)『心の城』：第5タブローの舞台装置：「身づくろいの島」H. スコット作（p. 79）

---

111) *Histoire de l'édition française*, tome II, Promodis, 1985, p. 142.
112) 実際に挿入さた大型図版はもう2枚（合計12枚）あって、本文中のカットを担当したヴィエルジュ作の第1タブロー第1場「妖精たちのダンス」（p. 17）と、クールボワン作の第7タブロー「ピパンポエの宮廷」（p. 127）である。
113) Jean-Louis Chéret（1820-1882）、1875年から1880年までオペラ座の装飾家。
114) Jean-Emile Daran（1813-1883）、音楽アカデミー劇場の装飾家。
115) Philippe Chaperon（1823-1907）、装飾画家、1864年から1900年までオペラ座の装飾に従事した。

訳者解説

  Le Château des Cœurs – Décor du 5e tableau : *L'Ile de la toilette,* par H. Scott.

6)『心の城』：第 6 タブローの舞台装置：「ポトフの王国」H. スコット作（p. 103）

  Le Château des Cœurs – Décor du 6e tableau : *Le Royaume du Pot-au-feu.* – Décor par H. Scott.

7)『心の城』：第 7 タブローの舞台装置：「ピパンポエ」シャプロン作（p. 125）

  Le Château des Cœurs – 7e tableau : *Le Palais de Pipempohé.* –Décor par Chaperon.

8)『心の城』：第 8 タブローの舞台装置：「危険な森」リュベ作（p. 145）

  Le Château des Cœurs. – Décor du 8e tableau : *La Forêt périlleuse,* par Rubé.

9)『心の城』：第 9 タブローの舞台装置：「第 1 場の終わり」カルプザ[116]作（p. 157）

  Le Château des Cœurs. – 9e tableau : Fin de la première Scène. – Décor par Carpezat.

10)『心の城』：「華麗な終幕」ジャン＝バティスト・ラヴァストル弟[117]作（p. 169）

  Le Château des Cœurs. – *Apothéose.* – Décor par Lavastre jeune.

 『心の城』の舞台装置を制作したこれらのアーティストのなかで、日本を題材にした『コジキ』（1876 年にルネッサンス座で上演、全 3 幕の喜歌劇）の広告版画を『ル・モンド・イリェストレ』に掲載し、ジャポニスムの衣装などの多くの版画を残しているアンリ・スコットを除いて、他のすべて（ダラン、

---

116) Eugène Carpezat（1836-1912）、舞台装飾家、オペラ・ガルニエのカンボン（Charles-Antoine Cambon, 1802-1875）の協力者で、のちの後継者。1875 年から 1908 年までオペラ座の舞台をロマン主義的様式で装飾し、オペラ・コミックやゲテ座など、パリの劇場の装飾に従事した。

117) Jean-Baptiste Lavastre（1834-1891）は、フランス人風景画家で、舞台装飾家。1854 年に Édouard Desplechin の弟子となり、1864 年から 1870 年まで協力者となる。その後、兄アントワーヌとウジェーヌ・カルプザとともに、オペラ・ガルニエ座やコメディ・フランセーズ、オペラ・コミックの仕事をするためにアトリエを開いた。

カルプザ、ラヴァストル、シャプロン、リュベ）は、1880年当時はオペラ座で現役の舞台装飾家であった。『心の城』刊行には、ベルジュラの提案によって、前年の1879年にオペラ座で好評を得た、日本を主題にした3幕のバレー『イエッダ』のスタッフが挿絵を担当した。

第2タブロー「キャバレー」の舞台装置は『イエッダ』[118]第1幕「田舎の情景」を担当のエミール・ダランが、第9タブロー「第1場の終わり」を『イエッダ』第3幕で、「日本、中国、東南アジアの建築がミックスされたようだが、異国情緒たっぷり」[119]の「すばらしい宮殿の巨大さで人を驚かせた」[120]ウジェーヌ・カルプザが、舞台装置を演出した。そして第10タブロー「華麗な終幕」は『イエッダ』第2幕で「壮大であるとともに詩的な夜景」[121]を演出したジャン＝バティスト・ラヴァストルが担当したのだが、天空に棚引く「アポテオーズ」と書かれた「文字の帯」が印象深い。このタブローが掲載された1880年5月8日にフロベールは急逝する。「フロベールは彼の夢幻劇最後のシーンが刊行された日にアポテオーズという文字とともに亡くなった」[122]と『ラ・ヴィ・モデルヌ』は報じた。

『心の城』のカット（本文中の小さな挿絵）を担当した画家は、
第1、2タブローと第3タブロー前半はダニエル・ヴィエルジュ（Daniel Vierge、1851-1904）、

---

[118] 拙論「フロベールの演劇活動と『イエッダ』—19世紀末フランスの舞台に観る日本趣味—」『シュンポシオン』朝日出版社、2006年、pp. 305-314に詳しい。
[119] 馬淵明子「舞台の上の日本（1）」『日本女子大学紀要』第12号、2001年、182頁。
[120] "La soirée Théâtrale" in *Le Figaro*, le 18 janvier 1879.
[121] Ibid.
[122] フロベール没後『ラ・ヴィ・モデルヌ』に掲載されたフロベール関連記事は以下の3件である。
  1）エルネスト・ド・リファールによる「フロベールの肖像」
    （No. 20, le 15 mai 1880, p. 305）.
  2）ルネ・デロルムによる「G. フロベール」（Ibid., p. 306）.
  3）エミール・ベルジュラによる「G. フロベール」（No. 21, le 22 mai 1880, pp. 322-324）.

訳者解説

第 3 タブロー後半は、ウジェーヌ・クールボワン（Eugène Courboin、1851-1915）、
第 4 タブローはヴィエルジュ、
第 5[123]から第 10 タブローまではクールボワン、
である。

前半のほとんどが、ヴィエルジュが制作し、第 5 タブロー以降はすべてクールボワンによる。スペイン人ヴィエルジュは、1869 年にパリに移り、1870 年に『ル・モンド・イリュストレ』の挿絵画家となった。1874 年には、ユゴーやシャトーブリアンなど書籍の挿絵に活路を見いだした。『北斎漫画』を最初に発見したとされてる画家フェリックス・ブラックモンとともに、雑誌『オリジナル版画』 L'Estampe originale（1888）[124]を創設する。『心の城』の後半の本文中の挿絵を独りで創作したクールボワン[125]は、フロベールの姪カロリーヌの絵画の師であったレオン・ボナの弟子。1878 年からサロンに出品しはじめ、『ラシエット・オ・ベェール』 L'Assiette au beurre などの風刺新聞の挿絵を描く一方で、『パリ・イリュストレ』 Paris illustré ほか、数々の書籍に挿絵を残した。

　フロベールは、「ベルジュラの序文」と「第 1 タブロー」が掲載された 1880 年 1 月 24 日付けの書簡で、「夢幻劇はいい調子だ。このように刊行され、気に入っている」[126]とシャルパンチエに書き送ったが、第 3 タブローの連載（2 月 21 日刊行）が終わった直後の 26 日付けシャルパンチエ宛ての書簡で、すでに挿絵に関して怒りをあらわにして、こう伝えた。

---

[123] カロリーヌ宛て 1880 年 3 月 14 日付け書簡、「『ラ・ヴィ・モデルヌ』の今日のデッサンはそれほど馬鹿馬鹿しくはない」 Corr., tome V, p. 860.

[124] レミ・ブラション Rémi Blachon, La gravure sur bois au XIXe siècle, Les éditions de l'amateur, 2001.

[125] Dictionnaire des illustrateurs, 1800-1914, sous la direction de Marcus Osterwalder. Éditions Ides et Calendes, 1989, p. 263.

[126] Corr., tome V, p. 795.

毎日曜日、『ラ・ヴィ・モデルヌ』に私は怒り心頭に発する！（ママ）。これらの挿絵以上に生気のないものは何も想像できない。このことに関して、読者の声を聞いてご覧なさい！

ああ、私はそんなものは求めていなかった！各々のタブローに1枚のイラスト（舞台装置のみ）で充分だった。

本文のこのパロディが私をいらだたせる！

これらのばかげた挿絵の「いずれも」本文に挿入されるべきではない！——『心の城』のうえに落ちたすべての侮辱のうち、この最後は随分なものだ。私は一度だけ、私の「主義」を誤ってしまったことをひどく後悔している[127]。

フロベールが「けっして、私の生きている限り、私のものに挿絵は入れさせません」[128]とした自らの趣旨に反して挿絵を許したのは、劇作家として崇高な理想を抱きながらも、時代の趨勢に適った日本趣味のヒット作『イエッダ』の舞台と見紛う幻想的な舞台空間を、自作『心の城』に設定したかったからだ。しかし『心の城』はフロベールの意に反し、本文中「1枚もテクストと関連していない」[129]カットをすべて、毎回、掲載することになった。

フロベールは2月15日付けのシャルパンチエ宛ての書簡で、ヴィエルジュによる第3タブロー（第4、5、6場、1880年2月14日号）の戯画化したカットについて、登場人物たちの「人相は、テキストの精神に完全に反している！（中略）ああ挿絵！すべての文学の名誉を失墜させるためにできた近代的発見だ！」[130]と述べ、さらにブルジョア社会を風刺する挿絵に対して、「『ラ・ヴィ・モデルヌ』は愚かしい仕方で〈夢幻劇〉を出版している

---

127) シャルパンチエ宛て1880年2月26日付け書簡．*Corr*., tome V, p. 848.
128) *Corr*., tome III, p. 221.
129) シャルパンチエ宛て1880年5月2日付け書簡．*Corr*., tome V, p. 895.
130) *Corr*., tome V, p. 832.

訳者解説

―何たるデッサンだ！」[131]と不満を述べ、掲載に抗議した。にもかかわらず、後半の第6タブロー以降の挿絵はさらに、その異様さを増幅する。クールボワンによる第7、8タブローの挿絵にはジャポニスムの影響が顕著であり、『ラ・ヴィ・モデルヌ』を賑やかしていた日本文化関連記事が、ベルジュラの『心の城』の挿絵制作に影響したのはほぼ間違いない。フロベールが激怒したのは、イメージ豊かな幻想劇に、本文の意を汲まない流行図版を挿入して、内容を形骸化することは、自作を「紋切り型」にはめ込むことであったからだろう。

そして連載最終号（1880年5月8日）を目前にした4月17日号（第8タブロー）と、4月24日号（第9タブロー）の日本的な変身挿絵に激怒したフロベールは、

> 私は挿絵（反＝文学的なもの）の掲載に同意するという愚行を行ってしまったので、単行本にするにはそれらをやり直さなければならない。―テキストと関わるものはひとつもない。ほかの刊行をしなければならない― そしてその出版が私の小説に先行するためにすぐに取りからなければならない[132]。

と、シャルパンチエに対して怒りを露にした。フロベールは『心の城』の舞台装置のイラストレーションをベルジュラに委ねたが、本文中のカットについてはフロベールの意向に反して掲載されたものであり、シャルパンチエを中心とした文化人の日本趣味が反映していたのだろう。しかし、自らの戯曲上演をめぐってパリ市内のあらゆる劇場と交渉にあたっていたフロベールも少なくとも無意識下でこうした19世紀末のフランス文芸潮流の影響を受けていたことは否めない。

---

131) ロジェ・デ・ジュネット夫人宛て1880年2月22日付け書簡．*Corr.*, tome V, p. 846.

132) ジョルジュ・シャルパンチエ宛て1880年5月22日付け書簡．*Corr.*, tome V, p. 895. 出版予定の小説とは未刊の大作『ブヴァールとペキュシエ』である。

挿絵無しの『心の城』は、フロベール没後、カンタン社から刊行された『フロベール全集』の第6巻[133]に収められ、1885年に刊行された。

おわりに

　『心の城』の出版は、マキシム・デュ・カンが『文学的回想』の中で述べているように、フロベールが指示する演出をすれば、劇場を破産させるであろう「決して上演され得ない新しい戯曲のシステム」[134]の創造であった。つまり『聖アントワーヌの誘惑』の世界に通底する、視覚的な想像、変容、現実の歪み、奇妙の偶発的な創造がこの夢幻劇の独創性であり、世紀末の映像文化を先取りするものだった。また、フロベールの演劇が19世紀末パリ演劇界に快く迎えられなかったのは、フロベールの友人エドモン・ド・ゴンクールが『危険な祖国』の序文で述べているように、当時の「演劇は文学ではなかった」[135]からでもある。つまりポール・ブールジェの語るように、演劇と文学の各々の概念が異なっていたのである。

　　戯曲を書くということ、それはその対象としている観客の意見の平均値のようなものを構成することなのです。この点に関しては弁舌家と同様、劇作家は民衆のとりとめのない考えの生きた総括者である[136]。

世相を敏感に反映するのが19世紀末大衆演劇の特徴であって、オペラ座が落成式をむかえる1875年以降特にジャポニスム関連の演し物が流行ってい

---

133) *Œuvres complètes de Gustave Flaubert, Théâtre　Le Candidat.- Le Château des Cœurs*, Paris, A. Quantin, 1885, pp. 157-351.

134) Maxime Du Camp, *Souvenirs littéraires*, tome II, Hachette, 1883, pp. 446-447.

135) Goncourt, préface de *Patrie en danger*, cité dans Paul Bourget 'Réflexions sur le théâtre 1880-1883' *Œuvres complètes de Paul Bourget, Critique II, Etudes et Portraits,* Plon, Paris, 1900, p. 257.

136) Paul Bourget, *op. cit.*, p. 232.

訳者解説

たことも考慮する必要がある。

『心の城』は、ジャポニスムの観点からみれば、あたかも前ジテと後ジテの2部で構成される能楽の世界、幽玄を想起させる。そして各タブローの組み合わせや張りつけを考えれば、まさに日本の5曲1双屏風のようで、観る者の視線がタブロー間で交差しつつ、照応する形式となっている。これは20世紀のキュビスムの作家たちが編み出すことになる絵画のコラージュを先取りしたものであり、クールボワンによる、第8、第9タブローの意表を突くジャポニスム風デッサンは、激しい原色の対比、大胆な筆致を特色とするフォビスムを、さらにはジャンヌ・ベムも言及している、第二次世界大戦後に描かれたマグリット〈牝牛の時代〉の作品で、裸足や靴を履いた足にそのまま頭がつき異形の人物たちが並んで歩く《凱旋行進》(1947) をも予告しているようだ。

批評家ジャン・カニュは『劇作家フロベール』(1946) の中で『心の城』を高く評価する。

『心の城』は、今日、なお何らかの成功をおさめて上演されるだろう。フロベールは、ここでフランスの演劇に新機軸を打ち出した。そして、より自由なこのジャンルにおいて、彼は自身の最良の部分を語らせた。彼は、ほかの2つの戯曲[137]の主題として興味深い問題を選んだ。そして「自由劇場」が、凡庸の絶望にある平均的な人間像をついに我々に露にする筈であった〈人生の断面〉[138]の先達のように考えるのは誤りでは

[137) 2つの戯曲は、ブイエの作品でフロベールが改訂した『弱きもの』(1873) と、『候補者』(1873) である。
[138) 俳優で演出家のアンドレ・アントワーヌ (André Antoine 1858-1943) が唱えた自然主義演劇の理論。1887年、同志とともに小さな劇場を借り、アントワーヌが主演・演出を務めて「自由劇場」Théâtre–Libre の旗揚げ公演を行った。ゾラの支持を得、トルストイ、イプセン、ストリンドベリ、ハウプトマンなどの作品も好んでと

ない。だから彼の演劇は無益なものではなく、19世紀中頃のフランス
演劇の理解に役立っている[139]。

『心の城』を遺したフロベールは、「演劇は台詞のみでなく見ぶり、光、音な
どの総合的効果によって観客を集団的興奮状態にし、舞台との間に神秘的な
一体感を作り出さねばならない」として、不条理演劇「残酷の演劇」を唱え
たアルトー（1896-1948）をはじめ後世の演劇人によって「自由劇場の先達」
と呼ばれることになった。しかし本書が示唆した世紀末のジャポニスムの影
響を重ね合わせることによって、夢幻劇『心の城』は遙か彼方、20世紀初
頭を飾った劇作家コクトー（1889-1963）やベケット（1906-1989）、さらには
イヨネスコ（1912-1994）などの作品にその足跡を見いだすことができる。
シャルパンチエ版『ラ・ヴィ・モデルヌ』連載の、珍奇なジャポニスム挿絵
を纏った『心の城』は、19世紀末パリの演劇界の潮流に乗りつつ、演劇の
未来を予言し、牽引しようとした劇作家フロベールの最後の功績となった。

り上げ、国外にも巡業し、10年ほどの活動の間に演劇界に大きな影響を及ぼし、近
代演劇史にその名を残すことになる。1897年にはアントワーヌ劇場を主宰、1906
年にはオデオン座の総監督となり、1914年に映画界へ進出した。

139) Jean Canu, *Flaubert auteur dramatique*, Editions Les Ecrits de France, 1946, p. 146.

フロベールと日本趣味　略年譜

年月日	フロベール関連事項	ジャポニスム関連事項
1821年12月12日	フロベール、ルアンに生まれる 同年5月27日親友ルイ・ブイエの誕生	
1831年	『コルネーユ賛辞』	
1834年	ルイ・ブイエと知り合う	
1836年	『この香りを嗅げ』『フィレンツェのペスト』『愛書狂』『激怒と無力』他多くの短編小説を書く	
1837年	『地獄の夢』『博物学の一課一書記属』『汝何を望まんとも』『情熱と美徳』	
1838年	『狂人の手記』	
1839年	『スマール』	
1840年	卒業、クロケ医師とピレネー、コルシカ旅行	
1844年	癲癇発病、卒中で倒れ車から転倒、学業を残念	
1845年	初稿『感情教育』脱稿、妹夫妻の新婚旅行（4月から6月、イタリア）に同伴	
1845年9月〜46年10月	東洋に関する資料を読破	
1846年	父と妹の死、姪カロリーヌ誕生、ルイーズ・コレとの出会い	
1847年	デュ・カンとのブルターニュ、ノルマンディー旅行、『野を越え、磯を越えて』共同執筆	
1848年	2月革命にブイエとデュ・カンと共に参加	
1849年〜51年	デュ・カンとのオリエント旅行	
1850年	エジプト、ベーレト、エルサレム、コンスタンチノープル、ギリシャ	
1851年	ギリシャ、イタリア旅行『ボヴァリー夫人』執筆開始	世界初ロンドン万博
1852年5月8〜9日	「ああ！インドと日本にいきたいなあ」（ルイーズ・コレ宛て）	
1854年	ルイーズ・コレとの仲が悪化、55年最終的に関係を絶つ	ブイエ『北京の理髪師』
1856年	『ボヴァリー夫人』を『ルヴェ・ド・パリ』に連載。	
1857年	『ボヴァリー夫人』裁判、『ボヴァリー夫人』ミシェル・レヴィ書店より刊行、『サラムボー』執筆開始	
1858年	『サラムボー』の取材でカルタゴ、アルジェリア、チュニジア旅行	
1862年11月	『サラムボー』脱稿ミシェル・レヴィ社より刊行	ロンドン万博「日本の部」日本の浮世絵が展示
1862年〜	エルネスト・レイエと『サラムボー』のオペラ化を交渉 マチルド皇女、ナポレオン皇子、ゴンクール、サンド、との交流の場となる「料亭マニィの晩餐会」に12月から参加	
1863年12月4日	『心の城』完成、上演希望、奔走するが至らず	
1864年〜69年	『感情教育』執筆	
1867年		日本初参加パリ万国博覧会
1869年	ブイエの死、『感情教育』出版	

年月日	フロベール関連事項	ジャポニスム関連事項
1870 年 2 月中旬	『心の城』をポルト＝サン＝マルタン劇場支配人ラファエル・フェリックスに交渉、不成立	
1870 年	『聖アントワーヌの誘惑』に着手、国民軍中尉長官に任命される	『ル・ジャポン・イリュストレ』に『ボヴァリー夫人』の記事が掲載
1871 年 6 月 14 日と 24 日	カロリーヌ宛に『法華経』を買い求める依頼	
1871 年 12 月 22 日		「青竜寺」（アテネ・オリエンタル座）
1872 年	ブイエの『最後の歌』刊行、母の死、シャルパンチエに版権を委譲、『聖アントワーヌの誘惑』刊行	
1872 年 6 月 12 日		「黄色い姫君」（オペラ・コミック座）
1873 年	モーパッサンとの友情、『弱きもの』脱稿、『候補者』執筆	
1874 年 3 月 11 日～14 日	ヴォードヴィル劇場にて『候補者』上演失敗、中止となる	
1874 年 3 月 15 日	シャルパンチエのサロンが『美しきサイナラ』で客をもてなす	
1874 年 4 月	『聖アントワーヌの誘惑』刊行	
1874 年 8 月 1 日	『ブヴァールとペキュシェ』を書き始める	
1875 年	姪の夫エルネスト・コマンヴィル破産、『レプブリック・デ・レットル』に『心の城』第 2 タブロー第 2 場掲載（12 月 20 日）	オペラ（ガルニエ）座落成式（1 月 5 日）
1876 年 10 月 18 日	『レプブリック・デ・レットル』に『心の城』第 5 タブロー掲載（3 月 20 日）	「コジキ」（ルネッサンス座）公演
1876 年 12 月 10 日		「美しきサイナラ」（オデオン座）公演
1877 年	『三つの物語』刊行、『ブヴァールとペキュシェ』に再び着手	ギメとレガメ作『日本散策』出版
1878 年	ゲテ座に『心の城』を見せる。公演を残念し、刊行を試みるが『ル・モニトゥール』に掲載を頼んで断られる	第 3 回パリ万博
1879 年 1 月 17 日		「イエッダ」（オペラ座）公演
1879 年 2 月 23 日	ゲテ座に『心の城』が拒否される	「ヤマト」（ゲテ座）公演
1879 年 4 月 10 日		『ラ・ヴィ・モデルヌ』創刊
1879 年 6 月 26 日		『ラ・ヴィ・モデルヌ』（歌舞伎論）
1880 年 1 月 24 日～5 月 8 日	『心の城』を『ラ・ヴィ・モデルヌ』に連載	
1880 年 4 月 10 日		スコット「芸術家の夕べ」
1880 年 5 月 8 日	フロベール脳出血で急死	
1880 年 12 月 3 日		モーパッサン「中国と日本」を『ル・ゴロワ』に掲載
1881 年 3 月	『ブヴァールとペキュシェ』がルメール書店より刊行	
1892 年 5 月 16 日	「サランボー」オペラ座公演	
1910 年 4 月 30 日	『候補者』オデオン座公演	

あとがき

　本書は、未邦訳の『心の城』を、フロベール作品群の中に明確に位置づけるための完訳である。1863年の脱稿以来、フロベールが生涯、劇場での上演を願っていた夢幻劇『心の城』が、最晩年の1880年にようやく『ラ・ヴィ・モデルヌ』誌上での連載として日の目を見ることになる。幼い日、故郷ルアンの縁日で見たルグレン爺さんの人形芝居「聖アントワーヌの誘惑」によって演劇に魅せられ、『サラムボー』をはじめ、ブイエとの共作『弱きもの』などの舞台上演を強く望んだが、実現したのは『候補者』のみで、しかもこの興行は1874年の3月11日から14日までわずか4日間で打ち切りとなった。フロベールの死後、『サラムボー』は、1890年ブリュッセルのモネ座において上演され、『候補者』は1910年にパリのオデオン座で再演されている。
　訳者は、1983年にパリ第IV（パリ・ソルボンヌ）大学でジャンヌ・ベム氏の指導の下に「『感情教育』（初稿と決定稿2作品）における演劇性」を研究題目とした第3期博士論文を提出し、1999年にはジャック・ネフス氏の指導を得て、草稿研究を視野に入れた博士論文「『ブヴァールとペキュシェ』における演劇性」をパリ第8大学に提出した。いずれも小説における演劇的な技巧や人物、オブジェの描写方法を中心とした論考であった。しかしそれら小説とは別にフロベールの戯曲一般、殊に臨終まで上演を願い、断念した後、やっと刊行された夢幻劇『心の城』が心に残って離れなかった。
　その後、たまたま京都画壇の雄、土田麦僊の滞欧中の書簡草稿に接する機会があり、麦僊の画業におけるフランス体験の重さを明らかにする研究に手を染め、2001年、その成果として、博士論文『かきつばた　土田麦僊の愛と芸術』を大阪大学に提出、20世紀はじめの京都画壇の新進気鋭の若い日本画の画学生がこぞって渡仏した環境、さらにフロベールが生きた19世紀末フランスにおける日本文化の潮流まで遡って、近代社会の牽引役を果たした芸術の国フランスにおけるフロベールの立ち位置の考察を深めるきっかけ

となった。こうした環境で、日本関連記事を多く世に発信した『ラ・ヴィ・モデルヌ』に連載された『心の城』をパリ国立図書館で初めて目にしたときの訳者の感動は大きかった。フロベールの作品の中で唯一挿絵入りで刊行された『心の城』の真の価値を見さだめることは、フロベール文学をフランスにおける19世紀ジャポニスムと平行して考察することができ、訳者には魅力的な課題となった。

さらに偶然のことながら、神戸女学院高等部卒業後にパリ大学への留学の道を開いてくれた父が『心の城』が脱稿されたとされる12月4日に生まれ、『心の城』の『ラ・ヴィ・モデルヌ』誌上での連載が完結した日で、年こそ違え、フロベールが亡くなった5月8日に他界したことも、訳者が本事業に「運命のなせる業」を感じた所以である。

『ボヴァリー夫人』も『聖アントワーヌの誘惑』についても言えることであるが、フロベールは作品を創作するにあたって、しばしば友人たちの意見を参考にした。殊に『心の城』は、当初、友人たちを交えた共作で、過去・現在・未来にわたる「彼らの世代の証言」である。そしてフロベールはスタンダールが語る二次元の「歩く鏡（画像）」に飽き足らず、文学作品を三次元の空間に構築しようとした。フロベールは、舞台上のポールでありジャンヌ、また妖精であってグノームでもなければならない。『心の城』が、『サラムボー』と同時期のオリエンタリスムの影響下で生まれ、そして、世紀末ジャポニスムの影響下にあって、その時代の潮流を擁護した文芸週刊誌『ラ・ヴィ・モデルヌ』に掲載されたのは、フロベールの意に反してではあったが、この夢幻劇を大きく飛躍させることになった。

19世紀末にフランスを風靡したジャポニスムの出現によって、どれほどフロベールがもくろむ演劇の意図に影響を与えたか。フロベールがどのような世界観をもって『心の城』を晩年単独で出版したのか。先ず、読本挿絵の新生面を開いた『北斎漫画』の存在があり、そしてエドモン・ド・ゴンクールが魅了された、19世紀末のフランス文芸思潮へのジャポニスムの影響があった。さらに、いささか飛躍があるかもしれないが、第2のジャポニスムと称される21世紀のフランスに於ける「日本漫画ブーム」のルーツをたどっ

あとがき

て過去に遡れば、『心の城』の挿絵にすでにその始まりさえ認められるかもしれない。

　本訳書が『ラ・ヴィ・モデルヌ』の初版をそのまま連載時での挿絵も忠実に再録したのは、19世紀末フランスを席巻したジャポニスム範疇にある挿絵が一部『心の城』に取り入れられた経緯、それに対してフロベールが嫌悪感を露にした理由を究明することよって、近代文学の道しるべとしてのフロベール文学の真髄を、全く新しい視座にたって享受したかったからである。フロベールの意向を尊重しようと望まれる読者には、彼の意図にしたがって各タブロー冒頭の舞台装置のみを考慮に入れ、テキスト内のカットを無視して『心の城』を吟味し、鑑賞して頂きたい。そのためにも、読者のイマジネーションが拘束されることのないように、本文の注はなるべく控えた。またこの夢幻劇を通して、19世紀末フランスの文芸潮流を包括的に味わう意欲あふれる読者には、舞台装置もカットも大きな楽しみとなるはずだ。ついでに、訳者解説をとおして、読む楽しみを共に享受していただければ幸いである。

　本書刊行のために多くの方のご支援をいただいた。訳者のパリ第IV大学での指導教授で、ラ・プレイアド版『ボヴァリー夫人』の編者であるジャンヌ・ベム氏には、「日本の読者へ」の玉稿を賜るとともに、『心の城』本文の疑義についても遥か遠いフランスから迅速かつ懇切丁寧に答えて下さり、貴重ご教示を受けた。師として良き友としてのあふれる真情に感謝するばかりだ。また、「訳者解説」の一部として本書に再録した拙論、「フロベールとジャポニスム」Flaubert et le japonisme の『フロベール＝モーパッサン会誌』Bulletin Flaubert–Maupassant No 25-2010 掲載を慫慂された、ルアン大学教授でフロベール研究所所長兼会誌編集責任者、イヴァン・ルクレール氏には『ラ・ヴィ・モデルヌ』版『心の城』(1880) の初版（コピー）を提供して頂いた。氏のご好意によって全挿図の掲載が可能となり、本書の一つの特色とできた。

　本書の出版に際して、大阪大学出版会の大西愛氏には、多くの適切な助言や励ましをいただき、挿絵などを忠実に再現する困難で複雑な編集作業に尽

力していただいた。また山崎恭宏氏には翻訳原稿を丁寧に閲読してくださった。心から感謝の意を述べたい。カバーデザインに関して、現在パリで活躍中の新進画家の湊茉莉氏と建築家のバティスト・フランソワ氏が本書の意図を汲んだ含蓄に富む素晴らしい作品を送って下さった。小さいながら本翻訳がこれまで様々な形でご援助いただいた方々のご厚情にかない、今後のフロベールの著作活動の研究に僅かばかりでも資するところがあり、そしてそこから新しいフロベール研究への視点が生まれるとすれば、訳者にとってこれに勝る喜びはない。

2015 年 2 月

人名索引
（登場人物は除く）

あ 行

アポリネール，ギヨーム　250, 251
アルトー，アントナン　293
アルマン，アルフレット　5
アントワーヌ，アンドレ　292, 293
アンベール，エメ　256
稲賀繁美　246
イプセン　292
イヨネスコ，ウジェーヌ　270, 271
ヴァス，エマニュエル　238
ヴァデ，イヴ　216
ヴィエルジュ，ダニエル　10, 287, 288
ヴェルヌ，ジュール　104
ヴェンシェンク，カミーユ　5, 243
ヴォルテール（1694-1778）　273
エルシュベール＝ピエロ，アンヌ　283
エレディア，ジョゼ・マリア・ド　252
オールコック，ラザフォード卿　245, 253
オールズ，マーシャル C.　214, 216, 219, 235, 259, 272
オウィディウス　253
大鐘敦子　126
オスタン，イポリット　4, 5, 8
オスマン，ジョルジュ＝ウジェーヌ　271, 282

か 行

カイエ，ルネ＝オーギュスト　159
柏木加代子　209, 270, 287
カニュ，ジャン　292
カプフィグ，ジャン＝バティスト＝オノレ＝レイモン　268
カメロン，ジェームス　217
カルプザ，ウジェーヌ　9, 286, 287
ガレ，エミール　243
カンボン，シャルル＝アントワーヌ　286
キノー，フィリップ　213
キャロル，ルイス　222
クールボワン，ウジェーヌ　288
クシュウク＝ハネム　241
グノー，シャルル・フランソワ　3, 11, 210, 220, 221, 247
グランヴィル　268
グレール，シャルル　244-246
クロダン，ギュスターヴ　4
ケヴェド，イ・ビリエガス　10
ゲーテ　8, 247, 255
コクトー，ジャン　262
ゴーチエ，ジュディット　252
ゴーチエ，テオフィル　8
コニアール兄弟（シャルル＝テオドールとジャン＝イポリット）　6, 8
コマンヴィル，カロリーヌ　12, 221, 222, 236, 237, 245, 252, 256, 280, 281, 288
コルネーユ　2, 213
コレ，ルイーズ　238, 242, 255, 266

ゴンクール,エドモン・ド 243, 252-254, 260, 261, 272, 291
ゴンクール,ジュール・ド 261

さ 行

サーニュ,ギー 211
サルトル,ジャン＝ポール 277
サンドー・ジュール 238
シェクスピア 212, 267
シェレ,ジャン＝ルイ 9, 285
シセリ 3, 210
シックル大佐 250
シャトーブリアン 8, 288
シャプロン,フィリップ 9, 285-287
ジャリー,アルフレッド 258
シャルパンチエ,ジョルジュ 220, 221, 242-244, 264, 288, 289
シャルパンチエ,マルグリット 244, 283
シャルル 10 世 268
ジャン,ベルナール 250
シャンポリオン,ジャン＝フランソワ 237
シュヴァリエ,エルネスト 147
シュワルツ,ウイリアム・レオナード 243
ショーペンハウアー,アルトゥル 248
スエトニウス 178
スコット,アンリ 9, 267, 285, 286
ストリンドベリ 292
セジャンジェ,ジゼール 216, 217, 235, 239, 240
セルヴァンテス 10
セルピュイ,ヴィルジニ 221
ゾラ,エミール 221, 243, 255, 269, 292

た 行

立川昭二 266
ダジャン,フィリップ 215
ダビッド,ジャック＝ルイ 265
ダラン,ジャン＝エミール 9, 285, 287
ダローズ 6, 8, 243
ツルゲーネフ 247
ティトゥス 178
デステ,イザベラ 88
デシャン,フレデリック 281
テニエル,ジョン卿 222
デュ・カン,マクシム 213, 219, 238, 291
デュフィ,ラウル 245
デュプラン,エルネスト 220, 283
デュプラン,ジュール 220, 273
デュマ,アレクサンドル 8
デュメース 5, 7, 11
デュリィ,マリ＝ジャンヌ 266
デルヴィリ,エルネスト 243
デロルム,ルネ 287
デンクール,マルグリット 267
ドーデ,アルフォンス夫人 242
ドザンティ,ドミニク 39
ドスモア,シャルル 1, 2, 214, 219, 235
ドム,シルヴァン 270
ドラクロワ 237
トルストイ 292
ドレ,ギュスターヴ 8
トロンシュフォール,フランソワ＝ルネ 247

な 行

ナポレオン 1 世 237, 239, 265, 271
ナポレオン 3 世 271
ヌーティ,ハッサン＝エル 270

ネルヴァル, ジェラード・ド　255
ノエル, ジャック　270
ノストラダムス　175
ノディエ, シャルル　268
ノリアック, ジュール　4

は 行

ハーバート, ジュリエット　267
バイエ＝ポルト, クリステル　210
バイロン　147
ハウプトマン　292
バコ, ジャン＝ピエール　221
バジル　245
蓮實重彦　32
バルザック, オノレ・ド　4, 8, 106
バルデッシュ, モーリス　255, 262
パルミジャニーノ　88
ピカビア, フランシス　215
ピュヴィス＝ド＝シャヴァンヌ, ピエール　8
ビュルティ, フィリップ　242, 252
ビュルヌフ, ヴシェーヌ　238
ビュローズ, フランソワ　3
フーコー, ミシェル　218
ブールジェ, ポール　291
ブイエ, ルイ　1, 2, 151, 211, 213, 214, 219, 220, 235, 237, 248, 251, 267, 281, 292
フェドー, エリザベット・ド　82
フェドー, エルネスト　8
フェヌロン　212
フェリーニ　217
フェリックス, ラファエル　5, 243, 250
仏陀　248
ブラション, レミ　288
ブラック, ジョルジュ　245
ブラックモン, フェリックス　288
ブルトン, アンドレ　215

フルニエ, マルク　3, 235
フロベール, アシル＝クレオファス　236
フロベール, ギュスターヴ　1-12, 209-211, 214-217, 219-221, 235-252, 254, 255, 260, 262, 264-267, 269, 270, 272-285, 287-296
フロリアン　247
ブリュノー, ジャン　238, 241
ベケット, サミュエル　293
ベム, ジャンヌ　292
ベルジュラ, エミール　1, 210, 220, 221, 237, 244, 287
ヘンデル　213
ポー, エドガー　10, 270
ボードレール, シャルル　270
ボスケ, アメリー　235, 273
ボナ, レオン　12, 244, 245, 288
ポワソン　9
ポンパドゥール　199

ま 行

マグリット, ルネ　215, 292
マチルド皇女　246
マネ　243
馬淵明子　287
摩耶　247
マリック, テレンス　217
マルコヴィエス, アンドレ　212
マルニエ, グザヴィエ　247
マンデス, カチュール　243
ムソルグスキー　217
ムハンマド＝アリー　268
メーテルランク, モーリス　259
メーヌ・ド・ビラン　94
メラ＝ヴォル, クレール　261, 268
モーツアルト　252, 253, 280
モーパッサン　244

本池立　281
モネ，クロード　244, 245
モリエール　2, 118, 212, 213, 273

や　行

ユゴー，アベル　166
ユゴー，ヴィクトル　10, 288

ら　行

ライット，アラン　244
ラヴァストル，ジャン＝バティスト
　　9, 286, 287
ラ・フォンテーヌ　212
ラポルト，エドモン　244, 247, 283
ラマルチーヌ，アルフォンス・ド　4
立仙順朗　274
リファール，エルネスト・ド　287
リュベ　9, 286, 287
リュリー，ジャン＝バティスト　213

ルイ＝フィリップ　271
ルクー，アンドレ　278, 279
ルクレール，イヴァン　211, 215, 217, 243
ルドン，オディロン　248
ルノワール　243, 245
ル・ポワットヴァン，アルフレッド　147
ルメール，アルフォンス　11
ルモ，アシル　236
ルロワイエ・ド・シャントピ，マリー＝ソ
　　フィ　236
レヴィ，ミシェル　5, 151, 220, 284
レガメ，フェリックス　243, 272
ロジェ・デ・ジュネット，エドマ
　　246, 248, 290
ロベール＝ウーダン，ジャン・ウジェーヌ
　　256
ロベッチ　9

わ　行

ワトー，アントワーヌ　199

柏木 加代子（かしわぎ　かよこ）
1947 年　大阪市に生まれる
1978 年　大阪大学大学院文学研究科博士課程仏文学専攻修了
現在　　京都市立芸術大学名誉教授
　　　　パリ・ソルボンヌ大学第Ⅲ期文学博士、
　　　　パリ第 8 大学文学博士、大阪大学博士（文学）

単著
La théâtralité dans les deux 《Education sentimentale》（France Tosho 1985）
『かきつばた　土田麦僊の愛と芸術』（大阪大学出版会 2003）

共著
『フランス・ロマン主義と現在』（筑摩書房　1991）
『象徴主義の光と影』（ミネルヴァ書房　1997）
Flaubert Tentation d'une écriture （Université de Tokyo 2001）
Flaubert 5　Dix ans de critique（lettres modernes minard　2005）
『日仏交感の近代　-文学・美術・音楽』（京都大学出版会　2006）
Madame Bovary et les savoirs（Presses Sorbonne Nouvelle　2009）
Les Voyages de Flaubert（Bulletin Flaubert–Maupassant No.25 2011）
『日仏文学・美術の交流』（思文閣出版　2014）など。

心 の 城

2015 年 3 月 3 日　初版第 1 刷発行　　　　［検印廃止］

　　著　者　　ギュスターヴ・フロベール
　　訳　者　　柏木加代子
　　発行所　　大阪大学出版会
　　　　　　　代表者 三成賢次

〒 565-0871　大阪府吹田市山田丘 2-7
　　　　　　　大阪大学ウエストフロント
TEL 06-6877-1614（代表）
FAX 06-6877-1617
URL：http://www.osaka-up.or.jp

印刷・製本　　尼崎印刷株式会社

ⓒ K. Kashiwagi, 2015　　　　　　　　　　　Printed in Japan
ISBN 978-4-87259-501-7 C0097

Ⓡ〈日本複製権センター委託出版物〉
本書を無断で複写複製（コピー）することは、著作権法上の例外を除き、禁じられています。本書をコピーされる場合は、事前に日本複製権センター（JRRC）の承諾を受けてください。